笑いの狩人

江戸落語家伝

長部日出雄

論創社

笑いの狩人　江戸落語家伝　目次

装丁　宗利淳一

笑いの狩人

江戸落語家伝

江戸落語事始

一

夏の土用に入った暑い日であった。駿河台小川町の屋敷で、虫干しのために庭先にひろげられた甲冑《かっちゅう》や道具類を、縁側から見ていた五千石の旗本小出兵助《ひょうすけ》は、突然こういった。

「者ども、これより出陣をいたすぞ。具足の用意をいたせ」

そばにいて、女中や中間《ちゅうげん》たちに虫干しの指図をしていた妻女は、愕《おどろ》いて夫の顔を見た。

「ご出陣だなぞと、一体なにごとでございます」

「知れたことではないか。出陣というからには、軍《いくさ》をしに参るのじゃ」

「またそのようなお戯れを……」

妻女は着物の袖を口にあててわらった。いまは豊臣家を滅亡させた大坂夏の陣が終ってから、すでに六十年あまりも経った天下太平の世の中である。どこにも軍などある筈がない。

「笑いごとではないぞ！」

小出兵助は怒鳴った。「わしは軍をしに参らねばならぬ」

土用の暑さで、頭に変調を来たしているのではないか、ともおもわれた。妻女は面持《おももち》をあらためて訊ねた。

「どうして、そのようなことを……」

「うむ」大きく頷いて「虫干しだからじゃ」

「虫干しと軍と、どのような関わりがあるのでございますか」

「判らぬのか」小出兵助は眼を光らせて問い返した。「土用干しとは、何のためにいたすのじゃ」

「それは、衣類や書物などに、虫や黴《かび》などがつかぬように……」

「そうであろう。であるからして、わしは軍をしなければならぬ」

「…………?」

妻女には何のことか訳が判らなかった。

「まだ合点がいかぬのか。頭の疎いやつじゃな。よいか、よく聞け。土用干しは、衣類や書物、それればかりでない。日頃具足櫃《ぐそくびつ》にしまってある甲冑または槍などに虫や黴がつかぬようにするのであろう。これによって、具足や槍につく黴、虫食いは防ぐことができる。じゃが、武士にとって最も大切なのは、具足や槍ではない。武士たる者の気骨、すなわち武士の魂じゃ」

兵助は妻女を睨みつけて言葉を続けた。

「われらが祖先もその陣中に加わった大坂夏の陣が終って、武士が弓矢を袋に納めた元和偃武《げんなえんぶ》のときよりすでに六十年、あるいはわれらの士風、武士の魂にも黴が生え、虫がついておるやも知れぬ。いや、わしの魂が虫に食われている筈はないが、近頃の世の中を見ておると、頭に黴がたかっているような武士が多すぎる！　したがってわしは、いまの世を警《いまし》めるため、武士の魂の虫干しのために、軍をしに行かなければならぬ」

いわれてみると、たしかに理路整然としているようでもある。けれど、その結論が「軍をしに行かなければならぬ」となるところが、どうも妙である。それに兵助には、もとから酔狂なことを好む性質があった。

「軍をしに……と申されましても、どちらへ参られるのでございますか」

と妻女は聞いた。それには答えずに、小出兵助は家来たちに向かって叫んだ。

「者ども、馬引け。出陣じゃ。軍じゃ。具足櫃を持て！」

小出兵助は家来を引連れて、駿河台小川町の屋敷を出た。主人の兵助は馬に乗り、その両脇と後には前髪姿の供小姓《ともこしょう》が六人、先頭には槍持の奴《やっこ》が立っている。つねづね兵助がこうした行列を仕立てて出かける先は、たいてい吉原であったが、この日は供小姓のうしろに従えた中間たちに具足櫃を担がせていた。

——一体どこへ行くのであろう。

日頃から主人の酔狂な性質を知っている家来たちは、緊張が半分、好奇心が半分の面持でついて行った。

兵助が命じたのは、やはり吉原へ向かう方角であった。金龍山浅草寺雷門前の広小路から、花川戸町に折れ、聖天町《しょうでん》を通って浅草田町へ――。そこには数十軒の編笠《あみがさ》茶屋が軒を並べている。このころの吉原は昼遊びが主であったので、遊客はまず田町の茶屋で酒盛りをし、そこから借りた編笠で顔を隠して、娼家《しょうか》に向かうならわしになっていた。

編笠茶屋に上がった兵助は、芸者を呼んで酒宴を始めた。「出陣じゃ、軍じゃ」と呼号して屋敷を出てきたものの、いつもの吉原通いと、何の変りもない。やがて三味線と笛太鼓の音が鳴り響いて、座が賑やかになったとき、兵助は具足櫃を開かせ、供小姓に手伝わせて、先祖伝来の赤糸縅《おど》しの鎧《よろい》を身につけて兜《かぶと》をかぶり、家来にもそれぞれ具足をつけさせると、「いざ、出陣じゃ」と叫んで、編笠茶屋から吉原に向かって繰り出した。

土用の炎天下の日本堤を、物物しく甲冑に身を固め、槍を持って顔中から汗を滴らせた武者の列が歩いて行く。まるで時代が戦国の世にまで逆戻りしたようだった。人人は呆気にとられて、その行列を見送った。

大門《おおもん》を入って行くと、遊客にあたりの茶屋と娼家から飛び出して来た番頭や若い者をまじえて人だかりができた。鎧武者の列は、その人ごみのなかを粛粛と進んで行った。江戸丁から揚屋丁、角丁、京丁と廓《くるわ》のなかをくまなく一周し、人人の眼を愕かせたあとで、小出兵助は角丁の馴染みの娼家のまえに立って声をかけた。

「頼もう」

出て来た番頭は啞然とした顔つきでいった。「お殿様、これはいったい……」

兵助は破顔して「ハハ、愕いたか。土用干しじゃ。さむらいの虫干しじゃ」

虫干しじゃ、とはいったが、兜をかぶっている兵助の顔は、汗だくになっていた。おそらく鎧の下の着物も、しとどに濡れているのに違いない。鎧武者の一群は、総籬《そうまがき》の大見世の階段を登って、二階の引付け座敷に入った。

引付け座敷は、たちまち軍の陣中と化した。そこへ禿《かむろ》と若い者が、茶と煙草盆、盃《さかずき》と硯蓋《すずりぶた》を持って来る。花魁《おいらん》がやって来る。台の物と酒が運ばれて来る。廓の芸者が三味線を鳴らし始める。そうしたなかで兵助は、相変らず兜をかぶったまま、禿に団扇《うちわ》で煽がせながら酒を飲んでいたが、ふとおもいついたように、

――あの者たちを呼んで参れ。

と番頭の一人に命じた。兵助が名前を挙げたのは、廓のなかや芝居町の堺町《さかいちょう》、葺屋《ふきや》町のあたりにたむろしては肩で風を切り、周囲に睨みをきかせてのし歩いている傾《かぶ》き者、男伊達《おとこだて》の面面であった。番頭はかれらを呼びに若い者を走らせた。

この二年まえ、中村座で上演された「四天王稚立《おさなだち》」で坂田の金時に扮した市川団十郎は、初めて紅と墨で顔を隈取《くまど》り、大形《おおぎょう》で豪快な動作の荒事《あらごと》を演じて人人を仰天させ、圧倒的な人気を博していた。天下太平の世になっても、まだ荒荒しい血が鎮まっていなかった江戸の人人には、武張《ぶば》ったことを好む気質があり、それが幕府の再再にわたる取締りと禁令にもかかわらず、市

中に傾き者を輩出させる一因にもなっていた。

やがて、傾き者たちが次次に座敷に現われた。鏡弥左衛門、その弟分で半鏡《はんかがみ》の八右衛門、一時《いっとき》長兵衛、その弟分で半時《はんとき》の七右衛門、それに近目《ちかめ》の才三など……。いずれも大鍔《おおつば》の大脇差を幅広の帯にさし、撫付《なでつけ》（総髪）の額を大きく四角に剃りあげ、頬に大鬚《おおひげ》をたくわえた異形の男たちである。小出兵助は以前から、こうした傾き者を集めては酒を飲み、かれらの大檀那を気取っていたのだ。

「小出の殿様、これはえれえこんだな。きょうはいってえ何の趣向だ」

と、鏡弥左衛門はいった。

「ハハ、土用干しじゃ、さむらいの虫干しじゃ」

小出兵助は上機嫌だった。「おまえたちも、きょうはおもいきり飲め。吐くまでに飲んで、腹の虫を吐き出したら、それもやはり男伊達の虫干しになるであろう」

「よかんべい。それではひとつ、きょうは死ぬまで飲むべいか」

傾き者たちは大胡座《おおあぐら》をかき、肩肘を張って酒を飲み始めた。かれらの眼には、いちように羨望の色があった。自分を強く見せるために、かれらはその時時の流行に応じて、頭を撫付や大立髪にしてみたり、脇差の鍔を大角鍔にしたり、あるいは鬚のかたちを様様に工夫して変えたりなどして、たがいに人目を惹く異様な扮装《いでたち》を競っていたのだが、なんといっても鎧兜にはかなわない。花魁たちは、

——きょうのお殿様は本当にお強そう……。

と、うっとりとした流し目を小出兵助のほうに向け、

——ワハハ、左様か。どうじゃ、惚れ直したか。

と兵助も、兜の下で嬉しそうに目尻をさげて相好を崩している。傾き者はだんだん面白くない顔つきになってきた。それでなくても日頃から、何をしても腹の虫のおさまらぬ連中である。しかし、その鬱憤を一座の主《あるじ》である小出兵助に向けるわけにはいかなかったのであろう。きっかけは何であってもよかったのに違いない。半鏡の八右衛門と近目の才三が、些細なことから口論を始めた。兵助の馳走を受ける席では、たまたま呉越同舟《ごえつどうしゆう》のかたちになってはいたが、いつもは廓のなかや芝居町で、角を突き合わせている間柄なのだ。二人は大脇差の柄《つか》に手をかけて立上がった。

「うぬ！　このおれに逆らう気か」

「逆らうとは、何のこんだ。よしや、ここから突ん出て、勝負をするべい」

二人は鞘《さや》から脇差を引抜いた。花魁と禿は悲鳴を挙げて逃げ惑った。小出兵助は狼狽《あわ》てて「待て、待て」と止めたが、酒を飲ませて貰っているときは檀那と奉っていても、もともと兵助のいうことなど、おとなしく聞くような連中ではない。「やるべい」「やるべい」「とっつかれ」と二人の仲間もいきり立って、傾き者たちは階段を駆け下りて娼家の外に飛び出した。

——喧嘩だ、喧嘩だ……。

大門を出て、日本堤の通りで対決した半鏡の八右衛門と近目の才三のまわりには、たちまち黒山の人だかりができた。こうなっては二人とも、後に退《ひ》くことはできない。

最初に斬りつけたのは半鏡の八右衛門だった。刀は近目の才三の着物を肩口から斜めに切り裂いた。切っ先は、たしかに近目の肌に傷を負わせた筈であった。それでも不死身の異名を取っている近目は、すこしも痛そうな顔をせず、死ねえッ、と怒号しながら半鏡に斬りかかった。二人の刀と刀が合った。途端に近目の刀が真中から二つに折れた。まわりにいた仲間は、その刀が博奕《ばくち》に勝って取上げたものであることを知っていた。黄漆《きうるし》の鞘に大角鍔、というその刀の拵《こしら》えが気に入って、近目は自慢気に腰に挟んでいたのだが、中身はとんだ安物であったらしい。

近目は半分になった刀を持って飛び下がった。袈裟《けさ》がけに斬られているのに、顔色にはまったく臆したところがなかった。そのことが逆に半鏡の怖れを誘ったのか、かれは追討ちをかけることができなかった。二人は睨み合ったまま、肩で息をしていた。

「それまで……それまでッ」

と小出兵助は叫んだが、どちらも刀を引く様子はない。騒ぎを聞いた町役人が駆けつけて来た。町役人はその場の有様を見て毒気を抜かれた表情になった。傾き者の喧嘩は珍しくもないが、まわりを数人の鎧武者が取巻いている。

「刀を引け。両人とも、刀を引きませい！」

町役人の声に、ようやく刀を引いた二人のあいだに割って入って、鎧兜の小出兵助は、「こ

の喧嘩、わしが預かった」と、両手をひろげて大見得を切ったが、見物人のなかから喝采《かっさい》の声は起こらず、

――ちぇッ、何だい、こりゃあ……。

――武者人形が出るのは、端午の節句に決まっているもんだぜ。

――土用の節句なんて、聞いたこともねえ。

という呟きが洩れただけであった。町役人は兵助に訊ねた。

「これは何の真似でござる」

「いや、ちょうど土用じゃによって、腹中の虫干しをしようと考えたのだが……」

恐縮した面持で兜の上から頭を掻きながら、小出兵助は汗びっしょりになっていった。「それがどうも、この者たちの虫の居どころが悪かったらしくてな」

「して、そこもとはいずれの……」

身分を聞いた町役人に、

「わしか。わしは丹波園部に二万六千七百十一石の領地をいただいている小出信濃守《しなののかみ》の一族にして、お上《かみ》から五千石を頂載しておる旗本小出兵助じゃ」

とかれは、赤糸縅しの鎧と、大身《たいしん》の旗本にふさわしい威厳を取戻して答えた。町役人は、へえ……と恐れ入った顔つきになった。

「……と、まあ、こうした成行きでな、喧嘩は無事におさまったというわけじゃ。もっとも、その小出兵助というお旗本は、もとはといえば自分の酔狂から起こった喧嘩を預かるために、半鏡と近目の双方に大枚の金子《きんす》を与えて納得させたらしいのじゃがな」

と、塗師《ぬし》職人の安次郎は、身振り手振りの仕方入りで、数日まえに吉原と日本堤で起こった一件を、面白おかしく語り終えた。

ここは日本橋長谷川町の裏店《うらだな》である。

長谷川町から人形丁通りを隔てた向う側には、堺町と葺屋町の芝居町がある。長谷川町の横丁の裏店には、職人や振売りの商人のほかに、芝居者や絵草紙屋なども大勢住んでいた。場所が場所だけに、このあたりには芝居町や吉原の噂話が、飯よりも好きな連中が多く、なかでも話好きな安次郎は、数日まえから聞き集めた噂話を虚実とりまとめて、小出兵助吉原出陣の一件を、長屋の涼み台に集まっていた連中に聞かせていたのだった。

「しかし……」と一人が安次郎に訊ねた。「喧嘩は無事におさまった、といっても、近目は袈裟がけに斬られていたわけだろう。無事じゃあねえじゃねえか」

「それが不死身というのは不思議なものでな、着物を脱いでみたら、近目の肌には一本の赤い筋がついていたが、血は一滴も流れていなかったということじゃ」

「へえ……不死身てえのは、えらいもんだね」

「それにしても……」と別の一人は「そのお旗本はだらしがねえ。鎧兜で吉原へ出陣したところまでは面白《おもしれ》えが、さむらいの虫干しだなどと気の利いたことをいっていながら、傾き者の喧嘩も自分じゃ止められねえというんじゃあ、まるっきり何の役にも立たねえさむれえじゃねえか」

「そこはそれ、昔から物の役に立たぬことのたとえを、土用布子《どようぬのこ》に寒帷子《かんかたびら》、というであろう」

と、安次郎は顔に微笑をふくませて話に落ちをつけた。「まして布子より厚い鎧兜、土用の役に立つ筈がない」

「なあるほど……」

話の落ちに感嘆している長屋の連中の声を聞いて、安次郎はいい気持になった。ことし二十八歳の安次郎は、上方《かみがた》の難波《なにわ》の生れであったが、十年ほどまえに江戸へやって来て、塗師職人の弟子になった。一人前の塗師になったときから、この長谷川町の裏店に住むようになったのは、やはり芝居や絵草紙の世界に強く心を惹かれていたからなのかも知れず、かれは漆塗りの仕事よりも、人の噂話を聞くことや、自分の見聞を一席の話に仕立て上げて人に聞かせることのほうが、ずっと好きだった。そして人人が眼を輝かせて自分の話に聞入り、話の落ちに手を拍《う》って感心するさまを見ていると、身内から生甲斐のようなものが湧き上がって来るのを感じた。

聞いているほうも、初めのうちは仕事をそっちのけにして人の噂話ばかりしているかれを、おしゃべり安次郎などと小馬鹿にしたような呼び方をしていたが、そのうちに身振り手振りに声色までまじえた話の面白さにだんだん引入れられて、近ごろでは仕事が終った夕方から長屋の涼み台に集まっては、安次郎の話を楽しみにするようになっていた。

　小出兵助吉原出陣の一席が終って、涼み台に集まっていた長屋の連中が去って行き、安次郎も一仕事しあげたような気分になって、首筋の汗を手拭いでぬぐっていたときだった。一人の見慣れぬ男が近づいて来て、こう声をかけた。

「安次郎さんとやら……おまえさんの話、あまり面白くないね」

二

　安次郎はむっとした。現にいままで聞いていた連中は、自分の話の面白さに、手を拍って笑い転げていたのである。それを、あまり面白くないね、というのは、「どこがどう、面白くないんです」と、安次郎は聞き返した。相手はその問いをはぐらかすように、別のことをいった。

「おまえさん、上方の人だね」

「ええ……」

「そうだろう。言葉で判る。じゃあ、いま京で大評判の露の五郎兵衛の話は聞いたことがあるかい」

「…………」安次郎は無言で首を振った。

かれが生れ育った難波には、市井《しせい》に軽口咄《かるくちばなし》の名手が多かった。小さいときから、かれは近所の名手の軽口咄を聞くのが大好きで、それが天性のおしゃべり好きにいっそう拍車をかけたのだが、京へは十年ほどまえに江戸へ来る途中に寄ったことがあるだけで、露の五郎兵衛という名前は聞いたこともなかった。

「その露の五郎兵衛というのはね、京の四条河原へ涼みに出て来る人を相手に、辻咄《つじばなし》というのを始めたんだよ。これが大層な人気でね。話が終ると、あたりの人だかりから投げ銭の山だ」

「あんたは、その話を聞いたことがあるんで……」

「うん。去年の夏に京へ行ったときに聞いたんだが……」と男は片手で顎を抓《つま》んだ顔を横に傾けて歎息《たんそく》した。「うまいねえ。名人だね、あの人は」

「一体どんな話をするんです？」

安次郎は嫉妬の念とともに好奇心をそそられた。

「たとえばね、こんな話をするんだ」

男はそういって話し始めた。

——江戸と大坂と京の者がね、一隻の渡し舟に乗合わせたというんだよ。そこでそれぞれ在所の話が始まって、江戸の者がいうには「江戸のほうじゃあ、何でも流行《はや》るものには、山号寺号をつけます。江戸でも評判の福安殿という名医がござってな、この人を医王山薬師寺と申して、ことのほか流行りおりまする」。それを聞いた大坂の人が「なるほど、いずかたもおなじことでございますな。大坂の芝居には四十三宇平次という役者がおりまする」というのを聞いて京の人が「いや、別に珍しいことではない。京の島原には、皆さんご存じという太夫《たゆう》がござる」……。

「ワハハハ」安次郎はおもわず哄笑《こうしょう》した。

「どうだ。うめえだろう。たったこれだけの話で、江戸と大坂と京の者の気性の違いが、はっきりと目に見えるようじゃねえか。とくに『京の島原には、皆さんご存じという太夫がござる』……この落ちが何ともいえないねえ。軽く、すとん、と腑に落ちて、腹の底からおもいきり笑える。それにくらべると、おまえさんのさっきの話の落ちはね、昔から物の役に立たぬことのたとえを土用布子に寒帷子、まして布子より厚い鎧兜、土用の役に立つ筈がない……これじゃ理が勝ちすぎている。重いんだよ」

「…………」

「なるほど、とはおもうが、笑えない。笑うかわりに、みんな腕を組んでしまう。まあ鎧兜の話だから、重くなるのも無理はないかも知れねえが、話の落ちは、もうすこし軽くなくちゃいけねえ。それが頓智《とんち》頓作てえもんだ。たとえば、その鎧兜の話でも……」

「どんなふうに」

「そうさな……」と男は暫《しばら》く、かわりの落ちを考えようとしているふうであったが、急にはおもいつかぬ様子で「……とにかく、おまえさんの落ちは重すぎるんだよ。そこへいくと、露の五郎兵衛の落ちは軽いねえ。実に軽い」

「その露の五郎兵衛という人は、ほかにどんな話を……」

と、安次郎は聞いた。いまの話に感心していたかれの心からは、嫉妬の念が消えて、好奇心だけになっていた。男は別の話を始めた。

――ある親父が酔払って帰って来て、息子を呼んだけれども、家のなかにいない。「はてさて、出歩きおって、憎い奴め」と怒っているところへ、息子もべろべろに酔払って帰って来た。「やい、戯《たわ》け者めが、どこでそのように大酒を食ろうてきた。おのれがような者に、この家はやられぬ」といきまけば、息子は「これ親父、やかましゅうおっしゃるな。このようにぐるぐると回る家は、貰わいでも大事ない」。それを聞いた親父も、もつれる舌で「何を、このうんつくめ、おのれが面《つら》とて二つに見ゆるわ」……。

「ワハハハ」安次郎はふたたび哄笑した。

「どうだ、うめえもんだろう」男は自分がまるで露の五郎兵衛でもあるかのように、得意そうに鼻を蠢《うごめ》かしていった。「おれの考えじゃあな、話は一に落ち、二に弁舌、三に仕方だ。落ちってものは、それだけ大事なんだよ。判ったかい」

「へえ、それは判りましたが、あんたは一体どういうお方なんで……」

安次郎は男の素姓を訊ねた。いまの露の五郎兵衛の話を伝えた口調が素人ばなれしていたこの男は、何者であろうとおもったのだ。

「おれか。おれは菱川師宣《ひしかわもろのぶ》の弟子で、石川流宣《りゅうせん》という絵師だよ」

「菱川師宣のお弟子というと、この店《たな》に住んでいる古山師重《もろしげ》とも……」

「うん。おなじ仲間だ」

この長谷川町の裏店には、いま江戸いちばんの人気絵師菱川師宣の門下である古山師重が住んでいた。石川流宣は、かれから安次郎の噂を耳にして、話を聞きに来たのだろう。

「いまもいった通り……」

と、石川流宣はいった。「おれは話の一が落ち、二が弁舌、三が仕方と考えているんだが、おまえさんの落ちは、どうもあまりうまくねえ。だが、弁舌と仕方は、なかなかのものだ。おまえさん、中川喜雲の『私可多咄《しかたばなし》』は読んだことがあるのかい」

「へえ」安次郎は頷いた。

医師であり俳諧師《はいかいし》である中川喜雲は、仕方咄の元祖でもあって、その『私可多咄』という本のなかの、——あるいは都人とかこち、あるいは鄙人《ひなびと》とつくる。されば、わかちめ、あざやかならねば、しかたばなしになんしける。……つまり、話し方によって、町育ちの者であるか田舎者であるか、はっきりと演じ分けなければ仕方咄にはならない、という教えにしたがって、安次郎は身振り手振りに声色までまじえた自分なりの話し方を工夫していたのだ。

「そうだろうな。さっきおまえさんの話で、さむらいと傾き者の仕分けは、よくできた。けれど、何度もいうように落ちがうまくねえ。あの話の落ちは……そうだ、こうしたらどうだ」

石川流宣は、ようやく考えついた顔つきになっていった。「世を警めるため、さむらいの虫干しじゃ、というて鎧兜に身を固めて吉原へ出陣いたしたものの、なんのおのれが飛んで火に入る兜虫……」

「それもあまり面白くはありませんな」

安次郎は率直に答えた。

「そうか。では……」と唇を噛みしめて「こんなのはどうだ。花魁を買って兜の緒を締める……」

「まるっきり面白くない」

「では、こんなのはどうだ」顔を赤くした流宣は躍起になって「土用でも暑くはないぞと武者ぶるい、瘦我慢《やせがまん》の銭失いとは、これいかに……」途中から声が低くなった。

「なんです、それは」

「判らんかな」

「判りません」

「安物買いの銭失い、にかけてあるのだが……」

「ちっとも面白くない」

「そうか。アハハ、これはたしかに面白くないな。われながら不出来……だが、おまえさんの落ちも似たようなものだぞ。落ちを何とかすれば、おまえさんの話はもっと面白くなる。まあ、せいぜい工夫することだな」

そういうと、つるりと顔を撫でた石川流宣は、もういちど照れ隠しのように笑って帰って行った。あたりはもうすっかり暗くなっていた。安次郎は家のなかに入った。

「おまえさん、いつまで下らないことを喋っているんだい。昼間っから夜まで、喋り通しじゃないか」

女房のおとくの声は尖っていた。

「そういうなよ。いま上方へ行って来た人に教えられて、いろいろと話の工夫をしていたんだ」

「話の工夫なんか幾らしたって、一文の得にもならないだろう。まったく仕様のない人だねえ。自分の仕事より、何の足しにもならないお喋りのほうが好きなんだから……」

「いや、そうでもないかも知れないぜ。いまの人の話では、近ごろ京の四条河原に露の五郎兵衛という辻咄の名人が出て、投げ銭の山だということだ」

「おや、それじゃ、おまえさん、その河原者の真似でもしようってつもりかい」

「そういう訳じゃあねえが……」

「よしておくれよ、河原者の真似だなんて。ああ、厭だ厭だ。このへんの長屋に住んでいる芝居者や絵草紙本の作者だって、みんなろくでもないのばっかり……暇さえあれば酒だ博奕だ、それでも足りなくって吉原に行っちゃあ女郎っ買い、そんな者の仲間入りをするより、おまえさん、もっと自分の仕事に精を出しておくれな。池之端のお店《たな》に納める仕事が、すっかり溜っちまっているじゃないか。本当におまえさんて人は、朝から晩まで仕事はそっちのけにしてお喋りばかりして、それでよく舌がくたびれないもんだねえ。そりゃあんたはそれでいいだろうさ、お喋りさえしてりゃ、あとは何にも要らないって人なんだから。でもあたしだってたまには、甘い物のひとつぐらい口に入れてみたいやね。あんたが仕事をしないもんだから、ここんとこ甘い物なんてお目にかかったこともない。おかげであたしは舌が回らなくなって、ものをいうのも億劫《おっくう》になっちまったよ」

「…………」

それだけ舌が回れば結構じゃないか、とおもったが、安次郎は無言で夕餉《ゆうげ》の膳に向かった。かれは家のなかでは、つねに寡黙であった。世間ではお喋り安次郎の異名をとっていたけれども、家では女房のお喋りに、とうてい太刀打ちができなかった。こっちが一言いうと、おとくはかならず、三言はいい返した。それだけならいいが、果ては決まって金切声になる。安次郎は話の上手になりたいと心がけて、たえず声や言葉の調子に気をくばっていただけに、調子っぱずれの声には我慢ができなかった。それを聞かずに済まそうとおもえば、黙っているよりほかはない。安次郎が何よりも外に行って話をすることが好きだったのは、女房の饒舌に辟易《へきえき》していたせいもあったのかも知れなかった。

もともと葺屋町の芝居茶屋で働いていたおとくは、近くの長谷川町一帯の人の集まるところへ顔を出しては面白おかしくお喋りをしている安次郎の評判を聞き、その軽妙な話しぶりに心を惹かれて声をかけ、自分のほうから熱くなって、いわば押しかけ女房のようなかたちでかれと一緒になったのである。初めのうちは、堅気の人間の少ない長谷川町の裏店暮しが気に入っている様子であったが、それぞれ一風変っている芝居者や絵草紙本の作者たちの裏側を覗く物珍しさが消えてみると、どれもこれも下らない人間に見えてきて、先の見通しの立たない貧乏暮しが、だんだん厭になってきたらしい。近頃では、ろくに塗師の仕事もせずに、一文の銭にもならないお喋りで日を送っている安次郎に愛想を尽かしかけている様子であった。

「……あしたっからは、ちゃんと仕事をしておくれよ。でなきゃ、あたしにも考えってものがあるんだから……こんな暮しは、もうつくづく厭になってしまったよ。溜っている仕事を仕上げてさ、それをお店に届けて、たまには塩瀬《しおぜ》の笹粽《ささちまき》ぐらい食べさせておくれな。塩瀬の笹粽と……そうだ、芝の陳三官唐飴《からあめ》。安いもんじゃないか。甘い物さえ嘗《な》めさせておきゃあ黙っている女房なんだから。いまのままじゃ本当に、お乳だって出なくなっちまうよ……」

赤ん坊に乳首を含ませながら、そんなことをいっているおとくの言葉を、安次郎は殆ど聞いていなかった。かれも嫌いで一緒になったわけではないが、ときどきおとくが癇に障って仕方がなくなるのは、上方と江戸という生れ育ちの違いのせいもあるのかも知れない。

――だいたい江戸の者は、気性が荒い。

と、安次郎はおもう。よくいえば気持が一本だ。その気持を真っすぐに口に出す。話す声が大きくて、身振り手振りも大きい。そのいい例が、二年まえに江戸中の人気を集めた団十郎の荒事だ。それにひきかえ上方の人間は、二本か三本の気持を胸のなかで縒《よ》り合せて暮している。

たとえていえば江戸の人間の気性は竹を割ったようで、上方の人間の気性は布を縒り合せた紐のようだ。だから言葉も、くるくると丸く輪になって出てくる。しかし、江戸へ来たからには、この土地に合った話し方をしなければならない。安次郎はこの土地の気性を嫌いではなかった。上方から江戸に来て住みついたのには、やはり違った気性に惹かれていたせいもあったのにちがいない。

長谷川町に住み始めたころ、よく難波で聞き覚えた軽口咄を長屋の連中にしたが、それは聞き手に受けなかった。江戸の人間は、どっちかといえば実際にあった出来事や、実在の人物の噂話のほうが好きなようだった。ことに武士や偉い人間をからかう調子の話が受ける。かれもそんな話が嫌いではない。それで、きょうの小出兵助吉原出陣の一席のように、自分の見聞を話に仕立て上げることに熱中していたのだった。

安次郎は話の思案に耽っていた。話の筋や段取りや落ちを考え始めると、かれは回りの物音が、いっさい耳に入らなくなる。なにやらひとりで喋り続けているおとくに背中を向けて、安次郎は胸のなかで何度も繰返しきょうの話を反芻しながら、なんとかうまい落ちを見つけようと、腕を組んで一心に考えこんでいた……。

三

「どうだい、すこしは話がうまくなったかね」

石川流宣は、あれからたびたび安次郎のところへ訪ねて来るようになった。口は悪いが、根は親切な人間であった。かれは上方から帰ってくると、露の五郎兵衛の話をきかせてくれた。

流宣の師である菱川師宣は、多くの弟子を抱えて、何十冊もの絵草紙や好色本を出版していた。弟子たちのなかには、禁制の枕絵を描く者は勿論、上方で人気のある好色本を殆どそのまま真似たり、ほんのすこし変えるだけで自分の作にする者もいた。流宣もそうした好色本の種本を探すために、時たま上方へ行っていたのである。別にそれを悪いことだとおもう考えはなく、繁華で進んでいる上方の流行をさぐったり、好色本を手に入れてそれを種に改作を試みるのは、ひとつの工夫であり勉強だとおもっている。その勉強の一端として、好色本ばかりでなく軽口咄の創作にも興味があったかれは、よく露の五郎兵衛の辻咄を聞いていたのだ。

露の五郎兵衛の話を聞いて耳が肥えている流宣を感心させるために、安次郎は懸命に自作の話を聞かせた。話し終るたびに、「どうも面白くねえな」と、流宣は首を振った。それは安次郎にも判っていた。落ちがうまくない、と流宣にいわれてから、安次郎はあんまり考えこんで話を捻《ひね》りすぎるせいか、近所の連中にもすっかり受けなくなっていた。受けたとしても、安次郎には一文の儲けにもなるわけではないが、自分の話に聞入っている人人の眼の輝きや、途中でどっと起こる笑い声や、話し終ったときの拍手と喝采が、生甲斐だった。その笑い声と喝采が消えると、気落ちして、話はますます詰まらなくなっていくようだった。

安次郎は家のなかに閉じ籠《こも》りがちになった。といって、漆塗りの仕事に身が入るわけでもない。かれのかわりに女房のおとくが、外へ出ては近所の連中とお喋りに興じている。

――安さんの話より、お前さんの話のほうがずっと面白いや。

という声も聞こえた。安次郎は面白くなかった。かれにとっては、鬱鬱とした月日が続いた。

そうしたある日……。

かれは長屋の木戸口のところに立って、ぼんやりと通りを眺めていた。向うから傘をさして首のまえに箱をかけたシャボン玉屋がやって来た。

「さあ寄ったり見たり、いま評判のシャボン玉やシャボン玉、吹けば五色の虹が出る」

呼び声で子供たちを集めて、町角に立止まった男は、オランダ渡来のシャボンを溶かし、それに無患子《むくろじ》の皮を煎じた汁を加えた水を、葭《よし》の茎の先につけて吹き始めた。初めてそれを目にした者も多かったのに違いない。子供ばかりでなく、見ていた大人のあいだからも歓声が起こった。その歓声と、虹色のシャボン玉を追っている人人の眼の輝きは、いまの安次郎が何よりも欲しいものだった。

無数のシャボン玉が、秋の陽射しを浴びて、青空に舞い上がっていく。その大部分は長屋の柾屋根《まさやね》のうえに落ちたり、風に吹き飛ばされたりして、じきに消えた。安次郎は自分もその消えたシャボン玉のような気がした。話の上手になりたい……とおもいつめていた希望が、いまは儚《はかな》く砕け散ってしまったようにおもわれた。とりわけ長く宙に漂っていたシャボン玉が消えたとき、かれの胸のなかでも、なにかが弾け飛んだ。途端にひとつの話が脳裡に浮んだ。そして、それは葭の茎から吹き出されるシャボン玉のように、次から次へと別の連想を呼び始めた。──虹だ、五色の虹だ。膨んではパッと弾けて、露跡形《つゆあとかた》もなく消えてしまうシャボンの玉だ……、とかれはおもった。

安次郎はなにかに憑《つ》かれたような足どりで、石川流宣の家に行った。流宣は数人の弟子と一緒に絵草紙の制作をしていた。話を聞いて貰いたいんだ、と安次郎はいった。弟子たちは露骨にうんざりした顔つきをした。安次郎はまえにもこの家で何度か話をしたのだが、そのたびに、まるで面白くない、と弟子のあいだからは笑い声ひとつ起こらなかったのである。だが、流宣だけはいつもと違った気配を感じとった表情で、「いいよ。やってみねえ」といった。

弟子たちの眼には小馬鹿にしたような色が漂っていた。安次郎には才能がない、とすでに見切りをつけている面持であった。こっちを見縊《みくび》っている相手を笑わせるのは、容易なことではない。しかもかれらは、決して笑うまいとでもしているように固く口を結んでいた。どうあってもこの連中を、吹き出させてみせなければならぬ……といって、気負いすぎてもいけない。安次郎は呼吸を整えて、ゆっくりと話し始めた。

──ある人、座敷を建て直しましてな、近所の人を新宅に招いて振舞いをいたしました。酒のなかばに内儀が出て「なにもござりませぬが、新宅を馳走に酒をまいりませ」というに、一座の者「さりとては物入りでござりましたろうが、結構なご普請でござる」といえば、内儀

「うちの力ばかりではございませぬ。みんな近所の衆のおかげじゃ」というた。

これを聞いた与茂作、家に帰って「あの家のご内儀は、実に利発なお方じゃ。あの身代で、だれの力を借りた筈もないのに、こうこういうた」と褒めて話せば、女房「それしきのことが、わしにもいえぬものか」というたが、それから十四、五日ほどして、この女房が出産をいたしまして、七夜の祝いに招《よ》ばれた近所の者が亭主に「きょうはまことにめでたい。ご内儀もお喜びでござろう。やすやすとご安産、しかも男子でござるによって」といえば、女房まかり出て「亭主の力ばかりで出来たのではござらぬ。これもみんな、近所の若い衆のおかげじゃ」……。

話し終ったとき、一座はしんとしていた。やっぱり駄目だったのか……と安次郎は気を落しかけたが、ほんの一瞬の間《ま》をおいて、爆笑が起こった。話があまりにおかしすぎたときには、笑い出すまでに、すこし間があくものらしい。そのかわり、いったん笑い出すと最早《もはや》とまらぬ様子で、弟子たちは体をまえに折って笑い転げた。「これはおかしい」と流宣は涙を手で拭いながらいった。「これなら露の五郎兵衛にも負けぬ。いや、露の五郎兵衛の話でも、これほど笑ったことはない。よくできた。よくできたぞ、安次郎……」

初めて流宣に激賞されて、安次郎も眼に涙が滲むのを感じたが、「では、もうひとつ……」と、笑いの余韻が静まるのを待って、次の話を始めた。

――さるうえつかたの上臈《じょうろう》衆が、藪入りで宿下がりをいたしましたときに、芝居町へ参りましてな、中村座で「切り狂言三番続き」と呼ばわっているのを喜んで、桟敷へ上がって見物をなされた。

三番続きの一番が過ぎたとき、袴《はかま》を着《ちゃく》したる男が舞台に出て来て畏《かしこま》り「三番続きに仕《つかまつ》る筈にてござりましたなれど、太夫しくたびれ、そのうえ日も暮れまするによって、中を一番抜いて仕りまするほどに、さようお心得下されたく……」といえば、上臈衆のなかから声あって「三番続きにいたす由《よし》を聞いて、きょうは見物に参ったのじゃ。中を一番抜いていたすこと、さりとは聞こえず、それはならぬ」というた。「はて、太夫しくたびれ、そのうえ日が暮れまするを如何《いかが》仕りましょうや」と男が問えば、かの上臈「苦しゅうない。抜かずに三番してくりゃれ」……。

また一瞬の間をおいて、こんどはまえよりも大きな爆笑が巻き起こった。弟子たちのなかには、安次郎が女の声色でいった「抜かずに三番してくりゃれ」という落ちを真似て繰返しながら、仰向けに引っ繰り返り、両足を宙に泳がせて大喜びのさまを示している者もいた。

「では、いまひとつ……」安次郎は調子に乗った。「待て」手を挙げて制した流宣は、もう一方の手で脇腹を押さえていった。「苦しくて死にそうだ。しばらく待ってくれ」。安次郎は待たなかった。まえに自信を失っていたときには、いくら話術の限りを尽しても、くすりともしなかったのに、いまは笑いの大波が押し寄せている。この波に乗らぬ手はない。

——ある大家《おおや》が、これからは隠居して楽に暮したいとて、入道して髪を剃り、おのが名を楽斎とつけました。ところがこの長屋の店子《たなこ》に剽軽者《ひょうきんもの》がいて、おのれも頭を剃って、楽斎と名をかえた。

大家の楽斎が怒って「大家も楽斎、店子も楽斎では紛らわしゅうてならぬ。名前を変えよというのではないが、楽斎という名の者にこの店《たな》を貸すことはできぬによって、今日中に立ちのけ」といえば、店子の楽斎がいうには「なんの、こうすれば紛れる筈がない。わしはただのらくさいじゃ。おまえさまは本真《ほんま》の楽斎じゃによって、真《ま》らくさい」……。

聞いていた一座の者は、笑いすぎて息も絶え絶えの有様になった。いまにも笑い死《じに》せんばかりの様相である。その光景に力を得て、安次郎の頭のなかには、これまで種にしようと考えていた話や、だれかから聞いたことのある話が、次次に湧き上がって来た。かれは勢いに乗じて追討ちをかけた。

――山の手筋のお屋敷に元結《もとゆい》を売り歩く若衆がおりまして、これが水もしたたるようないい男。一方さる武家屋敷に仕えおりまする奴《やっこ》がおりまして、これが根っからの若衆好き。折あらば……と狙いおりましたある日、空模様が怪しくなってきたのをさいわい、「雨になっては商いもなるまい。わしらが部屋に来て休みたまえ」と招いて行く途中、若衆を庭に押し伏せて背中からのしかかった。

ところがこの元結売り、若衆姿はしておるが、その道が好きでない。というて、奴《やっこ》に手向ってもかなう筈がない……と透かさず素股《すまた》をとらせる。奴は血気にまかせておのれが作蔵を地の砂にまでめり込ませた。

さて、しおえてのち、奴が砂まみれになったおのがまらを眺めて、つくづくいうことには「なんと、そのほうは顔に似ず随分と嗜《たしな》みが悪い。これからはかならず、砂下ろしの蒟蒻を薬食いに用いるがよい」……。

ひいッ、と一同の笑い声は悲鳴に近くなり、顔も顰《しか》めっ面のようになってきた。安次郎は手綱を引締める必要を感じた。赤子でもあんまりあやして喜ばせすぎると、しまいには赤子もどうしてよいか判らなくなり、不機嫌になって泣き出してしまう。これだけ笑わせたあとには、いわば笑い納めの落ちを綺麗につけて、座を締めくくらなければならない、それには頓智頓作の落ちが一番だ。そうおもった安次郎は、

――すぎにし春のころ、中村善五郎なる役者が新芝居を打ちましたるときに、なにか変ったことをせんとおもい立ちまして、太鼓櫓《たいこやぐら》の幕を柿色に染めて張りましたるところが、やがてその下に落首の貼紙があって「新しばい表《おもて》に柿の幕を張り　さぞや内にはへたのあるらん」善五郎、これではならじと、幕を紺に染め直しましたるところが、また落首の貼紙がありましてな、「打ちまわす太鼓櫓の幕の色　染めかえしても客はこんこん」……。

と、狂歌の落ちをつけて頭を下げた。一同の喝采の声は、しばらくやまなかった。このまま死んでしまうのではないかという気がしたほど笑わされたあげく（あとで判ったのだが、そのなかには苦しまぎれに坐り小便を洩らした男もいたのだった……）最後の鮮かな落ちで綺麗に止《とど》めを刺された弟子たちの顔には、最初の小馬鹿にしていたような色とは打って変って、安次

郎に対する畏敬の念さえ浮んでいた。

「安次郎さん……」

石川流宣は深い感動を面《おもて》に現わしていった。

「おまえさんの芸は、もう露の五郎兵衛に引けをとらねえよ。おれの考えじゃ、それ以上かも知れねえ。どうだ、ここでひとつ、咄職《はなししよく》になってみる気はないかね」

それは安次郎にとって、願ってもないことだった。身すぎ世すぎのために仕方なく続けている塗師《ぬし》の仕事よりも、大好きな話をして三度の飯が食えるのなら、これに越したことはないが、果してそれで、飯は食えるのだろうか……。

「咄職というのは、この江戸にはまだねえ商売だが、なあに、おまえさんほどの腕がありゃあ、心配することはねえ。おまえさんがその気なら、及ばずながらおれたちみんなが贔屓になって後押しをさせて貰うぜ」

流宣はそう言って、弟子のほうに声をかけた。「なあ、みんな」

「へえ」「安次郎さんのためなら……」「興行の旗持ちでも車引きでも、なんでもやりますぜ」

弟子たちは口口にいった。

「しかし……」と流宣は「京の咄職が露の五郎兵衛で、江戸がおしゃべり安次郎というんじゃ、どうも貫禄がねえな。おまえさんの家には、苗字ってものはないのかい」

「なんでも聞いたところでは……」安次郎は首を傾げて「先祖はさむらいで、志賀という苗字だったとか」

「元は武士で、苗字は志賀か。志賀の……そうだ、鹿野武左衛門《しかのぶざえもん》というのは、どうだい。これなら剽軽なところと、武張ったところと両方あって、江戸の人間にゃあ、ぴったりだ。どうだい、この名前は」

「へえ、わたしには別に異存は……」

「よし、決まった。おまえさんはきょうから鹿野武左衛門、江戸の咄職の元祖てえわけだ」

鹿野武左衛門か……と安次郎は初めて耳にした自分の名前を、口のなかで呟いてみた。この名前で、本当に江戸で最初の咄職として立っていけるのだろうか。かれはこれまで、長谷川町のあたりに集まる人人を笑わせてきた。また、石川流宣と弟子たちは、江戸で最も笑いにうるさい人たちである。その連中に太鼓判を押されたのだから、間違いはないのかも知れぬ。とすれば、これから、長いあいだ待ち望んでいた笑いと喝采の日日が始まることになるのだ。

笑いと喝采の日日——。それは安次郎が何よりも憧れていたものだった。そうした将来を想像すると、胸が躍って、眼が眩《くら》むような感じがした。だが、その胸の底には、流宣に話の落ちが詰まらないといわれて自信を失ったころの影が、まだ冷たくあとを引いていた。いままでのかれは、話をただで聞かせる素人だった。これで銭を取る本職になったら、そんなにうまくはいかないかも知れぬ。あるいは塗師の仕事をやめたために、尾羽打枯《おはうちか》らしてしまうことになるかも知れない。

芝居小屋と見世物小屋が立並ぶ町のすぐそばで暮しているかれは、さしたる才能もないのに芸の魅力に取憑かれて零落した人人の群れを、数えきれないほど見てきていた。それをおもうと安次郎は、咽喉の奥に重苦しい塊が詰まって、頭のなかは熱く火照って痺れているのに、首筋のあたりは薄ら寒く感じられるような妙な気分になった。目の前で、さっきの話の落ちを繰返しては打ち興じている流宣と弟子たちの姿が、安次郎……いや鹿野武左衛門の眼には、なぜか遥かに遠い景色のように見えた。

中橋広小路の露天に、葭簀《よしずば》張りの小屋を構えて、六文の木戸銭を取り、晴天八日の興行をした鹿野武左衛門の仕方咄は、たいへんな評判を呼んで、連日大入り続きの盛況となった。武左衛門はこのときのために、小咄ばかりでなく、身振り手振りを入れた仕方咄を練り上げて「しかた咄　鹿野武左衛門」の看板と幟《のぼり》を小屋の外に掲げていた。

団十郎の荒事を好む江戸の人には、この仕方咄が受けたのである。かれの高座というのは、こんなふうだった。まず、三味線と鼓、太鼓による囃子《はやし》の音につれて、満面に笑みを湛《たた》えた鹿野武左衛門が高座に登場する。そして幾つかの小咄で満員の客に腹を抱えさせたあとで、いよいよ呼び物の長い仕方咄に取りかかる。「夢中の浪人」という話でいえば、

——さるところに大和田源太左衛門なる浪人がおりまして、長年にわたる浪浪の暮し、すっかり尾羽打枯してはおりまするが、いまだに武士の心は少しも衰えておりませぬ。そこに目を

とめたある人が、さる屋敷に仕官の世話をしようとおもいまして、「この十一日には主人在宅の由、その日に訪ね行かれるがよかろう」といえば、浪人は天にも登る心地、一日千秋のおもいで待つうちに、さて当日、浪人は垢じみたる黒羽二重に、それでも武士の嗜み、肩衣《かたぎぬ》をつけてその屋敷へ参りますると、玄関に現われたる奏者、座敷に案内しての口上には、「お待遠にはござるが、殿はいま月代《さかやき》を剃りにかかってござる。いま暫くお待ち下され」と、茶と煙草盆、それに干菓子を盛った高坏《たかつき》を浪人のまえに置いた……。

と、ここまでの話の段取りが、実際はかなり長い。話術で客を引っ張れるところまで引っ張っておいて、ここから武左衛門の身振り手振りの大活躍が始まる。

――さて、浪人が座敷で待つうちに、襖《ふすま》がそろりと開いて、顔を現わしたのは、おそらくこの家の子であろう、六つ七つばかりなるいかにも心悪《あ》しげなる男の子。浪人の顔を見ながら座敷に入って来て、高坏のうえなる干菓子を引っ摑んで盗み行き、襖のかげに隠れて食ろうている様子。また座敷のなかに入り来たり干菓子を盗み行くを見て、浪人が心のうちでおもうには、「はてさて、わしが浪人暮しのひもじさに、菓子を荒したとおもわれなんこと、考えただけでも口惜《くちお》しや。こんど来たならば、嚇《おど》してみん」とて待つうちに、また襖を開けて入って来た子供に向かって、浪人、おのが目と口と鼻の穴に両手の指を突っ込み、顔の造作をなべて引きひろげて、「ももんがあ!」と嚇しければ、子供たまらず仰天して逃げ帰る。

ところが子供は、まだ懲りませぬ。四たび襖から顔を出したる子供に向かって、浪人、顔の造作を横に引きひろげて「ももんがあ！」

それでも子供は、まだ懲りない。五たび襖から顔を出したる子供に向かい、浪人、顔の造作を斜めに引きひろげて「ももんがあ！」

六たび襖が開きましたときに、浪人はまた子供かとおもい、顔の造作を横と斜めに引きひろげまして「ももんがあ」と嚇しながら、見ると、これが殿！　殿は驚愕して襖を閉じ、奥へ戻って奏者にいうには、「あの浪人は、どうやら喪気者《そうきもの》らしい。早早に帰せ」

奏者これを伝えて「殿は急用があって他出を仕りました。いずれ重ねてお呼びがありましょうほどに、まずはお帰りなされませい」という。いわれて浪人、さてはいまの「ももんがあ」ゆえ……とおもいしものの、是非もなく座敷を立ち、玄関に出て見れば、そこにさきほどのにっくき餓鬼。

おのれ、この餓鬼めのために、あたら仕官をし損のうたわ……とおもえばおもえば、憎さも憎し、浪人、両の手指をおのが目と鼻と口にかけ、顔の縦より横が長くなるほどおもいきり引きひろげて、「ももんがあッ！」と嚇しければ、それを見ていた奏者、「あ、やっぱり喪気者じゃ」……。

この話には、浪人が「ももんがあ」の顔をつくるところが五回ある。武左衛門の顔はその五回とも、まるっきり違っていた。造作を横にひろげたり斜めにしたり八の字にしたりするので、浪人が顔をまえに伸ばして「ももんがあ！」と嚇すたびに、吹き出さずにはいられない。とくに「ももんがあ」の顔をしたまま、相手が殿と判った一瞬の表情の変化は、抱腹絶倒のおかしさだった。そして最後の憎さも憎し、と眦《まなじり》を本当に横に張り裂けんばかりに肘を張った両手で引きひろげ、「ももんがあッ！」と威嚇するところでは、その浪人が怖いやら、おかしいやら、気の毒なやらで、聞く者は、ああ面白い、よい話を聞いた……と、すっかり満足させられてしまうのだった。

武左衛門の強味は、仕方の巧《うま》さだけでなく、話を実話仕立てにしているところにもあった。

――浅草新寺町に、双六《すごろく》の盤、賽《さい》と胴などをつくる才介《さいすけ》という名人がおりまして……。

とか、あるいは、

――さる戊《いぬ》のとし極月《ごくげつ》二十八日に起こりましたる火事のときに……。

と、いかにもそれらしき地名、人名、事件などを枕にして話し始めると、実話が好きな江戸の客は、耳を欹《そばだ》てて聞入った。だからといって、それが実際にあった話であるとは限らない。武左衛門の話には、自分の見聞をもとにしたものが多かったが、それらしく見せかけて、実は根も葉もない話も少なくなかった。

またかれは演目のなかに抜かりなく、高名な役者、好色本の作者、絵師、俳諧師などの噂話もまじえていた。長谷川町に住んでいるかれにとって、それらの噂の蒐集《しゅうしゅう》はお手のものだった。有名人の裏話が好きな江戸の客には、これも大受けであった。評判を伝え聞いて、武左衛門の掛小屋には続続と客が詰めかけ、かれの手元には、ざくざくという感じで銭が入って来た。

かれは両手に抱えきれぬほど、塩瀬の笹粽と饅頭を買って家に帰り、女房にいった。

「おい、おとく、おまえがまえからいっていた塩瀬の笹粽だ。おもいきり食ってくれ」

「まあ、おまえさん……」

おとくは大喜びだった。「あたしは初めて長谷川町の角であんたの話を聞いたときから、いまにあんたがきっとこんなふうになるとおもっていたんだよ」

「そうかい、そうかい。もうこれからは甘い物になんか不自由させないぜ。塩瀬の饅頭笹粽、金龍山の米饅頭、浅草木下のおこし米、白山の彦左衛門のべらぼう焼、日本橋高砂の縮緬《ちりめん》饅頭、大仏大師堂の源五兵衛餅、それにおまえのいっていた芝の陳三官唐飴、それから麴町助三のふのやき、本所馬場の葛《くず》煎餅、八丁堀の松屋煎餅、なんでもお望み次第だ。おまえのいう通り、菓子なんて安いもんだ。なんなら塩瀬を店ごと買ってやらあ」

武左衛門は、これまでになかったほど気負い立っていた。長いあいだの貧乏暮しに、突然、銭が入ってきたせいもあったのだろうが、それ以上に、連日にわたって詰めかけて来る客を沸きに沸かせていたことが、かれを興奮させていたのだ。晴天八日の中橋広小路の興行が終ってからも、ほうぼうからお座敷がかかってきた。富豪の家、大身の武家屋敷、あるいは茶屋の宴席などに招かれて行っては、いま評判の仕方咄を演ずるのである。かれは「しかた咄」という看板を「座敷仕形咄」と変えて、毎日のように座敷を回り歩き、それでも足りずに湯屋などの人が集まる場所でも口演をした。銭のためばかりでなく、とにかく人前で話をしたくて仕様がない。かれに訪れてきたのは、まさしく笑いと喝采の日日であった。

幾ら話をしても、かれには種が尽きるということがなかった。自作の話に加えて、石川流宣と弟子とその仲間たち、流尚、流下、口前、口青、女心、不笑、梅女、長子、短才、笑口……といった面面が、役者、作者、絵師の裏話を供給してくれるほかに、次次に新作の話を考え出してくれたからである。流宣一党の働きは、それだけではなかった。夏が来ると、かれらは、

——武左衛門のいるは賑わし涼み台
という句を、人の目につく壁に書いて、かれの名前の広目（宣伝）をして歩いた。武左衛門の成功に刺激されて、江戸には、横山町の休慶、中橋の伽羅小左衛門《きやらこざえもん》、おなじく伽羅四郎斎、芝の喜作……といった咄職が生れた。そのことも、仕方咄随一の名人は鹿野武左衛門、ということになって、いっそうかれの名前を高めた。

何年もしないうちに、鹿野武左衛門は江戸中の人気者になっていた。

四

「……ちょっと、ここで甘酒を飲んで別れるとしようか。寒いときは、これにかぎる」

石川流宣は武左衛門にそういって、両国橋の袂《たもと》に荷を下ろしていた振売りの甘酒屋のまえに足をとめた。小雪が夕刻の空に散らついている寒い日であった。

「おい、親父、熱くしてくれ。生姜もたっぷり入れてな……」

流宣は親父が差出した茶碗の縁から甘酒を啜って「近ごろは、どうもこの、甘い物が好きになってな。別に寒い日でなくても、酒よりこれのほうがよいくらいだ」

「わしもそうじゃ」

武左衛門も湯気の立っている茶碗を吹きながら「酒飲みが甘い物を欲しがるようになるのは、体の衰えた証拠じゃというが、おたがいに、もう年かのう」

「年だなんて、そんな悲しいことをいっちゃいけませんや」

手拭いで頬かむりをした甘酒売りの親父が口を挟んだ。「あっしらは、あんたの話を聞くのだけが楽しみなんですから……」

客の一人が鹿野武左衛門と判っていたらしい。それは別に不思議なことではなかった。冬のあいだは夏場にくらべると人通りが少なくなってはいたが、近くに小芝居の小屋や見世物小屋があるこの盛り場では、武左衛門の顔を知らない人間のほうが、むしろ珍しいくらいである。

「いや、もう年じゃ、年じゃ」

そういいながら、武左衛門は嬉しそうに笑った。かれが江戸で最初の咄職になってから、もう十五年経っている。武左衛門は四十代のなかばになっていた。自分でも近ごろ、体の衰えを感じていただけに、甘酒売りの親父の世辞が嬉しかったのだ。

武左衛門と流宣の足元に、一匹の野犬が寄って来た。六年ほどまえに、五代将軍綱吉が

『生類憐《しょうるいあわれ》みの令』を発してから、江戸の町には、とみに野犬の数がふえていた。犬は甘酒を啜っていた二人に向かって吠えたてた。

「親父、このお犬様も、寒いので甘酒を飲みたいらしいぞ」相手が自分の贔屓と知った気易さで、武左衛門は冗談をいった。「椀、椀、といっておる」

「やっぱり、畜生は畜生……といっちゃいけねえのか」と親父は首を竦《すく》めて「いくらお偉いお犬様でも、椀と茶碗の見分けがつかぬと見える。これお犬様、これは椀ではない、茶碗じゃ。茶碗と鳴いてみなされ」

途端に犬の鳴き声が変ったように聞こえた。

「ほう、さすがはお犬様じゃな」武左衛門は目を丸くした。「こんどは、チャワン、チャワン、といっておるではないか」

その冗談に、親父は吹き出したが、「まことじゃ。ちゃんと茶碗といっておる」と、流宣も真顔で感嘆してみせた。

綱吉の『生類憐みの令』に、江戸の多くの人間は、反感を持っていた。なにしろ幕閣《ばっかく》のなかでも、小姓《こしょう》の一人が、頬に吸いついた蚊を手で叩いて殺したという廉《かど》で、流罪になった……という噂も流れていたくらい、極端な法律である。だれも心から従う筈がない。横行する野犬に、町人たちはひそかに犬同士の喧嘩をけしかけ、傷を負う犬が続出したので、この前年には幕府から「今後は町町に水を貯え、人足を置いて、お犬様が争闘を始めたさいには、ただちに水を注いで引分けせしめよ」という触れが出されたほどだった。

もともとこれは綱吉の一子徳松が死んでから、正室と側室に子が生れないのを案じていた綱吉の生母桂昌院《けいしょういん》に、僧の隆光《りゅうこう》が「嗣子《しし》がないのは前世の殺生の報いであるから、かたく殺生を禁じ、ことに将軍様は戌年のお生れゆえ、犬を大切になされるがよい」と進言した説を、無類の母親孝行であり、熱狂的な儒教の信奉者でもある綱吉が「それは聖人の教えにもかなっている」と、徹底的に推し進めて生れた法律であった。

この『生類憐みの令』を出す以前から、綱吉は自ら聖典を講じ、諸民の奢侈《しゃし》を戒め、とくに娼家を強く賤しむべきものとしたので、長いあいだ格式を誇って寛永のころには七十余人もいた吉原の太夫が、元禄に入ってからは僅か二人に減っていた。また、儒学とおなじくらい能が好きだった綱吉は、芸者が武家屋敷に出入りすることを禁じ、そのかわりに能を奨励したので、天下の武士のあいだに能楽が大流行になった。

こうした綱吉の施策には、いずれも立派な理由があり、だれも表立って反対はできないが、町人にとっては、あまり面白いものではない。石川流宣と鹿野武左衛門も、自分たちの仲間うちでは、

――将軍様の儒学好きにも困ったものだな。あれは儒学好きというより、むしろ儒学ぐるいだ。

――能好きも、能ぐるいのほうじゃな。いったん能を演じ始めると、まるで、神憑《かみがか》りにでも

なったように我を忘れて、いつまで経ってもやめぬというではないか。

——それに、さかんに能役者を寵愛されているのは、衆道《しゅどう》が好みゆえともいうぞ。

——野郎が好きでは、いくらこっちが犬を大切にしても、子が生れる筈はあるまい。

などと揶揄していたが、人前では、「将軍様は、古《いにしえ》の聖人の生れかわりかも知れぬ」「蚤や蚊のはてに至るまで、生き物を憐まれるとは、まことに立派なことじゃ。だれにも考えつけることではない」「生類憐みの令に異存のある者などは、お犬様に食われて死んでしまったほうがよい」と口をきわめて称讃するようないい方をしていた。批判の言葉を公然と口にして、打首や遠島の危険を冒したくはなかったし、それにだれが考えても極端な法律を、わざと、大袈裟に誉め称えることが、好色本の作者や咄職なりの、精一杯の皮肉であったのだ。

甘酒を飲み終えて、石川流宣と別れてから、白く雪に覆われている両国橋を渡って、その夜まねかれていた本所の商家の座敷に行った武左衛門は、

「……いや、さすがにお犬様というのは、偉いものでござりまするな。いまこちらへ参ります途中、両国橋の袂に出ていた甘酒屋に立寄りましたるところ、近づいて来たお犬様もこの寒さで甘酒を飲みたかったのか、ワン、ワン、と椀を催促いたしましてな。甘酒屋の親父が、これは椀ではござらぬ、茶碗でござる、と申し上げると、途端に、チャワン、チャワン」

と、さっそくいまの見聞を枕にして、話を始めた。

その年の四月——。

江戸にはソロリコロリという原因不明の奇病が蔓延して、沢山の人が死にはじめた。幕府では官医の余語古庵《よごこあん》に命じて、治療法を研究させたが、悪疫の猖獗《しょうけつ》は一向にやまなかった。そのうちに奇妙な噂と、『病除《やまいよけ》の方書《ほうがき》』と称する小冊子が、巷《ちまた》に流れ出した。それによれば、あるところの馬が人語を発して、

——この病を防ぐためには、南天の実と梅干を煎じて服すれば即効あり。

といったというのである。南天の実を乾燥させたものは、古来、咳どめの薬とされており、梅干は毒消し、または下痢どめの薬として知られている。ソロリコロリの主な症状は激しい嘔吐と下痢で、しかもその処方を馬が口にした、ということが、いかにも奇跡的な著効《ちょこう》があるようにおもわせたのか、その小冊子は飛ぶように売れ、南天の実と梅干の値段は、平常の二十倍から三十倍にまで暴騰した。

六月十八日、月番に当っていた南の町奉行能勢《のせ》出雲守《いずものかみ》頼相は、次のような触れを出した。

——近ごろ市中に、馬が物いいしように申し触らせし者ある由、そのうえ薬の方組《ほうぐみ》まで申し触らせし段、不届き至極にして、一町ごとに人別詮索《にんべつ》いたすにつき、いずかたの馬が物をいいしや、あるいは初めにそれを申し出《いだ》せし者、または町内でそれを申し伝えたる者を知れる者は、早早に書付にして申し出《い》ずるべし。もし知りながら隠しおき、後日顕《あら》わるるにおいては、きつい咎《とが》めをうけるべくあいだ、かならず有体《ありてい》に申し出ずること。

流言蜚語の出所を確めるため、という理由で行なわれたこの人別改めは元禄七年の江戸の人口を明らかにすることになった。武士、陰陽師《おんみようじ》、山伏、座頭などをのぞいた町人の数は、三十五万三千五百八十八人。そのほとんど一人一人が、町役人とその配下によって、徹底的に調べられたが、鹿野武左衛門は石川流宣と、

——馬が口をきいた、なんて面白いことをいうやつもいるもんだね。

——どこのだれだか知らねえが、薬の方書なんか書かせておくのは勿体ねえ。咄職になったほうがいい。

——そうなったら、こっちが飯の食い上げになるかも知れないがね。

と、冗談をいって笑っていた。自分には何の関係もないことだ、とおもっていたからである。だが、武左衛門の家へ二度目にやって来た町役人は、いきなりかれを縛って、呉服橋の南町奉行所に引っ立てた。

奉行所内の吟味場の砂利に敷かれた荒莚《あらむしろ》のうえに、縄つきで引き据えられた武左衛門に向かって、板の間を隔てた上段の畳敷きの部屋から、二人の吟味方与力《よりき》のうちの一人が、怖ろしい形相でこういった。

「そのほう、よくも馬が物をいったなどと、不埒《ふらち》なことを申したな」

「め、めっそうもない」

まるっきり身に覚えのない嫌疑に、武左衛門は動転して問い返した。「一体なにを証拠にそ

のようなことを……」

「なにを証拠に?」尻上がりにそういって「白白しいことを申すなッ。ここに、ちゃんとこのように確かな証拠があるではないか!」

吟味方与力は、持っていた一冊の書物を手で叩いた。それは確かに武左衛門の著書であった。かれは自分の話を集めて、十年まえに『鹿野武左衛門口伝はなし』、七年まえに『鹿の巻筆』という本を出していたのだが、与力が手にしていたのは、そのうちで一年まえに再刊された『鹿の巻筆』の一巻だった。

「ああ、それは……」

武左衛門は、ようやく事の次第を理解した。その一巻のなかには、『堺《さかい》町馬の顔みせ』という話がある。それはこんな話だった。……米河岸で刻み煙草を売っている斎藤甚五兵衛という男がいた。弁舌が爽やかなうえに、器量がいいので、役者になったほうがいい、と人にいわれ、自分でもそうおもって、市村座の芝居に出してくれるように太夫元へ頼みこんだ。首尾よく顔見世興行に出して貰えることになった甚五兵衛は、米河岸の仲間に総見と、自分に祝儀を上げてくれることを頼んだ。

さて、当日。総勢二、三十人の米河岸の仲間は、山のような祝儀の品を持って市村座へ繰込んだが、いつまで待っても甚五兵衛は舞台に出て来ない。芝居が終りに近づいたとき、聞いてみると、舞台に出ている馬の、それも尻のほうにいるのが甚五兵衛だという。そこで一同、

「イヨーッ、馬さま、馬さま」と声をかけると、甚五兵衛も黙っているわけにはいかず、馬の尻のほうから「いいん、いいん」と嘶《いなな》きの声を挙げて、舞台を跳ね回った……という滑稽譚《こっけいたん》である。

武左衛門は、すでにお読みではございましょうが……と、その話の筋を説明して、「ですからこれは、馬の足の役者が、馬のなき声を出したという話で、別に本物の馬が、人の言葉を喋ったということではございませんので……」と、頰にかすかな笑みを浮べていった。

「おのれ、ここをどこだと心得ておる」

与力は少しも納得していない顔つきで大喝した。「南町奉行所の吟味場だぞ！　それをニヤニヤと薄笑いなど浮べおって……」

「笑ってなどおりませぬ」武左衛門は表情を引き緊めた。

「恍《とほ》けるなッ。そのほうがいかに白《しら》を切っても、さきに捕った一味の者が、すでに白状をいたしておるのだ」

「一味の者……？」

「その通りだ」

与力の説明は、こうであった。江戸中を各町ごとに徹底して行なった詮索により、『病除の方書』を書いたのは、浪人の筑紫団右衛門《つくしだんえもん》で、本だけでなく、南天の実と梅干を高値に売るために、神田須田町の八百屋惣右衛門《そうえもん》と共謀のうえしたことと判明した。そして二人は、馬がその処方を喋ったという話を、鹿野武左衛門から聞いた……と白状したというのである。

「それは嘘でござります」

武左衛門は怒りと恐怖で身を震わせながら叫んだ。「だいいち、その筑紫団右衛門と申す浪人者やら、八百屋惣右衛門なる者、会ったこともございませぬ。さきほども申しました通り、わたくしめが喋りましたのは、馬の足の役者がなき声を真似たという話で、だいたい馬が人の言葉を喋るなどということは……」

「しかし、そのほうは今年の初めごろ、犬が人の言葉を喋った、という話をしたそうではないか。そのことも、すでに調べがついているのだぞ」

「それは……」武左衛門は答えに詰った。すでに調べがついている、とすると、あの甘酒売りは目明しの下っ引きだったのだろうか。それともあの夜の本所の商家の主《あるじ》が、密告でもしたのだろうか……。いずれにしても「その話は、わたくしめの根も葉もないつくり話で……なにしろ落し咄のことでございますから、それをまともに受取るほうが……」

「そのほう、いかにもまことしやかに、根も葉もないつくり話などして、おのれの名を売ったり、多額の金を儲けたり、それでこの世の中が通るとでもおもっておるのか！」

与力の眼の色には、高名で実入りの多い武左衛門に対する深い憎悪と嫉《ねた》みも籠められているようであった。

「おい、なんとかいってみろ」

「…………」

「こやつ、あくまでも白を切り通すつもりだな。よし、南町奉行所の吟味がどんなものか、教えてやろう」

かれはそばにいた部下に命じた。「こやつを穿鑿所《せんさくじょ》に連れて行け」

穿鑿所に連れて行かれた武左衛門は、並べた薪のうえに膝を折って坐らされた。薪の角が脛に食いこんだ。

小者が二人がかりで運んで来た厚い石板を膝のうえに載せた。「む……」最初の一枚で武左衛門は早くも呻《うめ》き声を挙げた。小者はさらに二枚、三枚と石板を積み重ねて行く。「む、む……」額に脂汗を浮べて苦悶している武左衛門の肩を、与力の部下は「申しあげろ、申しあげろ」といいながら揺さぶった。そのたびに脛を何本もの鋸《のこぎり》で挽《ひ》き切られるような激烈な苦痛が襲った。四枚、五枚……。もはや声は出なかった。武左衛門は固く眼を瞑《つぶ》り、歯を食い縛って堪えた。たとえどのように責め苛《さいな》まれても、身に覚えのないことを認めるわけにはいかなかった。もし認めれば流罪、ひょっとすると打首になるかも知れないのだ。六枚、七枚……。脛の皮膚が何箇所かで破れ、血が噴き出すのが判った。鋸の歯は肉を通して骨を挽いていた。「申しあげろ、申しあげろ」という声が次第に遠くなって行く。膝に載せた石の重さで、脛が切断されたと感じたとき、武左衛門は瞼の裏に燃えていた炎の色が消えるおもいがして気絶した。

気がついたところは暗い牢屋のなかだった。脛は切断されてはいなかったが、薪の角に当っていたところは、すべて内側に凹《くぼ》み、そこには血が凝固していて、手を触れると、すぐに柔い瘡蓋《かさぶた》が破れて新しい血が噴き出した。武左衛門は立つことは勿論、坐ることもできなかった。何も考えられないほどの痛苦に死んだようになって、牢屋のなかに横たわっていた。何日かして牢屋から引き出され、ふたたび穿鑿所の薪と石板の山を眼にしたとき、武左衛門は泣き叫ぶようにいった。

「申しあげます。申しあげます」

「筑紫団右衛門と八百屋惣右衛門の一味であることを、認めるのじゃな」

と吟味方与力は訊ねた。

「は、はい」

「病除けの薬の方組みを馬が喋った、といい出したのは、そのほうだということを認めるのじゃな」

「……は、はい」

そのときのかれは、とにかく眼前の怖ろしい薪と石板の山から逃れたかった。そして、奉行がじきじきに取調べるお白洲《しらす》へ出たときに、いまの言葉を取消せば、何とか助かる道が開けるのではないか……と考えていたのだ。

数日後——。武左衛門は奉行のお白洲に引き出された。上の間に着座した南町奉行能勢出雲守頼相は、中の間に坐っていた吟味方与力の口を通じて、白洲に平伏している武左衛門に問い質した。

「そのほう、なにゆえに馬が物をいったなどと、世人を惑わすようなことを申したのじゃ」

「恐れながら申しあげます。わたくしめ、そのようなことを申した覚えはございませぬ」

「なんじゃと！」

与力は奉行の言葉を待たずに怒鳴りつけた。「そのほう、筑紫団右衛門と八百屋惣右衛門の一味の張本人じゃと、はっきりわしに申したではないか」

「恐れながら、御奉行様に申しあげます」

顔を挙げた武左衛門は、まっすぐに能勢出雲守に眼を向けていった。「それは石抱きの責めが怖ろしかったゆえの嘘いつわりにござります」

「石を抱かされずとも……」と与力は嘲笑した。「嘘いつわりを申すのが、そのほうのなりわいであろう」

「しかしながら、わたくしめの『堺町馬の顔みせ』の話が、このたびの一件に何の関わりもないことには、動かせぬ証拠がございます」

「いつわりごとをなりわいとしている者の申すことなぞ、いちいち聞いてはおられぬわ」

「待て」

与力を制した能勢出雲守は、直接に武左衛門に向かって聞いた。「その動かせぬ証拠というのは、何じゃ」

「わたくしめの『鹿の巻筆』が、初めて世に出ましたのは、いまから七年もまえのこと。『堺町馬の顔みせ』の話をしていたのは、そのずっと以前からにございます。このたびの流行り病にまったく関わりのないことは、この一事をもってしても明白でござりましょう」

「なるほど、明白じゃ」

能勢出雲守は大きく頷いていった。「つまりそのほうは、それほど以前から将軍家に対して、逆心を抱いておったのじゃな」

「な、なにを仰せられます」

「そうであろう。『堺町馬の顔みせ』の話には、あきらかに生類を憐まれる上様への逆心が隠されておる」

「なにゆえ、そのようなことを……」

「あの話は、馬さまとなった人間を、嘲笑《あざわろ》うているではないか。そこに隠されているのは、お犬様を嘲笑おうとの心に相違あるまい」

「恐れながら、それはご無体というもの……将軍様が生類憐みの令をお出しになられたのは、『堺町馬の顔みせ』の話が本になってからでも、さらに二年の後のことにござりまする」

「では、その『鹿の巻筆』を、なぜ昨年ふたたび新たに本にいたしたのじゃ」

「それは……」

あの話が生類憐みの令に触れるなどとは、夢にもおもっていなかったのである。

「そのほう、生類憐みの令を、なんと心得おる」

「はい。まことにご立派なお考えであると……」

「まことか」

「はい。将軍様は古《いにしえ》の聖人の生れかわりかと存じております る」

「それ、そのような大形ないい方が、嘘いつわりを申しておる証拠じゃ。いつわりごとを喋り散らして世人を惑わす不届き者、もはや容赦はできぬ！」

その能勢出雲守の言葉を聞いたとき、武左衛門は初めて、幕府の真意におもい当った。武左衛門がわざと綱吉を大袈裟に誉め称《そや》すたびに、聴衆はいつも笑いながら、手を拍って喝采していた。それを皮肉と感じとっていたからである。幕府にとっては、そうした自分が、かねてから目障りで仕方がなかったのに違いない。

儒教に凝り固まっていた綱吉のもとの幕府には、町人が色を好み、大口をあけて笑うことすら気に入らなかったのであろう。筑紫団右衛門と八百屋惣右衛門がした白状というのも、実は能勢出雲守の意を受けた吟味方与力の誘いの道筋にしたがってなされたものであったのかも知れぬ。ソロリコロリの蔓延にさいして飛んだ流言蜚語をきっかけに、幕府が初めから目障りな者たちを江戸から消そうとしていたのだとすれば、どのような弁解を試みても、所詮、無駄であろう。

あるいは打首、ということになるのなら、ここでひとつ、話に落ちをつけなければならぬ……。そう心を決めた武左衛門は、「まことのことを申しあげて、嘘いつわりといわれるのなら、これより嘘いつわりを申しあげましょう」と能勢出雲守に必死の面持でいった。

「何じゃ」

「将軍様を古の聖人の生れかわりと申したのは、わたくしめの命にかけましてまことのこと。嘘いつわりを申すならば、秦《しん》の趙高《ちょうこう》の生れかわりにございます」

「秦の趙高……？　それは何者じゃ」

「おのれの権勢を恃《たの》んで、鹿を指し、馬じゃといわれた人にございます。わたくしめの名前は鹿。そのわたくしめの『鹿の巻筆』のなかの、人が馬のなき声をしたという話を、お上は馬が人の言葉を発したと仰せられる。これもまるで、鹿を馬というような話でござる。鹿を馬。これを続けて、さかさまに読めば……」

「なんじゃと！」

能勢出雲守は顔色を変えた。「そのほうは上様を、馬鹿じゃと申すのか」

「さようなことは申しませぬ。いまのたとえが嘘いつわりのこととは初めに申し上げた通りにございます。嘘いつわりではなく、まことのことを申せ、といわれて、将軍様は古の聖人の生れかわりと、心からの存念を申しあげ、馬と間違えられましたこの鹿めが、本当の馬鹿」

武左衛門はそういって、低く頭を下げた。この最後の落ちに、一座からはひとつの笑い声も起きなかった。だが、鹿野武左衛門は自分だけで耳の奥に遠い彼方《かなた》から響いてくるだれのものとも知れぬ無言の喝采を感じていた。

南町奉行能勢出雲守は、浪人筑紫団右衛門に斬罪《ざんざい》、八百屋惣右衛門と鹿野武左衛門には流罪、板木元の弥吉には江戸追放を申しつけた。『鹿の巻筆』と『病除の方書』は、板木を焼き捨てられた。

武左衛門は伊豆の大島に流された。命は助けられたものの、人に話を聞かせることを禁じられたかれは、死んだも同然であった。大島における武左衛門は、いつも無患子の皮を煎じた汁をつけた葭の茎から、小さな泡のような水玉を吹き飛ばして見せては、島の子供たちの喝采を浴びていたという……。

幕府の狙いは、当ったともいえるし、当らなかったともいえる。鹿野武左衛門は、五年目の元禄十二年の四月に許されて江戸に帰り、八月に死んだ。五十一歳だった。かれの死後、どんな軽口や小咄も、幕府の怒りに触れるということで、江戸の落語は、すっかり廃《すた》れてしまった。やがて天明のころに烏亭焉馬《うていえんば》が現われて、江戸落語は復興した。しかし、江戸落語の元祖といわれる鹿野武左衛門の死から、中興の祖といわれる烏亭焉馬の登場までには、実に九十年近くの長い歳月を要したのだった。

落語復興

一

「……こらッ、おめえたち、そこで何をしてやがるんだ！」

向両国尾上町《むこうりょうごくおのえ》の料理茶屋京屋の下足番は、門と玄関のあいだの横にある木戸口から、庭に入り込もうとしていた二人の子供を見つけて怒鳴った。愕《おどろ》いて逃げ出そうとした二人を、泥棒ーッ、と叫んで追いかけ、襟首を摑んで引戻すと、

「おれたちは泥棒じゃねえよ」

一人が口を尖らせて抗弁した。二人とも十二、三の年頃で、とくに口を尖らしているほうは柄が小さかったから、まだほんの洟垂《はなた》れ小僧にしか見えなかった。

「泥棒でなきゃ、どうして庭に忍び込もうとしたんだ」

「今夜はここで咄《はなし》の会があるんだろう。それをちょっと聞かして貰いてえとおもって……」

「駄目だ、駄目だ。ここは子供の来るところじゃねえ」

「別に酒を飲ましてくれっていってるわけじゃないんだ」

洟垂れ小僧はこましゃくれた口調でいった。「おれたちは咄を聞きたいんだよ。だから、見

逃しておくれよ、おじさん。庭の隅に、ちょっと潜り込ましてくれりゃあいいんだ。だれにも迷惑はかけねえからさ」

「庭の隅へ潜り込んで、どうしようっていうんだ」

「だからそこで咄を……」

「聞こえやしないよ」

「どうして」

「咄の会があるのは二階だもの」

「それでもかまやしないよ。こっちはまだ、耳の遠くなる年じゃあねえ」

「ふざけたことをいってねえで、とっとと帰んな」

「入れておくれよ、おじさん、この通り……」手を合せて「……拝むから」

「いくらいったって、駄目なものは駄目なんだよ」下足番は怖い顔をして二人を睨みつけた。

「そんな意地の悪いことをいわないでさあ、頼むよ。こっちはこの寒いのに、遠くから来たんだから……」

「遠くって、どこから来たんだ。唐土《もろこし》からでも来たのか」

「そんな……いやだなあ、おじさん、まさか唐土から来るわけはないだろう」

「へえ、そうかい。おれはまた、おめえがもろこし団子みてえな面《つら》をしているもんだから、てっきり、唐土からでも来たのかとおもったぜ」

「違うよ」

「じゃ、どっから来たんだ」

「それは、その……」洟垂れ小僧は言い澱んで「……ずうっと遠くから」

「だったら、よけい早く帰んな。夜道は物騒だ。おっかあが心配してるぜ」

「おっかあが心配するような年じゃねえよ」

「一体いくつなんだ、おめえは」

「……十五」

「嘘つけ」

「本当だよ。おじさんだって、そういったじゃないか。おれのことを団子みてえだって」

「それがどうした」

「だからさ……団子十五」

「口の減らねえ野郎だな、この餓鬼は」

下足番は小生意気な子供に呆れた顔つきになっていった。「さ、帰った、帰った。帰らねえと、犬をけしかけるぞ」

「じゃあ、おじさん、こうしよう」小僧は一計を案じた表情になって「おれたちがおじさんの下足の仕事を手伝ってあげるから、そのかわり、ここへ入って来る客の名前を教えておくれよ」

「名前を聞いて、どうするんだ」

「今夜は烏亭焉馬《うていえんば》の咄を聞きに、四方赤良《よものあから》や鹿都部真顔《しかつべのまがお》も来るんだろう。せっかくここまで来たんだから、そういう連中の顔を覚えて帰りたいんだよ」

「変な餓鬼だな」

「ね、いいだろう。ここにいさせておくれよ。それで名前を教えてくれたら、帰ってやってもいいや」

「恩に着せてやがる。駄目だよ。そんなことをしていたら、おれがおかみさんに叱られちまう」

「おじさん」小僧は口調を改めた。「さっきおれのことを団子みてえだといったけど、おじさんはよく見ると、団十郎に似てるね」

「世辞をいったって駄目だよ」

「お世辞じゃないよ。本当だよ。みんなにもよくそういわれるだろ。さっきおれたちを、駄目だよッ、って睨みつけたとこなんか、団十郎そっくり」

「嘘ォつけ」そういったが、満更でもなさそうに顎を撫でて「本当に似てるかい、このおれが、団十郎に」

「そう、瓜二つってえのは、このことだね」

洟垂れ小僧は振向いて大きいほうの子供に声をかけた。「な、そうだろう」

「う、うん……」相手は曖昧に頷いた。

「ようよう、親玉ッ」口のまわりに両手をあてがって「千両役者、団十郎！」

「しっ！　そんな大きな声を出すんじゃねえ」

小さな眼を剝《む》いた下足番は、団十郎気どりで二人を睨みつけてから、声の調子を落としていった。「まったく仕様のねえ野郎だな。じゃあ、おめえたち、そのへんに隠れているんだぜ。あまり目立たねえようにな」

正月の二十五日――、いまにも雪が降って来そうな寒い日暮れ時だった。二人の子供のうち、小柄なほうは櫛《くし》職人の伜《せがれ》で又三郎、大きいほうはおなじ長屋にいる乙次郎で、別に遠いところから来たわけではなく、さほど離れていない馬喰町《ばくろちょう》の裏店《うらだな》から、両国橋を渡って、川沿いにある尾上町のこの料理茶屋へやって来たのだ。


又三郎は小さいときから、すこぶる頓智《とんち》に富んでおり、読み書きが達者で、長屋の人たちに、どこかから覚えて来た笑い話を聞かせるのが得意な子供だった。

のちに江戸落語中興の祖と呼ばれることになる烏亭焉馬が、最初の咄会を、向島《むこうじま》の料理屋武蔵屋権三郎方で開いたのは、いまから二年まえの四月、又三郎が十一のときのことである。又三郎はそのことを、近所の大工が仕事先で手に入れて来た一枚のちらしによって知った。

――むかふ島の武蔵屋に、はなしの会が権三ります。……

と、会場の主《あるじ》の名前を読みこんで書き出されているそのちらしを見て、ぜひ行ってみよう、と気負い込んだが、日にちのところをよく見ねえ、といわれて、『なんだ、四月の十一日っていうと、ひと月もまえの話じゃねえか』かれはがっかりし、それから悔しがって大工に食ってかかった。『どうしてこれを、もっとまえに見せてくれなかったんだい』

『だって、おれもそれを見たのが、きょう初めてだったんだから、仕様がねえだろう』と相手はにやにや笑いながら『それにまえから知っていたって、子供のおめえを、料理茶屋で入れてくれる筈はあるめえ』

『入れてくれなくったって、庭へでも潜りこみゃあ、なんとか聞けたんだよ』諦めきれずに何度もちらしを読みかえして『……それにしてもこの文句は、洒落てるねえ』

『そうだろう。それを書いたのは、四方赤良だてえ話だ』

『なるほど、寝惚《ねぼけ》先生が書いたのか……』

又三郎はあらためて感心した。狂歌師四方赤良の名前は、すでに十年ほどまえから、――高き名のひびきは四方《よも》にわき出《いで》て赤ら赤らと子供まで知る、という歌があったぐらいで、江戸中の人に知られており、ことに頓智の好きな又三郎は、子供ながらもかれの崇拝者だった。

また、かれが一躍有名になるきっかけとなったのは、毛唐陳奮翰《ちんぷんかん》という名で著した『寝惚先生文集』であったので、いまでも寝惚先生と呼ぶ者が多かった。だれもが口にする「武士は食わねど高楊子《たかようじ》」という言葉は、この文集から出たものである。その赤良が、烏亭焉馬の咄会のちらしを書いた、と聞いて、『焉馬ってのは、よほど咄がうまいのかな』と又三郎は呟いた。

『そりゃあおめえ、四方赤良ばかりじゃあねえ、鹿都部真顔も焉馬の咄に肩入れしてるてえ話だ。よっぽどうまいのに違いあるめえ』

『ふーん……』

又三郎は不服気な面持《おももち》になった。まだ子供なのに、いつも長屋の連中の喝采《かっさい》を受け、おだてられて、咄に自信を持っていたかれは、崇拝する狂歌師の四方赤良や、鹿都部真顔に肩入れされているという焉馬に、かすかな嫉妬と敵愾心《てきがいしん》を覚えた。

――とにかく、咄を聞いてみねえことには、うまいかどうか判らねえ……。

そうおもって、かれはいちど、焉馬の咄会が開かれた向島の武蔵屋に行ってみた。武蔵屋は、秋葉大権現の門前に並んでおり、田圃《たんぼ》に面して松の木に囲まれている大きな料理屋だった。生《いけ》簀《す》に飼っている鯉を名物にしているその料理屋のまえの道を、なんども行きつ戻りつしているうちに、一人の仲居らしい女が出て来た。

『おねえさん』

又三郎はその女に声をかけた。『ひと月ほどまえに、烏亭焉馬の咄の会があったというのは、ここかい』

『そうだよ』

『おねえさんは、その咄を聞いたかい』

『ああ、聞いたよ』

『で、面白かったかい』

『面白いのなんのって……』

女はそのときのことをおもい出して吹き出しそうな顔になった。『あたしゃ、あんなおかしい咄を聞いたのは、生まれて初めてだよ。あんまり笑いすぎて、おなかの皮が捩《よじ》れそうになったくらいさ』

『ふーん……』と重重しく腕を組んで『おねえさん、こんどここでまた焉馬の咄会があるのは、いつだか判らないかね』

『さあ……よく判らないけど、きっと来年のおなじころじゃないの。なんだかそんなことをいっていたようだったから』

『そうかい。じゃ、そのころまた来てみよう』

『あんたが？』

『そうだよ。おかしいかい』

『うちは寺子屋じゃないんだよ』

『判ってるよッ、そんなことは』

腹を立てて帰って来てから、又三郎は一日千秋のおもいで、その日が来るのを待ち兼ねるようになった。日が経つにつれて、まえに感じた嫉妬と敵愾心が薄れ、好奇心がそれを上回って、――焉馬の咄を聞いてみたい……、というねがいは、喉の渇きのような熱望と化してきたのだ。

だが、この年の七月なかば、ひと月まえから降り続いていた長雨は、本所、深川、浅草、下谷《したや》から、牛込、小石川、品川、広尾、麻布にいたるまで、濁流を氾濫させて家並みを洗い流す大洪水となった。

両国橋は中央の橋台が流され、新大橋と永代橋は真中がそれぞれ二、三十間ほど流失し、民家は水底に没して、死者と病人が続出し、江戸市中は五十八年まえの享保の大洪水以来という惨禍《さんか》に見舞われた。関八州の平野は、方方《ほうぼう》が黄海と化して、大凶作となり、飢饉が始まった。米の値段が暴騰して、翌年の五月には江戸の各所に打壊しが起こった。こうした騒動のなかでは、とても咄会などを開いていられる余裕はない。

その年は、のちのちまで天明の大飢饉と呼ばれた生き地獄の様相のなかで暮れたが、この世の苦しみもかなしみも、すべて洒落のめして生きている狂歌師といった連中の気持は、ほかの人たちよりも、ずっと早く明るさを取戻すものと見え、暗い年があけると間もなくして、

——二十五日に向両国尾上町の京屋で、焉馬の咄会が開かれるそうだ。

という噂が流れて来た。それを聞いて、およそ二年近く待ち続けていた又三郎は、おなじ長屋に住んでいる友達の乙次郎を誘って、京屋にやって来たのである。

燭台に灯が点《とも》された京屋の玄関へ、次次に人が入って行く——。又三郎は乙次郎と一緒に、玄関の横の暗がりに隠れて、蠟燭の灯に照らし出される客の顔を、懸命に丸く見張った眼で窺っていた。

有名な人物の名前は、下足番がそれとなく教えてくれることになっている。今夜の会で咄をする烏亭焉馬は、ほぼ最初にやって来たので、もう顔を覚えていた。四十五、六で予想とは違い、地味で陰気な感じの男だった。

「……これはこれは森島様」

下足番は大きな声を出した。「お変りもなく何よりで……」

玄関に入ったのは三十四、五で、真面目腐った顔つきの男である。かれがなかへ消えたあと、次の人影がないのを見澄まして、下足番は独り言のように呟いた。

「森島中良様、またの名を竹杖為軽《たけつえのすがる》」

あれが竹杖為軽か、と又三郎はおもった。狂歌もうまくねえが、あの面じゃあ、つまらねえのも尤《もっと》もだ……。

「おいでなさいまし。このたびの騒ぎでは、汁粉の商いも大変でござりましたろう」

「うむ。なにしろ小豆も餅も手に入らぬでな、こっちはずっと白玉《しらたま》の涙じゃ」

そう答えたのは、本当に白玉のように色白で下膨れの顔をしており、目尻と眉毛が下がっているので、たえず笑っているように見える男だった。なかへ消えたあと下足番はまた独り言のように呟いた。

「汁粉屋の北川嘉兵衛様、またの名を鹿都部真顔」

なるほど、と又三郎はおもった。しまりのない面をしているんで、名前を逆につけたわけだな。しかしこの男も、名前と顔は面白いが、狂歌はつまらねえ……。四方赤良を崇拝するあまり、ほかの狂歌師は十把《じっぱ》ひとからげにして、反感と軽蔑の対象にしていた又三郎は、相手の名前を聞くたびに心の中で貶《けな》し続けていたが、やがて現われた五十近くの男を見たときには、おもわず興奮して声を口に出した。

「団十郎だ。団十郎だ」

先代から引続いて『江戸の親玉』と呼ばれている五代目の市川団十郎である。又三郎はこれまで、何度も芝居小屋のそばで見かけたことがあり、そのときとおなじように、江戸随一の名声を少しも鼻にかける様子のない謙虚で腰の低い態度であったが、挙措動作が控え目であるのにもかかわらず、さすがにあたりを払う風格と貫禄があった。団十郎は、三十人ほど集まったなかの最後の客だった。かれのあとには、もうだれも現われなかった。門前の暗闇に眼を凝らしていた又三郎は、「来ねえのかな」と、訝《いぶか》しげな声でいった。

「だれのことだい」と下足番は問い返した。

「きまってるじゃねえか。四方赤良だよ」

又三郎がここへ来たのは、もちろん烏亭焉馬の咄を聞きたかったからだが、憧れの四方赤良の実物を見たかったからでもあった。

「ああ、大田様か」下足番はあっさりと答えた。「大田様は、きょうは来ねえという話だ」

「どうして」

「さあて、訳は知らねえけど、たしかそういう話だぜ」

一体どうして来ないのだろう。又三郎はふたたび門前の闇に眼を凝らした。かれが以前にも増して、四方赤良の熱狂的な崇拝者になったのは、昨年の夏ごろから、――世の中に蚊ほどうるさきものはなし　ぶんぶといふて夜もねられず、という狂歌が、赤良の作として巷間《こうかん》に広まっていたからである。実はこのとき、四方赤良すなわち（のちに蜀山人《しょくさんじん》とも号した）幕臣大田直次郎は、この歌のことで幕府の咎《とが》めを受けていたのだった。

二階の座敷のほうから、大きな笑い声が聞こえてきた。どうやら烏亭焉馬の咄が始まったらしい。又三郎はそれまで、下足番との約束通り、参会者の顔と名前を教えて貰ったら、帰るつもりでいたのだが、その笑い声を耳にした途端に、気が変った。あいだを置いて聞こえて来る客の笑声は、だんだん高くなる一方で、そのなかには咄の区切りを示すらしい拍手もまじっている。又三郎はとうとう堪《たま》りかねて、下足番に声をかけた。

「おじさん、あのね……」

「駄目だよ」

下足番は又三郎が願いをいい出すまえに、先回りして断った。

「いや、庭に入れてくれ、っていうんじゃないんだ。驚いたね。吃驚《びっくり》したね」

「何に……」

「団十郎。そばで見たら、本当にそっくりだね、おじさんと。兄弟じゃないかとおもったぐらい。ひょっとしたら、おじさん、実は団十郎と兄弟じゃないの、腹違いかなんかで。他人じゃあ、とてもこうは似るもんじゃない。おじさんだって、そうおもったろ?」

「おもったね」

「そうだろ」手を拍《う》って「その筈ですよ。そっくりだもの」

「おめえのいう通りだ」

「当り前ですよ。おれは嘘なんかつかないもの。だって、似てるんだもの、ほんとに。自分でもそうおもったでしょ?」

「そうじゃあねえ。おもったにはおもったが、まるっきり似ちゃいねえや、とおもったんだ。おめえのいう通りだ。兄弟でもないかぎり、他人があんな立派な顔に似る筈がねえ」

「あのね、おじさん」

「もう判ったよ。さあ、馬鹿なことをいってねえで、帰った、帰った。おめえたちを庭に入れたことが判ったら、おれがおかみさんに叱られちまう」

「駄目かい、どうしても……」又三郎は張りつめていた全身の力が、いちどに抜けてしまうほど落胆した。

「ただし……」下足番は向うむきになって言葉を続けた。「おれがこうやって向うを見ているあいだに、おめえたちがこっそり庭へ入ってしまうんなら話は別だ。それじゃこっちは、どうしようもねえからな」

（有難え、おじさん、恩に着るぜ）

と、この声は心の中で、又三郎は乙次郎と一緒に、木戸口から庭に潜り込んで植込みのかげに隠れた。京屋の庭は川に面していたので、真冬の冷たい風が、植込みのかげにも容赦なく吹きこんでくる。二階から客の笑い声はよく聞こえたが、肝腎の焉馬の咄は、一向に耳に入らなかった。咄が聞こえない焦りと、骨身に滲みる寒さに苛立った又三郎は、そばにあった松の木に登ってみようとおもいついた。脱いだ草履を着物の懐にねじこんで、松の幹に手をかけると、気の小さい乙次郎は「よしなよ、よしなよ」と低声《こごえ》で懸命に着物の裾を引っ張りながら止めようとしたが、又三郎はかまわず木に攀《よ》じ登って行った。

松の枝の向うに、二階の座敷の障子に映っている人影が見える。ここまで来てみると、焉馬の声は意外に大きかった。もちろん焉馬の姿は障子に遮られて見えなかったが、さっき目にした地味で陰気な感じの顔に似ず、すこぶる賑やかで明るい話しぶりのようだった。またひとしきり笑声と拍手が起こった。いまの咄に落ちがついたのだろう。笑声と拍手が静まって、次の咄が始まった。又三郎は松の木に抱きついたまま、全身を耳にして、姿の見えぬ焉馬の声に聞入った。

——さるところに、医の術を学んだこともないのに医者の真似をしている男がおりましてな、ある者がその男のところへ参りまして、「おまえは医者様の真似をしているが、あの癪《しゃく》というのは、どういうことがもとで起こるのじゃ」と訊ねましたるところが、「あれは腹の内に一尺ばかりの棒があって、ときに突っ張る。それが閊《つか》えて痛むのじゃ」という返事。

「ほう、それでは痔はなにがもとで痛むのじゃ」と聞きまするると、「あれは衆道《しゅどう》がもとじゃ」という。そこで「衆道がもとなら、痔は男にかぎりそうなものじゃが、女にも痔があるのは、どうしたわけじゃ」と問えば、「ムム……あれは搗《つ》き米屋の隣で、壁が崩れるようなものさ」……。


障子の向うには、それこそ壁が崩れんばかりの笑声と拍手が起こった。又三郎はちっともおかしくなかった。面白くもなんともない。男の痔は衆道がもと、というのは判る。あれを何度も尻の穴に突っ込まれていたら、たしかに痔にもなるだろう。しかし、女の痔は、搗き米屋の隣で壁が崩れるようなもの、というのは、どういうことなのだ。さっぱり訳が判らなかった。首を傾げているうちに、次の話が聞こえてきた。


――……かねてより放蕩先生と呼ばれておりました大の遊び好きの先生が、にわかに病の床に伏したと聞きまして、二人の儒者が見舞いに出かけました。まず挨拶を終えてのち、「お体の加減はいかに」と問えば、このほど若い女房を持ちました先生、腎虚《じんきょ》となって、顎で蠅を追っております。

「これはこれは両君子の来駕《らいが》、まことにもって欣快《きんかい》のいたり、いざ、わが身に活を入れて歓談つかまつらん」

と、懸命に体を起そうとせしものの、それもままならぬと見えて、肩で息をつき、そばで若

い女房も、はなはだ浮かぬ顔をしている様子。この有様を見て、客の儒者の一人が、

「先生腎虚して不善をなす。まことに疲《ひ》たる君子となりたもう。この人にして、この病あり」

といえば、先生歎息《たんそく》していわく「ああ鮮《すく》ないかな腎」……。

これには又三郎も笑った。

小さいころから読み書きにすぐれていたかれは、寺子屋の師匠から、四書五経のなかの有名な文句を、いわば格言として教えられていたので、いまの咄のなかの「先生腎虚して不善をなす」と「鮮ないかな腎」が、それぞれ「小人閑居して不善をなす」と「鮮ないかな仁」のもじりであることは、すぐに判った。そうした高級な洒落が判った、という内心の得意さもあって、又三郎の笑い声は、盗み聞きしていたことも忘れ、とてつもなく高調子のけたたましいものになった。

「ケケケケケ……」

と、かれは松の木にしがみついたまま笑い続けた。ちょうど酒を運んで、二階の庭に面した縁側の廊下を歩いて来た女中には、それが怪鳥《けちょう》の鳴き声のようにも聞こえたのだろう。吃驚して立ち止り、こちらを透かし見ていた女は、「きゃッ」魂消《たまげ》たような悲鳴を挙げて盆を取落とし、腰を抜かして後ずさりしながらこちらを指した。「ば、ば、ばけもの！」

障子があいて次次に人が縁側に現われた。

「なに、ばけもの⁉」

「化物はどこにおる」

「あ、あそこじゃ、あそこじゃ」

「何じゃ、あれは」

「烏の化物ではないか」

「烏天狗《からすてんぐ》だ、烏天狗だ」

人人が騒いでいるなかを、又三郎は松の木から飛び降り、乙次郎と一緒になって庭の木戸口から門の外へ逃げた。その後姿を見て、何者であったかは見当がつかなかったにしても、人間であることだけは判ったに相違ないのだが、さすがに狂歌師連中の集まりだけあって、この出来事はのちに、

――「焉馬の咄のおかしさには、烏天狗も笑いすぎて、松の木から転げ落ちた」「はて、それはまことか」「まことじゃ。わしもこの眼でしかと見た」「しかし、烏天狗はなにゆえ焉馬の咄を聞きに参ったのであろ」「それも不思議はない。なにしろ名前が烏亭焉馬じゃ」……。

という小咄となって巷《ちまた》に流布され、烏亭焉馬の評判を、いっそう高めることになった。焉馬はもともと大工の棟梁で、本名が中村利貞、内職に足袋と木綿の商いをしていて通称和泉屋《いずみや》和助、住んでいる本所相生《あいおい》町の横を流れている竪川《たてかわ》の名をとって立川焉馬、尊敬していた団十郎の名をもじって談洲楼、狂歌師および戯作者《げさくしゃ》としての狂名は、鑿釿言墨曲尺《のみちょうなごんすみかね》、または桃栗山《ももくりさん》人柿発斎《じんかきはっさい》……等等、さまざまな名前を持っていたが、このとき以来、烏亭焉馬の名がもっとも

有名になった。

かれの名を高からしめたのには、又三郎が引き起こした騒ぎも、与《あずか》って力があったのかも知れない。だが、それはあとの話で、又三郎は必死になって乙次郎とともに逃げた。

長い両国橋を走って一気に渡り終えたところで、ようやく足をゆるめ、後を振返って見た。闇のなかに追って来る人影は見えなかった。摑まるのではないか、とおもっていた不安から解き放たれてみると、身内から堪《こら》えきれない笑いが込みあげてきた。又三郎は体を二つに折って、眼から涙をこぼしながら笑い続けた。「なにがそんなにおかしいんだい」乙次郎は機嫌の悪い声で聞いた。かれは焉馬の咄を聞いてはいないのである。「だってさ」又三郎は走り続けて来た疲れと、込みあげてくる笑いで喘ぎながらいった。

「女の痔は、搗き米屋の隣で壁が崩れるようなもの、なんだってよ。どうだい、おかしいじゃねえか」

いま突然その意味が判ったのだ。なるほど、うめえことをいうな……。考えれば考えるほどおかしくて、笑いが止まらなかった。

「それがどうしておかしいんだい」

乙次郎の声は、いっそう不機嫌になった。

「判らねえのか」

「判らねえ」

「まあいいや。いまにおめえにも判る」

又三郎はようやく笑いやむと、感に耐えたような調子になって首を振った。

「咄ってのは、いいなあ。あんなに面白えものは、ほかにあるもんじゃねえ……」

二

黄楊《つげ》や竹、ときには鼈甲《べっこう》などの高価な材料を挽《ひ》いて櫛をつくる。これが又三郎の日常の仕事であった。二十三歳になった又三郎は、死んだ父のあとを継いで櫛職人になり、自ら「京屋」と名乗っていた。上方《かみがた》の流行《はや》りを取入れている、という意味を含めての命名であったが、その名前のなかには、十年まえに初めて焉馬の咄を聞いた尾上町の京屋の記憶も籠《こ》められていたのかも知れない。


又三郎のつくる櫛は、形が洒落ているうえに、歪みのない歯が綺麗に揃っており、髪の通りがよかったので、女たちのあいだに評判だったが、必ずしも仕事一途に打込んでいたわけではなかった。初めて焉馬の咄を耳にしたときから、かれはますます咄に熱中し、仲間を集めて、素人咄家の連中《れんじゅう》をつくっていた。自分が小柄であるところから、山椒は小粒でもひりりと辛い、という意味を籠めて、

――山生亭花楽《さんしょうていからく》。

これが素人咄家としての芸名である。だからかれは、「京屋」と呼ばれるよりも、「花楽」と呼ばれるほうが機嫌がよかった。

いまも、高い鼈甲の櫛の値段を負けさせようとしている芸者に、「ねえ、花楽さん。こんどまた咄を聞かせて」と尻上がりに「あたしは月にいちどは花楽さんの咄を聞いて、おもいきり笑わないと、寝つきが悪くなって困るのよう」尻の穴がこそばゆくなるような鼻声で擽《くすぐ》られて、

「へえ、そうかい。それなら別にこんどでなくても、いま聞かせてやってもいいんだぜ。面白え咄があるんだ」と、仕入れたばかりの小咄を始めようとしていたところへ、

「おい、又」

血相を変えた乙次郎が飛び込んで来た。又三郎と同業の櫛職人になったかれは、「櫛乙《くしおと》」と呼ばれていたが、咄の仲間でもあって、春夏亭草露という芸名を持っている。

「何だ……」

又三郎は気分を害した表情になった。話の腰を折られたからばかりではない。咄の仲間同士のあいだでは、いつも芸名で呼び合うことにしよう、ということにしてあったのに、乙次郎はいつも「又」としか呼ばないのだ。又三郎の不機嫌には気づかず、「又」ともういちどいって
「これを見ろ」乙次郎は一枚のちらしを差出した。

「岡本万作が、とうとうまた始めたぜ」

「何だと！」

又三郎は引ったくって、そのちらしに眼を走らせた。それは、岡本万作が神田豊島町藁店《わらだな》においてて、頓作軽口咄の興行を行なう、という旨を記した絵入りのちらしであった。

「おれはいまこれを、そこの角で見て、剝《は》いで持って来たんだ」

「そうか……」又三郎は腕を組んだ。

大坂から来た岡本万作が、江戸で軽口咄の講席を開いたのは、これが初めてではない。江戸落語の元祖といわれる鹿野武左衛門《しかのぶざえもん》が、幕府の怒りに触れて大島に流されてから、江戸には本職の咄家が、あとを絶ってしまっていた。巷では小咄が語られ、咄本も刊行はされていたけれども、その口演を商売にしようとする者は一人もいなかった。

烏亭焉馬が、狂歌師連中の尻押しを受けて、天明六年の四月に最初の咄会を開いたのは、鹿野武左衛門の死から、八十七年ぶりのことである。焉馬の咄会は、翌年の大洪水の年に休んだだけで、その後も毎年一回ずつ開かれていたが、これは狂歌師であり戯作者でもあるかれの言わば余興であって、金をとっての興行ではない。

天明の終りごろから寛政の終りごろにかけて、江戸には、浄瑠璃、小唄、軍書読み、手品、八人芸、説教祭文、物真似尽し……などの興行をする寄せ場または寄席というものが生まれ、町町の新道《しんみち》から小路にまでひろがる大流行を示したのだけれども、そのなかに咄の寄席は、やはり一軒もなかった。武左衛門の流刑のいい伝えは、いまも根強く残っており、だれもが落し咄を口演して幕府の咎めを受けることを怖れていたからに違いなかった。

大坂から来た岡本万作には、そうした落し咄に対する江戸の芸人のような恐怖感がなかったのかも知れない。それとも、焉馬はんの咄会が許されておるのに、それを商売にしたらあかんちゅうのは、おかしいやおまへんか、とでも考えたのか、かれは寛政三年二月、日本橋橘町二丁目の駕籠屋の二階を夜のあいだだけ借りて、江戸で最初の咄の寄席を開き、大変な人気を集めた。このとき十六だった又三郎は、さっそくその寄席へ聞きに行って、万作の軽口咄の面白さにも感心したが、それ以上にかれが、咄を商売にしていることに、強い衝撃を受けた。

——おれもいまにきっと、咄でおまんまを食ってみせるぜ。江戸で咄の商売を、上方の者にだけ任せておく手はあるめえ。

又三郎は乙次郎にそういって気負いこんだ。かれが仲間を集めて、素人咄家の連中をつくったのは、このときである。

ところが……。

そのころ将軍家斉《いえなり》のもとに、前老中田沼意次《おきつぐ》の腐敗政治を一掃しようとして、首席老中松平定信が進めていた寛政の改革は、ますますきびしくなっていた。焉馬の咄会は、御改革を憚《はばか》り、正月の廿一日《にじゅう》を毎年の「咄初め《はなしぞ》」の定会《じょうかい》と定めて、床の間には桃太郎の絵の軸をかけ、そのまえにお神酒《みき》と黍《きび》団子を供えて行なわれるようになった。廿一日を縮めると、昔という字になる。つまり、そうすることで、

——これは昔咄の会であって、いまの咄をしているのではございませぬ。

ということを示そうとしたのだ。それでも幕府の取締まりがうるさいので、「咄初め」の会は、さらに「宇治拾遺物語披講」の会と名を改めたのだが、とうとう寛政九年十月、北町奉行小田切土佐守《とさのかみ》直年の厳命によって、咄会は禁止されてしまった。この禁令は、

——近ごろ和助事焉馬、尾上町料理茶屋吉五郎方を借受け、昔咄の会と称して、新作落し咄を披露せしこと不届き至極。以後、料理茶屋は咄会に席を貸すまじく、また近ごろ新作の落し咄をいたす者多く相成り、心得違いの者もこれあるにつき、今後いっさい落し咄の会はいたすまじきこと。

というきびしいものだった。狂歌師の同人がつくった小咄を、焉馬が口演して披露する咄会は、別に幕政を痛烈に批判していたわけではなく、せいぜい、

——若侍、刀が反りを打っているのに気づかず、春の両国橋を通りかかるを見て、老人「はて、なにゆえ刀に反りを打たせておる」と問えば、若侍「ハア、風で……」

と、当今の武士の軟弱さを、それこそ春風のようにからかう程度であったのに、幕府にはそれすらも許せなかったのであろう。鹿野武左衛門の死後、烏亭焉馬によって八十七年ぶりに再興された江戸の咄会も、この禁令によって、ふたたび命脈を絶たれたか……とおもわれた。

それで又三郎も咄を商売にすることは諦め、咄を聞かせるのは知合いの仲間うちに止《とど》めて、不本意ながらも櫛挽きの仕事に精を出していたのだが、小田切土佐守の禁令が出されてから、まだ一年も経っていないこの六月に、岡本万作がまたもや神田豊島町藁店で、咄の寄席を開く、

というのである。向う見ずというか大胆不敵というか、それとも鈍感なのか、あるいは陽気がよくなると血が騒ぐ芸人の習性によるものなのか、とにかく淡泊な江戸人にはおもいもよらぬ大坂人のしつこさだった。

「……こうしちゃあいられねえ」

又三郎は組んでいた腕を解いて、乙次郎にいった。「おれたちもひとつここで、咄会の興行を打とうじゃねえか」

「だって、おめえ……」

臆病な乙次郎は真青になって問い返した。「お上《かみ》のお咎めがあったら、どうするんだ」

「やっぱり、あるかな、お咎めが」

「そりゃあ、あるに決まってるよ。北の町奉行から、咄会をしちゃならねえ、というお触れが出てから、一年も経っちゃいないんだぜ」

「それでも、おれはやるぜ」

「そんな乱暴な……又、おめえは……」

「又というのは、よせ。おれは山生亭花楽だ。山椒は小粒でも、ひりりと辛いてえやつだ」

「辛いか甘いか知らねえが、おめえ、お上が怖かねえのか」

「怖くなんか、あるもんけえッ」といったん張上げた声を低くして「……といいてえところだが、そりゃおれだって、お上は怖え」

「それ見ろ。だったらおめえ」

「しかし、上方の者が体を張って咄会をやろうとしているときに、おれたち江戸の者が、黙って見てるわけにはいくめえ」

「黙って見てたほうが、利口じゃねえのか」

「この野郎……」と又三郎は、しばらく乙次郎を睨みつけたまま絶句していたが「それじゃあ、江戸の名折れじゃねえか。おめえ、厭《いや》なのか、厭なのかい、おう」

「厭《や》だよ、おれア」

「おめえが厭なら、おれ一人だってやるぜ」

「よしなよ、又」

「又というのは、よせっていったろう。おれは山生亭花楽だ。山椒は小粒でも、ひりりと辛いてえやつだ。畜生め。めしより好きな咄をして、それで打首獄門ということになるんなら、本望だよ。ああ本望だとも。斬るなら斬ってみやがれ、ってんだ」

「又！」

「うるせえッ。咄をしちゃいけねえなんて、こんな糞面白くもねえ世の中に、未練なんかありゃしねえや。おもいっきり客を笑わせたあとで、綺麗さっぱり死んでやらあ。ざまアみやがれ」

「又、おめえ、それは本気か」

乙次郎は真剣な表情になって、又三郎に眼を据えた。

「本気だとも」

又三郎は昂然《こうぜん》として答えた。

「本当に死ぬ気なのか」乙次郎は念を押した。

「ああ、本当だとも」

「……よし、判った」

乙次郎は覚悟を決めたように低い声でいった。「だったら、おれも一緒に死んでやるよ。小せえときから、おなじ長屋で一緒に育ったおれたちだ。おめえ一人を、死なせるわけにゃあいかねえ」

「おい、乙《おと》」

こんどは又三郎のほうが青くなった。「おめえ、よしたほうがいいんじゃねえのか」

「どうして」

「だっておめえ、これはひょっとすると、打首獄門……」

「それは覚悟のうえだ。山生亭花楽と春夏亭草露、二人とも獄門台に生首を並べて、にっこり笑ってみせてやろうじゃねえか」

「そんなことをいったって……」

「おめえのいった通りだ。ここで引下がっていたんじゃあ、江戸の名折れになる。おれたちも是非、寄席を開かなくちゃならねえ。で、どこにする、おれたちの寄席を開く場所は」

「急にそういわれてもなあ」又三郎は途方に暮れた面持で「咄会には席を貸しちゃならねえ、っていうお触れが出ているんだ。どこだってそうおいそれと貸しちゃあくれめえ」

「そうだ。下谷柳町のお稲荷さんの境内ってのはどうだ。あそこの神主なら、おれが知っている。神主のくせに、めっぽう血の気の多い男だから、訳を話して頼みこめば、きっと貸してくれるに違いねえ。それにあのへんは、柳の木の多いところだ。殺されたら化けて出るのには、もってこいの場所だぜ」

「大丈夫かい、乙……」

又三郎は心細そうな声を出した。

「おれは乙じゃあねえ、春夏亭草露だ」

乙次郎は片方の頬に、凄《すご》みのある薄笑いを浮べていった。「考えてみりゃあ、これは獄門台の露と消えるのに、ぴったりの名前じゃねえか……」

三

初夏の風に柳が葉裏を翻している稲荷神社の境内――、葭簀《よしずば》張りの小屋の看板に名前を連ねていたのは、山生亭花楽と春夏亭草露のほかに、立川金升《たてかわきんしょう》と瓢我《ひょうが》の二人だった。金升と瓢我も、初めは後込《しりご》みしていたのだが、「江戸の者は臆病だと笑われてもいいのか」と乙次郎の草露に睨みつけられて、不承不承に咄会に加わったのである。

四人とも、金を取って客に咄を聞かせるのは、これが初めてであった。それに、いつ町役人が踏み込んで来るか判らない、というので、いずれも青褪《あおざ》めてこちこちに緊張し、まるっきり足が地に着かぬほど上がっていた。最初に高座へ送り出されたのは、春夏亭草露だった。

葭簀張りの小屋のなかには、満員の客が詰めかけて、むっとするほどの熱気が籠もっていた。江戸の芸人が初めて開いた咄の寄席、というので、方方から咄好きが集まって来ている。なかには、

——咄を聞いたうえに、捕物が見られるかも知れねえ、というんだから、木戸銭の十文は安いぜ。

という話声も聞こえた。禁制の咄会の席に身を置いている緊張感と、目の前で芸人が縄をかけられるかも知れないという不安をまじえた期待も、客の興奮に拍車をかけていた。春夏亭草露、すなわち乙次郎が最初の演者に選ばれたのは、四人のなかでは落着いていたようにおもわれたからだった。楽屋でかれは固く口を結んで、身じろぎもせずに虚空を凝視していた。それは日頃の臆病さに似ず、すでに覚悟を決めた男の毅然《きぜん》たる態度と見えた。

——さすがだねえ。

と、ほかの三人は感心して、かれをまず高座に送り出したのだが、いざ口演が始まってみると、実はかれがいちばん上がっていたのだと判った。もともと咄がうまいほうではなかったけ

れども、この日の出来は、とくにひどかった。声が激しく震えている。それも歯の根が合わぬほどの震えようである。しきりに吃《ども》る。咄の続きを忘れて絶句する。初めのうちは、おとなしく聞いていた客も、乙次郎の咄のあまりの拙《まず》さに呆れて緊張感を解かれ、たちまち弥次馬の本性を現わし、さかんにかれを冷やかし始めた。

——おいおい、どうしたいッ。

——役人が怖えのか。

——びくびくするない。おれたちがついてるんだ。度胸を据えて、もっとしっかりしろい、唐変木《とうへんぼく》!

——咄の続きを忘れたんなら、こっちから教えてやるぜ。

客にやじられて、乙次郎はさらに逆上し、咄はますます滅茶滅茶になってきた。又三郎は心配になって、高座の袖の暖簾の隙間から場内の様子を覗いてみた。乙次郎は両の拳《こぶし》を膝のうえに突っ張り、額から汗を流して吃りながら口演していた。

「ヨ、芳町《よしちょう》の陰間《かげま》が、ア、ア、浅草の観音さんに参りましてな。それで、そのう、つまり、このう、なんです、このう、カ、カ、カッ、観音さんにですな、こういったというんですな。つまり、そのう……」

「何ていったんだい」客から弥次が飛んだ。

「つまり、このう……」

「焦《じ》れってえ野郎だな、まったく。『観音さん聞こえませぬ』っていったんだろう」

咄は客との掛合いになっていた。

「さいです」

乙次郎は客に頭を下げて、額の汗を着物の懐から出した手拭いでふきながら、蚊の鳴くような声で「……観音さん、聞こえませぬ」

「おめえの声も聞こえねえよ。もっと大きな声を出せ、この野郎」

「観音さんッ」乙次郎は袖で聞いていた又三郎が吃驚したほど大きな声を張り上げた。「聞こえませぬ」

「大きすぎるよ、馬鹿。それじゃ観音さんが吃驚するじゃねえか」

「すみません」

「謝ってやがら。それから、どうした」

「観音さん、聞こえませぬ」

「それはいま聞いたよ」

「吉原の女郎の願《がん》はお聞きなさんすが、なぜ若衆の願いを聞いては下さんせぬ」

「聞いてやろうじゃねえか」

「いや、これはお客様方に申し上げているわけじゃなくて、つまり、そのう、陰間がですな、浅草の観音さんにそういってるんで……」

「判ってるよ、そんなこたア。早く続きを喋れ」

「なぜ若衆の願いを聞いては下さんせぬ、と申しましたところが、そ、そのとき、拝殿にわかに鳴動し、御斗帳《みとちょう》きりきりと明いて、現われ出《いで》ましたる観音さんがいうことには……」

と、ようやく咄の終りに近づいた乙次郎が落ちをつけようとしたとき、それまで待ち構えていたらしい客の大部分が一斉に声を合わせて、

「善哉善哉《ぜんざいぜんざい》、汝《なんじ》が願い尤もなれど、背に腹は替えられぬ」

咄の落ちを先にいってしまった。咄好きの連中だけあって、巷に流布されている咄本に載っているような咄は、たいてい知っているのである。乙次郎はこの咄を最後に、高座を下りようとしていたのかも知れないのだが、これで引っ込みがつかなくなった。かれは必死の形相になって、また別の咄を始めた。

「エー、観音さんが……」

「また観音さんか」

「いえ、これは違う観音さんなんで……ア、浅草の観音さんじゃなくて、キ、清水《きよみず》の観音さん。この観音さんは生き仏じゃという話を聞きまして、ある疑い深い鍼《はり》医者が、内陣に忍び入りましてな、カカ、観音さんのお腹《なか》のあたりに鍼を打ちまして……」

「腹のどのへんに打ったんだ」

「エー、ですから、このう、お、お腹のあたりに……」

「どこなんだよ」

「とにかく、そのう、お腹のずうっとこの、下のほうに鍼を打ち込みましてな。引き抜いてみて吃驚した」

「どうして」

「先に血がついていたから」

「ほんとかい、そりゃあ」

客の弥次は、もうすっかり乙次郎をからかって楽しむ調子になっていた。

「ほんとなんです……ということになっているんですな、この噺では」と乙次郎は真面目に弁解しながら「それでもう、吃驚いたしまして、観音様、まっぴらご免遊ばしませ、只今たった一本ぎりでござります。こんどから二度といたしませぬ、といえば、観音さん、逃げようとする鍼医者の手をしっかと捉えて、一度ぎりでは迷惑、せめて一回り来てたまわれ」

こんどは無事に落ちをつけたのだが、客のあいだから期待した笑いは生まれず、かわりにいかにもわざとらしい欠伸《あくび》の真似とともに、

「アーアー、おめえの噺は一度ぎりで結構だ。一回りも来られたら迷惑だぜ」

という弥次が飛んだだけであった。乙次郎の噺には笑わなかった客も、この弥次にはどっと笑った。乙次郎はほうほうの体《てい》で高座を下りて来た。楽屋では次の出番をめぐって金升と瓢我のあいだに「おめえ、先に出ろよ」「なにをいってるんだ。おめえが先って約束じゃねえか」

と口論が起こっていた。場内はもう咄を聞く雰囲気ではなくなっており、客は弥次のほうが面白くなって、また青い素人咄家が出て来たら、これもやじり倒してやろうと手ぐすね引いている感じなのである。

そして実際に、金升も「そんな咄で銭を取る気か」と罵られ、瓢我も「もっと稽古して出直して来な」と嘲《あざけ》られて、唇を噛んで高座を降りて来た。最後に出た又三郎は、それまでの頽勢《たいせい》を挽回しようと、大車輪で熱演したが、それも結局は空回りであった。客は口口に弥次を飛ばして騒ぎ立てるばかりで、一向に咄を聞こうとはしないのだ。

客が帰って行ったあと、これまで仲間うちの聞き手を笑わせて、咄にかなりの自信を持っていた四人の素人咄家は、すっかり打ち挫《ひし》がれ、また自分だけでなくおたがいの欠点ばかりが眼につき、顔をそむけあって別れて、それぞれの家に戻った。

その夜、又三郎は眠れなかった。——まだ金を取って客に聞かせるような芸じゃなかったんだ、と考える一方、——いや、ほかの三人はともかく、おれの咄は、よく聞いて貰えれば、きっと笑ってくれる筈だ、という気もした。しかし、きょうのあの出来では、もうだれも来る客はあるまい……。

かれはそうおもっていたのだが、翌日、恐る恐る稲荷神社の境内に行ってみると、案に相違して、小屋には続続と客が詰めかけて来た。その大半は、きのうとおなじ客のようだった。かれらは開演前から、すっかり陽気になって、

「きょうはしっかりやれよ」

「びくびくするんじゃねえぞ、おれたちがついてんだから」

などと上機嫌の弥次を飛ばしていた。かれらの弥次は、悪意だけから発しているのではなく、好意の表現でもあったようだった。神田豊島町藁店で大当りを続けている大坂下りの岡本万作に対する江戸人の対抗意識もあったのだろう。またいかに下手な芸人とはいえ、幕府の禁制に楯《たて》ついていることに喝采を送りたい気分もあったのだろう。それに、目の前で又三郎たちが役人に捕まるところを見られるかもしれぬ、という楽しみがまだ残っていたせいもあったのかも知れない。

二日目、三日目……と、客の数は日増しにふえた。又三郎たちに、もう幕府のお咎めを気にしている余裕はなかった。客を笑わせたい一心で、少々幕府の機嫌を損じかねない咄でも、かまわずに口演した。客席には初日の嘲笑とは違った笑い声が湧き起こってきた。又三郎は、いったん失われかけた咄への自信が、ふたたび蘇って来るのを感じた。四日目も五日目も、奉行所の役人は来なかった。それにもかかわらず、五日目で連日満員の盛況続きだった咄会を打切らなければならなかったのは、そこで咄の種が尽きてしまったからだった。

自分でつくった咄をあまり持っていない又三郎たちは、咄の種を主に古くからの咄本に頼り、あるいは烏亭焉馬の咄会を聞きに行って仕入れていたのだが、やはり素人の悲しさで、まだ咄の数が少なかった。それで三日目ごろから、おなじ咄の繰返しが多くなった。毎日通って来る客のほうでは、いくら贔屓にしてやりたいとおもっても、素人の芸でおなじ咄を何度も聞かされるのには閉口してしまったのだろう。三日目ごろから出始めた「その咄はまえに聞いたぜ」という弥次は、日を追って激しくなり、といってかわりの話の持合せはなく、とうとう五日目で打切らざるを得なくなってしまった。客の入りとしては満員続きで、なかごろでは客を沸かせたこともあり、かなりの金も手にしたものの、又三郎の心の底に残された空虚感は、結局こんどの興行が失敗であったことを物語っていた。

——せめて、奉行所の役人に捕まらなかったことだけでも、めっけものだったとおもわなくちゃなるめえ。

と、又三郎はおもった。それにしても、どうして役人は来なかったのだろう……。その疑問は、咄会の席に境内を貸してくれた稲荷神社の神主の言葉で解けた。

「役人が来なかったのはな……」

と神主は又三郎にいった。「今月の月番が南の町奉行だったからじゃよ」

「といいますと……」

「判らんのか。咄会の禁制のお触れを出したのは、北の町奉行である小田切土佐守様。この仁は、まるっきり融通のきかぬ堅物じゃ。それにひきかえ南の町奉行村上肥後守様は、なかなか話の判るお方だ。それでなくても毎月交替で月番を勤める南北の町奉行は、できるだけ相手とは違ったやり方をしようとしている。だからわしは、今月は南の町奉行の月番ゆえ、まさかお咎めがある筈はあるまい、とおもって境内を咄会の席に貸したのだが、おまえたちはそれも考えずに咄会の興行をしていたのか」

「へえ、そんなことは、ちっとも考えちゃいませんでした」

「てっきり、そこを考えてのことであったとおもっていたのじゃが……」

神主の呆れ顔を見て、又三郎は首筋のあたりが寒くなるおもいがした。大胆不敵とおもわれた岡本万作の頭のなかで、今月の月番が南の町奉行であることは、ちゃんと勘定に入っていたのかも知れない。又三郎たちはそれも考えず、ただ万作に刺激されて、闇雲に咄会を強行したのだ。もし一月遅れて、禁令を出した小田切土佐守の月番のときに開いていれば、捕まっていたかも知れないのである。とすると、又三郎たちが役人に捕まらなかったのは、いわばまったくの僥倖《ぎょうこう》であったということになる。――桑原、桑原……、又三郎はおもわず口のなかでそう唱えずにはいられなかった。

四

目黒不動の本堂に向かって、じっと手を合わせて拝んでいた又三郎は、ようやく顔を挙げた。

「又、おめえ、やっぱり旅に出るのか」

さきに拝み終えていた乙次郎は、かれにそう声をかけた。

「ああ」又三郎は頷いた。

下谷柳町の稲荷神社境内で咄会を開いてから、およそ三月後の九月二十八日、二人は連れ立って目黒不動へ参詣に来ていた。目黒の不動堂は、俗に「目黒御殿」と呼ばれているほど広い境内のなかに、本堂をはじめ大小数多くの伽藍《がらん》が立並んでいる壮大な寺院で、まわりの木木は紅葉して地面には一杯に落葉が散り敷いていた。

「銭を出して聞いてくれる客を、いつも相手にしていなくちゃ、咄家は本物にゃあなれねえ。こないだの咄会で、おれはつくづくそうおもったんだ」

落葉を踏んで歩きながら、又三郎は言葉を続けた。

「ところが、いまの江戸じゃあ、咄会の興行もままならねえ有様だ。だからおれは、旅に出ることに決めたんだよ」

「それでおめえ、京屋の店はどうするんだ」

「店は畳んじまって、商売道具も家財道具も、いっさい叩き売ってしまうつもりだ」

「なにもおめえ……」乙次郎は心配そうにいった。「それほどまでにすることは、ねえんじゃねえのか」

「いや、おれにはまだ櫛挽きの商売がある、とおもっているうちは、咄が本物にゃあならねえ。咄を商売にするのには、櫛挽きをやめなくちゃいけねえんだ。おれは不動の金縛りにでも遭ったように、手も足も縛ってしまいてえくらいの気持だよ、口だけを残してな。そうしたらきっと、おれの咄も本物になるだろう。そう考えておれはきょう、このお不動様へお参りに来たんだ」

「随分とおもいつめたもんだな」

「まあね。さっきおれはお不動様に、こう拝んだんだ。ほかのことは、どうなっても構いません、ただ咄だけは上手にして貰いてえ、とな」

「そうか。じゃあ、おめえの商売道具は、おれが譲って貰うとしよう。餞別のつもりで、せいぜい勢《はず》ませてもらうぜ」

「そうして貰えりゃあ助かるが……おめえはもう、咄を商売にするつもりはねえのか」

「こないだの咄会で、おれは咄にゃあ向いてねえということが、よく判ったよ。まあ、おれの分まで一緒に、いい咄家になってくれ」

二人は楼門《ろうもん》を通り抜けて、目黒不動の門前町に出た。そこには粟餅《あわもち》屋や、糝粉《しんこ》細工の餅花屋とともに、名物の飴屋が軒を並べていた。

「ああ、これ、これ」

桐屋という暖簾がかかっている店のまえで立止まった又三郎は、嬉しそうな顔をして振返った。

「ここへ来たのは、お参りのほかに、この目黒飴を買いに来たんだよ。旅に持って行くんだ。喉の滑りをよくして、声がよく出るようにな……」

日本橋馬喰町の裏店へ帰ると、又三郎は商売道具と家財道具を乙次郎に譲り渡して、旅に出た。最初に行ったところは、武州の越ヶ谷だった。江戸を発ったのが九月二十八日で、十月一日には、越ヶ谷の一軒の家の座敷を借り受け、十二文の木戸銭で咄の講席を開いた。江戸から咄家が来た、というので、刈入れを終えた百姓たちが大勢集まって来た。百姓相手では、あまり高級な洒落は通用しない。又三郎はまえに、烏亭焉馬の書いた文章で、

――咄の秘訣は、声は高きを厭《いと》わず、面皮は厚きを厭わず、人品を捨て、馬鹿を表とすることにあり。

という意味の心得を読んだことがある。又三郎の咄は、初めのうち百姓たちにあまり受けなかったのだが、焉馬が説いた心得を、これだな……とおもい出して、努めて大きな声を出し、馬鹿のような表情を装いはじめてから、次第に爆笑を呼ぶようになった。越ヶ谷でかれは大変な人気者になった。だがやがてそこを離れて、こんどは松戸に行った。咄家は、できるだけ様様な土地の人情を知らなければならない、とおもっていたからである。

松戸で、かれは山口又五郎という土地の顔役と知合った。田舎では高級な洒落は通用しないとおもっていたのに、この人は意外な物知りであった。あるとき、又五郎はこんなことをいった。

――花楽さん、あんたは生花がお好きなんですかな。

――いえ、そのほうはさっぱりですが……。

――わしはまた、あんたの名前が山生亭花楽というもんだから、てっきり生花でも嗜《たしな》まれておるのかと……。

――そうじゃあないんですよ。これはね、山椒は小粒でもひりりと辛い、という洒落なんです。それで山生亭花楽。ね、洒落てるでしょ。

――しかし、それではちと、つきすぎている。おなじ洒落るのなら、虎渓の三笑に因《ちな》んだほうがよいな。

――なんです、そのコケイのサンショウてえのは……。

――唐土の画題じゃ。むかし晋《しん》の僧慧遠《えおん》が、盧山《ろざん》の東林寺に隠居して、二度と虎渓を渡るまい、という誓いを立てておったところ、ある日、遊びに来た陶淵明《とうえんめい》と陸修静《りくしゅうせい》の帰りを送って行って、おもわず虎渓を渡ってしまい、三人ともに大笑いをしたという。これが虎渓の三笑。

――へえ……。

――絵を見るとこの三人、まことに楽しそうに笑っている。この画題に因んで、三笑亭可楽。どうじゃ、これなら咄家の名前に、ぴったりではございませぬかな。

その話を聞いて、又三郎は十年以上もまえ、初めて焉馬の咄を聞きに尾上町の京屋の庭へ忍び込もうとしたとき、「唐土からでも来たのか」と下足番にいわれたことをおもい出し、不思議な因縁を感じて、又五郎のいう通りに名前を改めることにした。

二年後――、江戸に帰っていたかれは、三笑亭可楽という名前では初めての咄会を開いた。

かれはその会のちらしに「狂歌を寄せてほしい」と、噺家の道を志したときから尊敬し続けてきた烏亭焉馬に頼んだ。焉馬は快く承知して、

——よい落しはなしの会の桃太郎　ぢゞとばゞとに他《た》から入り来る

という狂歌を書いてくれた。これはたぶん、まだ二十五歳と年若い可楽を桃太郎になぞらえ、ちょうど桃太郎が他所《よそ》から川の流れに乗って、おじいさんとおばあさんのところへやって来たように、年寄りが多い噺の世界へ、いま宝物のような若者が登場した……という意味なのであろう。可楽はそう解釈して、素直に喜んだ。

可楽の高座は、まことに派手で陽気で面白かった。声が大きくて、どことなく抜けているような表情で演ずるかれの噺に、聴衆の大半は爆笑の連続だったのだが、専門家の評価は別であった。一緒に出た東亭八子《あずまていやつこ》のほうが、ずっとよい、というのである。その評価を、仲間うちで公然と口にしたのは、かつて東亭八子の弟子であった三遊亭円生であった。

——可楽の噺は、田舎を回って来たせいか、どうも泥臭い。それにくらべると、八子の噺は、やはり粋《いき》だね。

そういったという円生の言葉を伝え聞いて、可楽は腸《はらわた》が煮えくり返るようなおもいがした。かつての師匠であった八子を褒めるのはいい。しかし、八子は三笑亭可楽の旗上げ興行の助《すけ》に出てくれたのである。その八子とくらべて貶しつけるというのは、つまり、可楽の旗上げにケチをつけていることになるではないか。いったんそう考え出すと、可楽の臆測は様様な方向に

ひろがり始めた。円生は八子のもとを離れてから、いまでは焉馬を師と仰いでいる。円生の言葉は、焉馬の意見でもあったのではあるまいか。とすると、

——よい落しはなしの会の桃太郎　ぢゞとばゞとに他から入り来る

という狂歌は、まったく別の意味にも感じられてくる。どうも気にかかるのは、このなかの「他」という妙に意味ありげな一字だ。可楽は、まえに焉馬が書いていた「咄も末は銭金になるとは、借家かしておもやとらる、のたとへなるべし」という文章をおもい出した。焉馬にとって、咄は、狂歌と戯作を物する合間の余技であり、遊びであった。それを聞いて楽しんでいた仲間は、狂歌師や戯作者、役者といった通人、粋人《すいじん》たちだった。焉馬の眼には、咄を商売にしようとしている可楽が、そうした通人と粋人たちのあいだへ、土足で「他」から踏み込んで来た男のように見えていたのかも知れない……。その想像が当っていたかどうかは判らないのだが、可楽はいつしかそう信じこむようになって、乙次郎に鬱憤を洩らした。

「ひでえやつだとおもわねえか、焉馬は。おれの旗上げに、こんな狂歌を書いてよこすなんて」

「それはおめえの考えすぎじゃねえのかい」

乙次郎は可楽を宥《なだ》めるようにいった。「焉馬は本当におめえを、桃太郎になぞらえて、他から、つまり宝といったんだろうよ」

「いや、そうじゃあねえ。この『よい落しはなしの会』というところは、『よい落しは、なしの会』とも読める。やつはおそらく、おれの会にケチをつけるために、この狂歌を書いたのに

違いねえ」いっているうちに、可楽はだんだん興奮してきた。「大体、咄も末は銭金になるとは、借家かしておもやとらる、のたとへなるべし、てえのは、ふざけた言い種《ぐさ》じゃねえか。銭金を取ってやるからこそ、咄が本物になるんだ。焉馬にとっちゃ咄は遊びかも知れねえが、こっちにとっちゃあ飯の種、いわば命なんだ。仲間うちで威張りくさっている焉馬なんて、本物の咄家じゃねえや。贋物《にせもの》だよ」

「おいおい」乙次郎は周章《しゅうしょう》していった。「それはちょっと、いいすぎじゃねえのか」

還暦に近づいている焉馬は、いまや咄の世界では神様に近くなっている。その焉馬の悪口をいうことは、これから咄家として立って行こうとしている可楽にとって得策ではない。用心深い乙次郎にはそうおもえたのだろう。

「何がいいすぎなんだ。贋物だって証拠に、奉行所から禁制のお触れが出たら、焉馬はぴたっと咄会をやめちまったじゃねえか。あいつは、おれたちのように咄を商売にしようなんてやつが出てくるから、よけい御禁制がきびしくなる、とでもおもっていやがんだろうが、こっちはこれが飯の種なんだ。やめろ、といわれて、はい、そうですか、とおとなしく引っ込むわけにいくけえッ」

「そんなことをいったって……おめえが旅に出ているあいだに、岡本万作は行方《ゆくかた》知れずになっちまったんだぜ。ひょっとすると、どこかで殺されちまったんじゃねえかという話だ。おめえも気をつけねえと……」

「それがどうしたい。咄の元祖の鹿野武左衛門だって、いまから百年もまえに咄を飯の種にして、島流しになっちまったってえことだ。たとえ殺されたって……いや、殺されちゃ困るけれども、少々痛い目に……いや、痛い目に遭うのも厭だけど、とにかく咄家は図図しいから、そんなにすぐに殺されたりゃしないよ。岡本万作だって、いまごろはどこかで百姓か漁師たちを笑わせてるに違いねえ。それが咄家の生き方ってもんだ。それなのに焉馬のやつは……四方赤良だってそうだ」可楽の憤激は小さいころ最も尊敬していた人間にまで飛び火した。「世の中に蚊ほどうるさきものはなし　ぶんぶといふて夜もねられず、という狂歌で幕府のお咎めを受けたら、それは自分のつくった歌じゃねえなんて逃げを打って、それっきり狂歌も戯作も書かなくなっちまった。大田南畝《おおたなんぽ》だかアンポンタンだか知らねえが、あいつら、みんな贋物だい！」

きっかけは円生に、泥臭い、と評されただけのことであったのに、三笑亭可楽はこのとき以来、烏亭焉馬とかれの後援者である狂歌師や戯作者の一派を、心中はげしく憎み、敵視するようになった。

それから三年ほどして……、烏亭焉馬の還暦を祝って、尾上町の京屋に盛大な賀宴が開かれ、多数の文人墨客が集まり、式亭三馬が焉馬を誉め称える祝文を書いた、という話も、可楽には癪の種だった。

乙次郎には「咄はおれの飯の種だ、いわば命なんだ」と威勢のいい啖呵を切ったものの、奉行所の眼が光っている幕府のお膝元で、そうたびたび咄会を開くわけにもいかず、かれはあれからずっと、内職におかきやあられなどの煎餅を商って、細細と暮していた。ときどきは咄を演じてはいたが、知らない人から見れば、そのほうが内職のようなものだったろう。

かれの慰めになったのは、このころから、のちに朝寝坊むらく、林屋正蔵、翁屋《おきなや》さん馬などとなって、いずれも一家をなした咄家が、可楽の芸風を慕って、次次に弟子入りして来たことだった。それはかれにとって、自分がすぐれた咄家であることの、何よりの証拠であるようにおもわれた。このなかでも、とくに可楽が目をかけたのは、朝寝坊むらくだった。

麹町の質屋の丁稚《でっち》だったむらくは、浄瑠璃に凝って質屋から逃げ出し、豊竹《とよたけ》宮戸太夫《だゆう》の門に入って浄瑠璃を唸っていたのだが、こんどは咄が好きになって、可楽のもとに入門して来た。最初は流俗亭玖蝶、次に三笑亭夢楽となったかれは、人情咄が得意だった。可楽は頓智頓才に富んでいたけれども、こまごまとした人情の描写が得手ではなかったので、いっそう夢楽をかわいがった。夢楽の成長は、可楽の大きな楽しみであった。

五

「おい、すぐに夢楽を呼んで来い！」

可楽は鋭い口調で、弟子の一人に命じた。三十五歳になったかれは、落し咄にかけては江戸随一の評判をとる咄家になっていたが、中橋榎町《えのきちょう》の自宅は、まだ煎餅屋を兼ねていた。やがて、夢楽が店先から家のなかに入って来た。すでに可楽の叱責を予期している表情だった。

「おい、夢楽、おめえどうしておれに呼ばれたのか、判っているだろうな」

「………」

夢楽は黙って俯《うつむ》いていた。

「おめえ、なぜおれに断りもなく、勝手に名前を変えたりなんかしやがったんだ」

師匠に無断で夢楽は、夢羅久と名前を変えていたのである。可楽の一字を貰った夢楽という名を、夢羅久などという訳の判らない字に変えたのは、師匠に対する反抗であると受取られても仕方がない。可楽が激怒していたのも当然であった。

「おめえが黙っていても、おれにはおめえの了見がちゃんと判っているんだ」

可楽は俯いている夢楽の月代《さかやき》のあたりに眼を据えていった。「おめえはおれんとこを出て、焉馬の弟子になろうとしてやがんだろう」

「いえ」夢楽は顔を挙げた。「そんなこたア決して……」

「本当に、ねえというのか」

「へえ、それだけは固くお約束してもようござんす」

「どっちにしても、師匠に無断で名前を変えるような弟子を、うちへおいとくわけにゃあいかねえ」

可楽の体は怒りと情なさで震えていた。「破門だ！　三笑亭の名は返して貰うぜ」

「申訳ございません」

夢楽は正坐していた体を丁寧に前に折って「お返しいたします」切口上でいった。

すべては予定の行動のようであった……。夢楽が烏亭焉馬の門下に移ろうとしているのではないか、と可楽が疑ったのには理由がある。焉馬が還暦の賀宴を張った翌年の六月、可楽は下谷広徳寺門前の孔雀《くじやく》茶屋で、夜間の咄会を催し、この席で初めて、三題咄というものを試みた。三人の客からひとつずつ、たとえば「弁慶」「狐」「辻君《つじぎみ》」あるいは「すっぽん」「火の消えた炬燵《こたつ》」「唐土の遊女」といったすぐにはつながりそうもない三つの題を受け、これを即座に一篇の咄のなかに結びつけて話すのである。生まれつき頓智頓才に富んでいた可楽の才能は、この三題咄において、一挙に開花した。客は競って難題を吹っかけようとし、躍起になって考え出した奇想天外な題を与えたが、可楽はただのいちども、咄に詰まるということがなかった。人人は溢れるばかりの機智に驚嘆し、それが評判になって、可楽の人気は沸騰した。

それでも江戸で続けざまに咄会を催すことは憚られて、可楽はいまもって内職の煎餅屋をやめることができずにいたのだけれども、芸人の人気が、一方において批判を呼び起こすのは当然のことである。

――三題咄は、咄の本道ではない。あれは邪道だ。

という声が、可楽の耳に伝わって来た。かれはこんども、それが焉馬のもとから出たものではないか、と疑った。そしてまた、邪道の評判が立つことによって、最愛の弟子の夢楽が、自分よりも焉馬の芸風に惹かれるようになるのではないか、ともおもった。夢楽の芸風は、可楽の一門のなかでは異質だった。肌理《きめ》の細かい人情咄を、すべて自分で創作しているかれの才能は、師匠の絢爛《けんらん》たる才華の輝きにも消されることなく際立っていた。山東京伝、山東京山、式亭三馬らが、夢楽の熱心な支持者になった。京伝、京山、三馬は、焉馬の支持者でもある。そこで可楽は、夢楽が自分を捨てて、焉馬の一門に走るのではないか、と疑っていたのだ。

可楽の疑いは当っていたようだった。この年の六月、三笑亭夢楽改め朝寝坊夢羅久は、柳橋の大のし富八楼で、改名披露の咄会を開いたが、そのちらしには、烏亭焉馬と、京伝、京山、三馬が名を連ねていた。むらくにとってみれば、焉馬の周囲にいるこうした文人と、自分の人情咄をよく理解してくれる洗練された聴衆が、何物にもかえがたい魅力だったのだろう。さらに三年後、かれは烏亭焉馬の門に入って、笑語楼夢羅久と名を変えた。

焉馬に対する可楽の内側に秘めた怒りと憎しみは、いっそう強くなった。三題咄の大流行によって、三笑亭可楽の名は高まる一方であったが、かれは胸の底で自分を、孤立無援の人間であるようにも感じていた。可楽が心を許した唯一の友である乙次郎は、江戸を去っていた。櫛屋をやめて沼津へ行き、そこで茶屋の主《あるじ》になっていて、ときたま江戸に出て来る乙次郎に、「ひでえじゃねえか、焉馬ってやつは」と、可楽はだれにもいえない胸中の憤懣《ふんまん》を訴えた。

「てめえのところに碌《ろく》な弟子がいねえもんだから、おれのところから、むらくを取って行ったりなんかしやがってよう」

「別に取ったわけじゃあるめえ。むらくが自分で行ったんだろう」

「じゃ、おれより焉馬のほうが、いいってのか」

「そうじゃあねえが……」

乙次郎は苦笑を浮べて、だだっ子のような可楽の鬱憤を聞いていた。咄界の大御所である烏亭焉馬に燃やし続けていた対抗意識が、可楽を次第に大きくしてきた原動力であることを感じとっていたからなのかも知れない。

「いったい焉馬のどこがいいんだ。咄で飯を食ったことのねえやつに、本当の咄ができる筈はあるめえ」

可楽は持説を繰返した。「焉馬がだれを笑わしたっていうんだ。仲間うちだけじゃねえか。おれは江戸中の者を笑わしている。それも、お上の眼を盗みながらだ。焉馬は還暦の祝いという名目で咄会をやったきり、もう十年もやってねえじゃねえか。お上が怖えんだよ、あいつは。あんな者ア贋物だい……」

しかし、焉馬もお上を怖れてばかりいたわけではなかった。七十二歳になったとき、焉馬は十一年ぶりに咄会を開いた。それも、まず本所一ツ目之橋のそばにあった料理茶屋の柏屋《かしわや》を会場と定め、そこに集まった客を十数人ずつ船に乗せ、本所五ツ目之橋まで夜の竪川を下り、少数の者にしか明かしていなかった本当の会場である天恩山羅漢寺へ案内するという物物しさだった。その話を聞いた可楽は、

「へんッ。つまらねえ遊びをしているねえ」

と鼻で嗤《わら》ったが、内心、焉馬もまだなかなかやるじゃねえか……と感じたらしい衝撃の色は隠せなかった。その年が明けた正月七日、可楽は咄会の中入りの余興に、謎ときというのを始めた。どんな難しい謎でも、面白おかしく解いてごらんに入れる、というこの謎ときは、三題咄を始めたとき以上の反響を呼んで、客の数がこれまでの倍になって席に入りきれない、という大当りになった。可楽が三題咄を始めたのは、焉馬の還暦を祝う咄会が開かれた翌年、謎ときを始めたのは、やはり焉馬が七十二歳のときに開いた咄会の翌年である。可楽が焉馬に対して、どれだけ強い対抗意識を燃やしていたかが判る。

謎ときが大当りとなった翌年、笑い話はいけないが、昔の話か忠孝を説く話ならよい、という幕府の制限つきで、咄会の禁制が解かれたため、それまで少しずつふえていた江戸の咄の寄席は、七十五軒に急増した。可楽は煎餅屋をやめ、咄一本で食う、という念願を達することができた。人気の的である謎ときを続けていれば、そのうえさらに大儲けができたに相違ないのだが、間もなくかれは、謎ときをふっつりとやめてしまった。「素咄《すばなし》に専念したい」というのが、その理由であった。このときも可楽の耳には焉馬のものとおもわれる「三題咄や謎ときは、咄の本道ではない」という声が響いていたのかも知れなかった。

江戸落語中興の祖といわれる烏亭焉馬は、文政五年に八十歳で死んだ。葬儀は、江戸中の有名な狂歌師、戯作者、役者、咄家をまじえて、参会者が千五百人以上にのぼり、住まいの相生町から菩提所《ぼだいしょ》の表町最勝寺までの道筋には、ぎっしりと見送りの人垣ができるという盛大なものだった。もちろん可楽もその葬儀に参列したが、その帰途、弟子の一人にこう呟いた。

「焉馬はいちども咄で飯を食ったことがねえ。おれはとうとう咄一本で食えるようになった。焉馬は仲間うちの者しか笑わせたことがねえ。おれは江戸中の者を笑わせた……」

咄家を今日まで続く職業として確立させた三笑亭可楽は、それから十一年後の天保四年、五十六歳で死んだ。

――人ごみを　のがれて見れば　はなし塚

これが、かれの辞世の句である。子供のころから咄家を志し、ほぼ一生を通じて人を笑わせ続け、江戸中の人気を集めたかれの心の最後に残っていたのは、そうした寂寥感なのであった。

幽霊出現

一

朝の陽射しに溶けかけている路上の雪が、眼に眩しい。店先から薄暗い中を覗き込むと、式亭三馬は例によって、沈痛な面持《おももち》で腕を組み、店の帳場に坐っていた。ときどき溜息をつきながら顳顬《こめかみ》を指先で押さえたりしている。朝方のかれは、いつも大抵こんな風だった。その様子を見た人のなかには、戯作《げさく》の案を考えあぐねて苦吟しているのか……とおもう者もいたかも知れない。けれども実際は違っていた。宿酔《ふつかよい》なのである。

戯作の筆をとっていないとき、三馬は毎晩のように大酒を飲む。しかも酒癖があまりよろしくない。仲間と飲んでいて、酔うとかれはかならず人の悪口をいうか、あるいは飲んでいる当の相手と争論する癖があった。そして翌朝、延寿丹薬店の主人であるかれは、苦虫を嚙み潰したような沈痛な面持になって、日本橋本町二丁目の通りに面した店の帳場に坐っているのだった。……三馬は眼を挙げてこちらを見た。

「こんどこの近くへ越して来たもんですからね、ちょっとご挨拶に……」

林屋正蔵はそういって店の土間に入って行った。

「この近くというと……」

三馬は正蔵に座蒲団をすすめて聞いた。「どちらかな」

「長谷川町なんで……」

「なるほど。それならすぐ近くだ。ではこれから、ちょくちょく一緒に飲めますな」

「ええ、それはまあ……」

そうちょくちょく三馬のからみ酒の相手にされたのではかなわない、と正蔵はあわてて話の本題に取りかかった。

「ところで、こんどわたしが越して来た長屋で面白い話を聞きましてね。そこに大層なお年寄りが住んでいて、その人がいうには、わたしの入った家が、なんと昔、鹿野武左衛門《しかのぶざえもん》が住んでいた家だっていうんですよ」

「ほう……」

「これはちょっと、まやな話じゃねえかとおもったんですがね。なにしろ咄家《はなしか》のわたしがたまたま入った家が、咄家の元祖の住んでいた家だったなんて、回《めぐ》り合せにしても出来すぎている話ですから……」

「いや、それは考えられぬことではない」

三馬は真面目な顔つきで頷いた。「鹿野武左衛門が、長谷川町に住《じゅう》していたとは、『江戸鹿子《かのこ》』にも出ている」

「そのお年寄りは、祖父様《おおじ》から聞いたっていうんですよ。いまから三代ほどまえに、鹿野武左衛門がそこに住んでいたって……」

「武左衛門が江戸で座敷仕方咄をしていたのは、元禄のころというから、かれこれ百二三十年まえのことだ。三代ほどまえ、というのも勘定に合う」

「それで、そのお年寄りがいうには、大家《おおや》のところへ行ってみたら、古い人別帳があって、それに鹿野武左衛門の名前が載っているんじゃねえか……と。それを見たら自分の話に間違いのないことが判るだろう、とこういうんですよ。で、わたしは大家のところへ行ってみた」

「……ふむ」

「これこれしかじか、と話をしたら、大家は先祖伝来の古い皮籠《かわご》を持ち出して来ましてね。なかに入っている埃だらけの反古《ほご》を掻き回しているうちに、人別帳はなかったんですが、こんなものが出て来たんですよ」

正蔵は懐から、虫が食ってぼろぼろになっている畳紙《たとうがみ》を出した。三馬は八つ折りになっていたその畳紙を広げて見た。表に「店賃通《たなちんかよい》」とあり、その右肩に「辛巳《かのとみ》」、左下に「鹿野武左衛門」と書かれている。そして裏には、毎月の店賃を受取ったことを示す家主の判こが、幾つも押されていた。

「これは店賃の通いじゃな」

「そうなんで……」

「辛巳というと……」と三馬は何度も指を折って、「元禄十四年だ」

「これは確かなものでございましょうかね」

正蔵は心配そうに聞いた。「もしこれが本物なら、わたしの入った家は、たしかに鹿野武左衛門の住んでいた家だということになるわけなんですが……」

「……そうさな」

三馬は、虫食いだらけの畳紙を、戸外の光のほうに向けて透かして見るようにした。「これは細川紙、俗に端切らずという紙じゃ。いまなら西之内でつくるところであろうが、昔はこのように質素なる紙を用いたのじゃな」

「それじゃあ、これは……」

正蔵は喜色を浮べて問い返した。「確かに元禄のころのものなんで……」

「うむ。わざわざ細川紙を用いたところといい、またこの虫食いの具合といい、実によく出来ている」

「よく出来ている、といいますと……」

「おまえさん、自分でも怪談咄をやるだけあって、よほど鶴屋南北が好きと見えるね」

「……好きには好きですが、一体なんの話です、それは」

「鶴屋南北がまだ勝俵蔵《かつひょうぞう》という名前であったころ、そうだ、あれは永代橋が落ちた明くる年であったから、文化五年のことであったな。市村座の夏狂言に『彩入御伽草《いろえいりおとぎぞうし》』をかけたときに、南北が尾上松助、いまの松緑と組んで起こした騒ぎを覚えているだろう」

「……へえ」

「おまえさんも、こんどの作り話を、あのときに南北が松緑と仕組んだ怪談からおもいついたんじゃないのかい」

「そんな……滅相もない」

「だって、この鹿野武左衛門の店賃の通い、ってやつも、こうやって透かしてみると、幽霊が見えるぜ」

「幽霊……」

「そうさ。この通いは辛巳つまり元禄十四年のものということになっている。ところが鹿野武左衛門は、島流しにされていた伊豆の大島から江戸へ帰って来た元禄十二年に死んでいるんだ」

「あッ、そうだったんですか」正蔵は素頓興《すつとんきよう》な声を出した。

「そうすると、二年まえに死んでいるのに、まだ大家に店賃を払っているこの鹿野武左衛門は、幽霊ってことになるじゃないか。おまえさん、これだけの細工をしながら、それに気がつかなかったのかい」

「気がつきませんでした。迂闊にも」と正蔵は頭のうしろに手をやって「どうも、申訳ありません」

「これが、武左衛門が伊豆の大島に流されるまえ、元禄の初めごろの通いというんだったら、おれも騙されたかも知れないんだが……」

と式亭三馬は鼻を蠢《うごめ》かして聞いた。「一体どういうつもりで、このわしを引っかけようとしたのか、くわしく教えて貰いたいもんだな。話の事と次第によっては、相談に乗らぬものでもない」

「ばれてしまったんじゃあ仕様がねえ」

林屋正蔵は、あっさりと兜《かぶと》を脱いで話し始めた。「実はこういうわけなんで……」

正蔵が三笑亭可楽の弟子になったのは、いまから九年まえ、二十六歳のときである。入門のきっかけは、その二年まえの夏、可楽が下谷《したや》広徳寺門前の孔雀《くじやく》茶屋で開いた「落話夜講」の席で、初めて演じた三題咄を聞き、客から与えられた三つの題を即席で一篇の咄にまとめ上げて行く頓智《とんち》頓才の鮮やかさに、すっかり心を奪われてしまったからだった。この三題咄の大成功によって、江戸中の人気者となった可楽のもとには、咄家の志願者が次次に弟子入りして来た。可楽は弟子たちにこう教えた。

「咄家てえものはな、とにかく物をよく知っていなくちゃいけねえ。客に題を下さいといっておいて、出された題を、それは存じません、というんじゃあ、こんな間の抜けた話はねえからな。だから本を読まなくちゃいけねえ、芝居も見なくちゃいけねえ、お客様の知っているようなことは、こっちも全部知っておかなくちゃあいけねえんだ」

だいたい咄家を志願するのは、家業よりも芝居が好き、働くよりは寝転んで洒落本、滑稽本を読むのが大好き、といった連中ではあったけれども、いざこれを言わば義務として課せられてみると、楽なことではない。けれども正蔵は、小さいときから絵が巧《うま》く、狂歌の才にも恵まれ、軽口をいうのはそれに輪をかけて達者、という口八丁手八丁の才人で、すこぶる好奇心の旺盛な性質であったから、本を読み芝居を見て回って勉強をすることが、すこしも苦にならなかった。

かれが可楽の弟子になって二年目、五月の末近くのことだった。六月に市村座で上演される夏狂言『彩入御伽草』は、初日があくまえから、大変な評判になった。というのは……。『彩入御伽草』の主人公である小幡小平次《こはたこへいじ》は、噂によれば、もともと尾上松助の下男をしていた実在の人物だった。かれは奥州の安積郡《あさかぐん》から出て来て松助に仕えていたのだが、なんとなく影の薄い陰気な男であったので、「幽霊」という綽名《あだな》をつけられて、みんなから「幽霊、幽霊」と呼ばれていた。

小平次としては、役者になりたくて出て来たらしいのだが、幽霊と綽名をつけられるような奥州出身の陰気な男では、江戸の舞台に立てる筈もなく、三年ほどして松助から暇を貰い、郷里へ帰って旅回りの役者になった。ところがやがて小平次は、巡業の旅に出て留守のあいだに女房に間男され、しかもその密夫によって殺害されてしまった。

風の便りに小平次横死の知らせを聞いた尾上松助は、その話を座付作者の勝俵蔵に伝え、俵蔵はそれをもとに、殺されて沼に投げ込まれた小平次が、幽霊となって立ち現われる『彩入御伽草』を書き上げた。そして俵蔵が、市村座の三階の稽古部屋で、役者をまえに本読みをしていた夜、小平次の幽霊が出現する場面までくると、板壁を外から、トントン……と叩く音がした。

三階の稽古部屋は舞台の上にあったから、板壁の外には何の足がかりもある筈はない。人が登って来れる場所ではないのに、静まりかえった部屋のなかにまた、トントン……と板壁を外から叩く音が響いた。役者たちが怖がって震え出したので、俵蔵はその夜の本読みを中止した。

異変はそれだけに止《とど》まらなかった。その夜、尾上松助が家に帰ってみると、出迎えた女房の顔が、陰気な男の表情に変って見え、鉄瓶の口からいきなり熱い湯気が迸《ほとばし》り出て、棚の上の物が次次に頭上に落ちて来た。愕《おどろ》いて気を失った松助は、そのまま瘧《おこり》のような熱病に取憑かれて寝込んでしまった。松助の熱は、なかなか下がらなかった。これは小平次の怨霊の祟りに相違ない……ということになって、まず両国の回向院《えこういん》に、尾上松助の名前で、小平次供養のための高さ一丈五尺という大卒塔婆《そとば》が立てられた。

これは五月二十八日のことであったが、卒塔婆に記された日付は、六月二日になっていた。その日に回向院で、松助が施主となり、小平次の霊を慰める施餓鬼《せがき》の法会を催すというのである。人気役者の尾上松助が、

――幽霊に取憑かれたそうだ。

という話は、たちまち江戸中に伝わって、施餓鬼の当日になると、両国の回向院めがけて続続と人が集まって来た。回向院は、両国橋のそばにある。橋上と近くの米沢町あたりの通りは見物に来た群集で埋め尽され、前年の夏に十二年ぶりに復活した深川八幡の祭のさい永代橋が落ちて、千五百人もの溺死者を出したときとおなじ騒ぎが起こるのではないかと心配されたほどだった。

数千の見物人のなかを、十数人の役者女形《おんながた》が俠客《きょうかく》たちに守られて粛粛と回向院に進んで行った。尾上松助は、上下《かみしも》をつけて人の肩に縋《すが》り、いかにも憔悴《しょうすい》しきった表情で、足元も危うくよろめきながら歩いていた。

――おい、見ねえ、松助はいまにも倒れそうじゃねえか。

――あの分じゃ、ひょっとすると亡霊に取殺されてしまうかも知れねえな。

――まったく怨霊ってやつは、怖ろしいもんだなあ。

見物人は口口にそういいかわしていた。その噂がまた江戸中に広まって、六日後の六月八日に初日をあけた市村座の夏芝居は、果然、小屋が割れんばかりの入りが八十余日にわたって続くという大当りになった。この大当りのもとになったのは、実在の人物であったという小幡小平次の亡霊が、市村座の三階の板壁を叩き、さらに尾上松助に取憑いたという噂であった。だが実は……。

これら一連の噂と出来事はすべて、尾上松助と作者の勝俵蔵が、『彩入御伽草』の広目（宣伝）のために仕組んだ狂言であった。芝居者の口に戸は立てられない。やがて事の真相は、正蔵たちのもとへも伝わって来た。

「……まったく松助というのは、大した役者でござんすね」

と、正蔵は師匠の三笑亭可楽にいった。「あの回向院の施餓鬼のときには、本当にいまにも死にかけているように見えましたが……」

「いや、松助よりまことの凄腕《すごうで》は、作者の勝俵蔵ってやつだろうよ」

可楽は腕を組んで、何事か深く感に耐えた様子だった。「こんどのことはあらかた、俵蔵の頭から出て来たことに違いねえ」

「とすると、俵蔵てえのは、たいそう頭のいいやつだということになりますね」

「頭ばかりじゃねえ。俵蔵の凄いのは、度胸があるってことだよ」

「度胸……？」

「そうよ。おめえは芝居が好きだから、四年まえの盆に松助がやった『天竺徳兵衛《てんじくとくべえ》韓噺《いこくばなし》』という怪談芝居を見ただろう」

「ええ。あれも七十一日打続けの大当りで……。松助の早替りが大評判」

「その早替りがあんまり見事なんで、松助はキリシタンバテレンの術を使っているんじゃねえか、という噂が立って、奉行所のお取調べを受けた。それで芝居のからくりを残らず役人に見せて、別に何のお咎《とが》めもなく済んだわけなんだが、実はその松助はキリシタンバテレンの妖術使いじゃねえかという噂を立てたのも、作者の勝俵蔵だったという話だ」

「へえ……本当に頭のいいやつなんですね」

「頭もいいが、おれが感心するのは、やつの度胸のよさだ。ご禁制のキリシタンバテレンまで、芝居の広目に使おうてえのは、実に大した度胸じゃねえか。そうはおもわねえかい」

「まったくその通りで……」

「おれたちも寛政のご改革から、今後いっさい落し咄の会はいたすまじきこと、という北の町奉行所のお触れで、咄会を開くのもお上《かみ》の目と耳を憚《はばか》ってなかなかおもうようにはいかねえ有様だ。だからといって、咄をやめるわけにはいかねえ。またお上をこわがって当り障りのねえ咄ばかりしていたんじゃあ、客が寄って来ねえ。そこで手本になるのが、勝俵蔵の広目のやり方だ。おめえも一人前に客を呼べる咄家になりてえとおもったら、せいぜい俵蔵のやり方を見習ったほうがいいぜ」

　師匠の可楽にそういわれたときから、正蔵の胸のなかには、勝俵蔵、という名前が強く刻み込まれた。

　そのころの正蔵は、楽我という名前であったが、可龍からさらに笑三と改名したときから、勝俵蔵を見習って怪談咄を始めた。ほぼおなじころに勝俵蔵は、役者であった岳父《がくふ》の名跡を継いで、四世鶴屋南北となった。南北の芝居は次次に大当りを続け、去年からは江戸三座のうち市村・森田両座の立作者を兼ねて、天下一の狂言作者としての地位は揺るぎのないものになっていた。

正蔵のほうは、笑三から正三と改名を続けて、いまの林屋正蔵になったが、一向に芽が出なかった。同門の三笑亭夢楽は、五年まえに可楽の一門から出て朝寝坊夢羅久（笑語楼と改めてからも一般にはその前名のほうで通っていた）となり、人情咄においては師匠の可楽を凌《しの》ぐという名声を得ていた。また一方では、三遊亭円生も芝居咄の元祖として、名人と呼ばれるようになっていたが、それにひきかえ正蔵の怪談咄には、いくら努力しても、なかなか人気が集まらなかった。

——ひょっとすると、おれは一生、人気を取ることができないんじゃねえだろうか……。

正蔵は焦った。その焦りを決定的にしたのは、ことしの正月の七日から、師匠の可楽が咄会の中入りの余興に始めた謎ときの大当りだった。いくら師匠であっても、小屋に入りきれないほどの客を沸きに沸かせている光景を見ていると、芸人として強い嫉妬を覚えずにはいられなかった。

——このままでは、落し咄の可楽、人情咄の夢羅久、芝居咄の円生の三人の名前のかげに隠れて、林屋正蔵の名は日の目を見ずに終ってしまうことになるかも知れねえ。

そうおもうと、林屋正蔵の名前が、なんだかあまり縁起がよくないような気もして来た。なんとかして自分を売り出さなければ……と考えているうちに、正蔵はある企みをおもいついた。それをおもいついたのには、かつて師匠の可楽が、——勝俵蔵の広目のやり方を見習え、といった言葉が、記憶に深く残っていたせいもあったのかも知れない。

その企みとは、次のようなものだった。かれはまえに『江戸鹿子』を読んで、咄家の元祖である鹿野武左衛門が、長谷川町の住人であったことを知っていた。長谷川町のどのへんに住んでいたのかは、なにしろ百年以上もまえのことだから、だれにも判る筈がない。そこでまず、長谷川町に適当な空店《あきだな》を見つけて引越し、その家が昔の鹿野武左衛門の住居であったという話を仕立て上げ、証拠の品として「店賃通」なるものをつくり、首尾よく世間を引っかけることに成功したら、林屋正蔵の名を捨て、奇《く》しき縁《えにし》によってその旧居に住むことになった咄家の元祖の名跡を継ぎ、二代目鹿野武左衛門と名乗って、自分を一挙に売出そうと考えたのである。

問題は偽造した店賃の通い帳を、どうやって世間に本物と認めさせるかだった。かれは試しに、式亭三馬に鑑定を頼んでみようとおもった。式亭三馬は咄好きであって、また咄家好きでもあった。可楽門下を離れた夢楽が、朝寝坊夢羅久として花やかに売出すことができたのは、かれの贔屓によるところが大きい。また五年まえに刊行された三馬の『浮世風呂』は、師匠可楽の咄に着想を得て書かれたものであり、その縁で正蔵もかれとは顔見知りであった。

気がかりなのは、三馬が滑稽本の作者でありながら、日常は頗《すこぶ》る生真面目な性格であることだった。素面《しらふ》のときは訥弁《とつべん》で、めったに冗談も口にすることがなく、だれもが「面白くない人だ」というくらいで、通人というよりも、むしろ野暮な堅物のほうに属する人間であった。鹿野武左衛門の店賃の通い帳なるものが、贋物《にせもの》と露顕した場合、ほかの人にならら、洒落ですよ、と笑い飛ばして済むかも知れないが、三馬は怒り出すかも知れない。それだけに、もしかれが本物と鑑定してくれれば、世間は少しも疑うことなく納得するに違いないのである。そこで正蔵は、

——物は試しだ。

とおもい、苦労して手に入れた古い虫食いだらけの細川紙を用いて偽造した通い帳を懐に入れて、恐る恐る本町二丁目にある三馬の薬店を訪ねて来たのだった。

二

「面白い……」

正蔵の話を聞き終った三馬は、相変らず真面目くさった顔つきで呟いた。「その鑑定書、わしが書いてやろう」

「書いてやるって、どんな風にです？」

「勿論、これは本物である、と書くのだ」

「えッ!?　本当ですか」正蔵は半信半疑のおもいで問い返した。

「本当だとも。わしの鑑定書で、世間がこれを本物と信じるかどうか、試してみよう」

「そりゃあ先生の鑑定書なら、だれでも信用するに決まってますよ」

「いや、そうとも限るまい。いまは本物と贋物の見分けがつかぬ世の中だ。贋物が本物のように持て囃《はや》されているいまの世の中で、わしが本物だといえば、それは贋物であるということになるかも知れぬ」

三馬の口調には、強い鬱憤の響きが籠《こ》もっていた。その鬱憤がだれに向けられているのか、正蔵には判っていた。滝沢馬琴である。三馬が馬琴を仇敵《きゅうてき》のように忌み嫌っていることは、仲間うちでだれ一人知らぬ者がない。

この世を善悪のけじめが定かでない浮世と見て、その世態人情をこまかに写し出し、人間の滑稽さを浮び上がらせることこそ戯作の本領と信じていた三馬は、人間を善玉と悪玉の二種類に分け、勧善懲悪ですべてを割切って行く儒教道徳の権化のような馬琴に、まえから反撥していた。そこへ持って来て昨年、馬琴が『南総里見八犬伝』の初編五巻を刊行して圧倒的な人気を博し、読本作者の王者の地位についていたことが、よけい反撥を強めさせていたのだろう。日頃は穏やかな三馬が、酒に酔うとだれかれの区別なく相手に口論を挑んでいたのは、馬琴を高く買って洒落本や滑稽本の作者を低く見ているいまの世間への鬱屈した感情が、胸底に渦を巻いていたからであったのかも知れない。

「もし、この通いが本物だというわしの鑑定が通れば……」と三馬はいった。「それもやはり、いまの世間が贋物だけ持て囃しているという証拠になる。面白い。やってみようじゃないか。おまえさん、鹿野武左衛門が元禄十二年に死んだってことは知らなかったんだろう？」

「まったくお恥ずかしい次第で……」

「おまえさんぐらい本を読んでいる人が知らなかったのなら、この通いの辛巳つまり元禄十四年というところに気がつくやつは、多分いない筈だ。ここは直さずに、このままにしておこう。そのほうが面白い。気がつくやつがいるかいないか、そこが勝負になるってわけだ」

「でも、そこのところから嘘だとばれたら、どうします?」

「さあ、そこだ。三馬はそんなことも知らずにこれを本物だと鑑定したのか、といわれたんじゃあ、わしの名が廃《すた》る。どこかに洒落だと判るところを残しておかなくちゃいけねえ」

「どんな風に……」

「この通いが本物だってことになったら、おまえさん、二代目鹿野武左衛門と名乗るつもりだといったな」

「へえ。ちょっとおこがましい話なんですが、そこがつまりその、わたしとしては洒落のつもりなんで」

「鹿野武左衛門ではなくて、犬野武左衛門と名乗ることにしたらどうだ」

「犬野……武左衛門」

「そうだ。鹿に似て、しかもよく見ればまったく似ていないのが犬。そこで犬野武左衛門と名乗れば、この通いが贋物とばれたときでも、もともと洒落から出た話だってことが、はっきり判るだろう」

「それはまあ、そうですが……」

正蔵はあまり愉快ではなかった。鹿野武左衛門の旧居に住んで犬野武左衛門、そう名乗ることが、いかにも咄家らしく洒落た話だというのは判る。そういう洒落は、正蔵も好きなほうだった。けれども、鹿に似てよく見るとまったく似ていないのが犬、といわれてみると、なんだか、おまえはまだ一人前の咄家じゃねえ、と貶《けな》されているような気もするのだ。

「どうだい。おまえさんが犬野武左衛門と名乗るんだったら、及ばずながらこの式亭三馬、できるだけの後押しはさせて貰うぜ。この通いの鑑定書だけでなく、犬野武左衛門の名を広めるための戯作も書いてやろう」

三馬はあくまでも大真面目であった。かれは別に、鹿に似ぬ犬、と正蔵を貶《おとし》めているわけではなく、本気でそれを面白い洒落と信じこみ、その洒落で、贋物好きの世間を引っかけることに、強い興味を湧き立たせている様子だった。正蔵はまだ釈然としないところも残っていたが、「よろしくお願いします」と頭を下げ、つまり犬野武左衛門と改名することを承知して、長谷川町の裏店に帰った。変な気分だった。朝、三馬の家へ出かけるときは、二代目鹿野武左衛門を名乗るつもりでいたのが、帰るときには犬野武左衛門になっていたのである。

三馬は約束通り、鹿野武左衛門の「店賃通」の鑑定書のほかに、正蔵がそれを発見し犬野武左衛門と改名するまでの経緯《いきさつ》を、『林屋物語』という戯文に書いてくれた。正蔵はそれを改名披露の刷り物にして、咄会を開くことにした。それはかれにとって、初めての独演会であった。

かつて同門だった三笑亭夢楽も、烏亭焉馬《うていえんば》や式亭三馬の後援を受けて開いた朝寝坊夢羅久への改名披露の独演会から、一気に売出したのである。自分の犬野武左衛門という名前にはややこだわりがあったが、正蔵は大張切りで咄会の準備を進めた。咄会を開くのは三月二十五日ときめ、会場には、鹿野武左衛門が江戸で最初の咄会の興行を中橋広小路で開いたという故事に因《ちな》んで、贔屓であった中橋下槇《まき》町の木屋忠左衛門方の二階座敷を借りることにした。正蔵は、鹿野武左衛門の旧宅に入った縁でこんど改名をする、という話を、懸命に方方で吹聴して回った。そして当日、会場にはその話を聞きつけた人たちが、大勢集まって来た……。

「……結局、あの通いを贋物だと気がついた者は、一人もいなかったな」

三馬は、してやったり、という顔つきで、盃《さかずき》を口に含んだ。咄会の席で配った『林屋物語』の小冊子には、鹿野武左衛門の「店賃通」の表紙の写しも載せられていて、それに付した式亭三馬の鑑定書の文章のなかにも、「按《あん》ずるに辛巳は元禄十四年にあたれり」とはっきり書いた一節があったのだが、そのことからこれを贋物と見抜いた者は、だれ一人としていなかったのである。「やはりいまの世間には、本物と贋物の区別がつく者など、すっかりいなくなっているんだ」三馬は満足気に言葉を続けて、正蔵に念を押した。「な、そうだろう」

「はあ……」

正蔵は浮かない顔をしていた。三日まえの咄会に、客は大勢集まって来たのだが、終演後の評判は、期待していたようなものではなかった。これまでの贔屓も通りいっぺんの世辞をいっただけで、そそくさと帰って行った。正蔵は朝寝坊夢羅久のように、改名披露の独演会で、いっぺんに人気者になるのを夢みていただけに落胆も大きかった。

咄会から三日経ったいまも、かれの改名披露は、少しも巷《ちまた》の噂になっている様子がない。それでも世話になった三馬には礼をいわなければならぬ、とおもい、酒を土産に訪ねて来て一緒に飲んでいたのだが、自分の鑑定書で世間を引っかけることに成功した三馬の気勢が揚がれば揚がるほど、正蔵はだんだん意気銷沈《しょうちん》するおもいだった。

——少し焦りすぎたのかな……。

と正蔵はおもった。かれが最も得意としているのは、怪談咄である。しかし、夏のものである怪談咄を、三月の末に出すわけにはいかない。また鹿野武左衛門ならともかく、犬野武左衛門という名前で怪談を演じても、だれも怖がりはしないだろう。三馬も正蔵の怪談咄のことは念頭になかったのに違いない。かれが正蔵のために書いてくれた『林屋物語』にも、

——よろづの人、此《この》をのこが物がたるをきくたびに、笑みこだれて愛《めで》まどはぬ者なんなかりける。世にもをかしき人とよばれて、かぎりなき徳人なりき。

とはあったが、怪談咄のことには一言も触れていなかった。滑稽本の作者で、馬琴の伝奇的な物語に反撥していた三馬は、怪談にはあまり興味がなかったのかも知れない。そこで正蔵が咄会で演じたのは、落し咄だけであった。腕によりをかけて演じたのだから、別にそれほど悪

い出来であったとはおもえない。だが落し咄となると、聞くほうの側には、僅かふた月ほどまえ、江戸でもかつてなかったくらいの大当りをとった可楽の咄会の印象が、まだ強烈に残っていた。落し咄にかけて、可楽にかなう者はだれもいない。どんなに巧く演じたとしても、可楽の芸に較べられたら、たちまち光を失ってしまう。だからこそ朝寝坊夢羅久も、三遊亭円生も、それぞれ人情咄と芝居咄に活路を見出して一家をなしていたのである。

師匠の可楽の咄会からふた月あとに、正蔵が改名披露の咄会で落し咄だけを演じたのは、蟷螂《とうろう》の斧のたとえを地で行ったようなものだった。軽妙な語り口の可楽は、じっくり語りこむ人情咄や怪談咄があまり得手ではなかったから、正蔵がこれから得意の怪談を懸命に演じていけば、あるいはこんどの不首尾を挽回できるかも知れないが、犬野武左衛門という名前の咄家の怪談を、果して人が聞きに来てくれるであろうか。

――うかうかと名前を変えてしまったのは、間違いだったのかも知れない……。

と、自分だけの物おもいのなかに閉じ籠もっていた正蔵が、ふと気がついてみると、三馬はさかんに馬琴の悪口を並べ立てているところだった。

「……おれは馬琴のあの高慢ちきなお説教が気に食わねえんだよ。だいたい人に説教できる柄かっていうんだ。てめえは若いころ、さんざん安女郎相手にとち狂って来た瘡《かさ》っ掻きのくせに、いまになって道学者面《づら》をして、なんのかんのと説教を垂れるってのは、おかしいじゃねえか。な、そうだろう」

正蔵を睨みつけた三馬の眼は、もう完全に据わっていた。酔った三馬に逆ってはいけない、ということは十分に承知していたが、自分が犬野武左衛門と改名したことと咄会の不首尾が、なかば三馬のせいであったような気がしていた正蔵は、「それはそうかも知れませんが……」とおもわず本音を口にした。

「しかし、なんといっても馬琴の本は読んでいて面白いですからね」

「何だと！」

三馬の額に青筋が立った。「てめえは咄家のくせに、そんなに説教が好きなのか」

「別に説教が好きというわけじゃありませんが……」

「いまそういったじゃねえか、馬琴の説教が面白いって」

「いや、説教が面白いといったんじゃなくて……」

「うるせえ！　馬琴が面白いっていうのは、つまりてめえも説教が好きだってことだろう。だからてめえの咄は面白くねえんだッ」

酔った上の言葉だとは判っていても、自分の咄を貶されては、正蔵も黙っていられなかった。売り言葉に買い言葉で、

「そりゃあ先生の本は面白いよ。面白いけど、どうも腹に溜まらなくてね」

「何だと、この野郎。腹に溜まらねえ……？　それなら芋でも稗《ひえ》でも粟《あわ》でも食って、腹を一杯にするがいいじゃねえか、この土ン百姓め。てめえみたいな下手な咄家に、おれの書くものが

判ってたまるけえ」

「ああ、判らなくて結構です。それじゃひとつ伺いますが、そんな下手な咄家を、世にもをかしき人とよばれて、かぎりなき徳人なりき、と書いて下さったのは、一体どういうわけなんです？」

「決まってるじゃねえか。世辞だよ、世辞。それを真に受けてのぼせ上がってどうするんだ。そんな野郎の持って来た酒なんか飲みたくもねえ。持って帰れ！」

そういうと立上がった三馬は、足音も荒く部屋の外へ出て行ってしまった。正蔵は腸《はらわた》が煮えくり返るおもいだった。そこへ三馬の内儀が顔を出して、なにしろ酒に酔うと自分でもいっていることの訳が判らなくなる人なんですから、どうかお気になさらずに……と済まなそうにいった。正蔵は内儀に礼をいって三馬の家を出た。

春の月が本町二丁目の通りを青白く照らし出していた。黒い影になっている両側の家家は、すでに寝静まっている様子であった。空腹を抱えて餌を探し歩いているらしい野良犬が、頭を垂れて路上を横切って行った。正蔵にはその野良犬が、いまの自分のような気がした。犬野武左衛門か……と正蔵は口のなかで呟いた。

長谷川町の裏店に帰って、女房子供の寝ている蒲団の隅へ潜りこむと、涙があとからあとへと止めどなく流れ出して頬と枕を濡らした。いくら酒の上のこととはいえ、咄家の目利きにかけては恐らく江戸随一であろうとおもわれる式亭三馬から、咄が面白くない、下手な咄家、と罵られたことが、正蔵には口惜《くや》しくてならなかった。濡れた枕の冷たい感触は、三馬に対する怒りとは別に体のなかを隙間風が吹き抜けて行くような不安も感じさせた。このまま年を取って行くだけで、いつまで経っても人気を摑めなければ、女房子供を抱えて乞食のような暮しに落ちて行くしかないのかも知れない。そうおもうと闇のなかでも回りの物のかたちがはっきり見えるくらい眼が冴え渡って来て、なかなか寝つかれなかった。かれは明け方まで、子供の尿のにおいが籠もっている薄い煎餅蒲団のなかで輾転反側《てんてんはんそく》していた……。

正蔵が三馬の罵倒に腸が煮えくり返るおもいがしたのとおなじように、三馬もまた自分の戯作を、腹に溜まらない、と正蔵に悪口をいわれたことが、よほど骨身にこたえていたのだろう。——正蔵がたまたま入った長谷川町の裏店が、鹿野武左衛門の旧宅であったというのは、何の証拠もない作り話だ。

と三馬の口から洩れた話は、ただちに仲間うちと咄好きのあいだに広まった。それでも正蔵が、犬野武左衛門の名前で押し通していれば、面白い男だ、という評判を取ることになったのかも知れないのだが、夏になると、かれは犬野武左衛門の名前を捨て、ふたたび林屋正蔵となって、怪談咄を始めた。

わざわざ会を催してまで披露した名前を、じきにまた元の名前に戻されたのでは、人は馬鹿にされたような気分になる。しかもそれでちっとも人気は上がらなかったのだから、——洒落にもなんにもなっちゃいねえや、と、正蔵は仲間うちと咄好きの笑い者にされた。鶴屋南北が芝居の広目のために打った狂言は、狙い通り芝居を大当りさせ、それが作り事であったと判ったあとも、あいつは凄いやつだ、という評判を生むことになったのだが、正蔵が仕組んだ話は、人気を高めるどころか、何の意味もない茶番と見なされて、まったく裏目に出てしまったのだ。

——よう、長谷川町の師匠。おまえさんのところに、まだ鹿野武左衛門の幽霊は出ないかい。

と仲間に冷やかされて、正蔵は長谷川町に居辛くなった。失敗に終った茶番をおもい出させる家に、ずっとそのままいたのでは、惨めったらしくなるばかりである。長谷川町を出た正蔵は、八丁堀与力町に引越した。そこに移ってからも人気は出ず、暮しが苦しいので、かれは女房子を連れて、下谷三味線堀、浅草田原町、鉄砲町……と、夜逃げ同然の転居を繰返した。

三

文政八年——。この年の七月、中村座で上演された鶴屋南北の『東海道四谷怪談』は、またもや江戸中の話題を独占する大当りになり、とくに戸板の裏表に打ちつけられたお岩と小仏小平の幽霊と、美男の佐藤与茂七の三役を、尾上菊五郎が早替りで演ずるという趣向と仕掛けが大評判だった。

——向うは人気役者がやっているうえに、大がかりだ。とてもかなうわけはねえ。

と、正蔵はおもった。

『東海道四谷怪談』が始まってからは、自分の怪談咄に対して客の興味が薄れていくのが、目に見えて判った。——もうやめてしまおうか……、と怪談咄を諦めかけた正蔵は、そのまえにいちど鶴屋南北へ会いに行ってみよう、とおもいついた。所詮、芝居にはかなわないにしても、怪談狂言の元祖として天下一の作者になった南北にじかに会ってみて、自分の怪談咄に足りないものを探ってみたい、と考えたのだ。

正蔵は深川の黒船稲荷の地内にある鶴屋南北の家へ訪ねて行った。このとき南北は七十一歳で、白く長い眉毛の下に皮肉そうな眼を光らせている老人だった。正蔵は、芝居にはとても太刀打ちできないので怪談咄をやめようかと考えていることを南北に語った。話しているうちに、どうしても口調が愚痴めいたものになった。正蔵の話を聞き終った南北は、まずこう訊ねた。

「林屋さん、あんたは咄家になられてから、ことしで何年になりなさる」

「エート、二十六のときに咄家になって、ことし四十五ですから、ざっと二十年で……」

「二十年か。まだまだじゃな」

「そりゃあ、あなたのお年から見ればまだまだでしょうが、二十年もやっていて、ちっとも客を呼べる咄ができないというんじゃあ、いい加減いやになります」

「林屋さん」

南北の眼から皮肉そうな光が消えて、きびしい表情になった。

「あんたはこのわしが狂言作者の弟子になってから、初めて客を呼べる芝居を書けるようになるまで、何年かかったとおもいなさる。まあいきなりそう聞いても判らんだろうが、わしが中村座の狂言作者のところへ弟子入りしたのが二十一のとき、そして初めて立作者として『天竺徳兵衛韓噺』を書いたのが、ちょうど五十のときじゃ。つまり一人前の作者になるまで、二十九年かかっている」

「二十九年も……」

正蔵は息を呑んだ。最初に前名の勝俵蔵を意識したときから、南北はずっと当り狂言を書き続けていたので、正蔵はかれが『天竺徳兵衛韓噺』のもっとまえから立作者であったものと考えていた。一作ごとに人を驚かさずにはおかない底知れぬほどの才能と力量を持ち、芝居の広目のためには禁制のキリシタンバテレンも利用し、ありもしない怪談を仕立て上げて世間を丸ごと引っかけるほどしたたかな鬼謀《きぼう》の持主が、世に出るまで二十九年間も下積みの生活を送っていたというのは、まったくおもいも寄らないことだった。

「あんたはいま……」と南北はいった。「二十年もやっていて、客を呼べる咄ができないんじゃあ、いい加減いやになる、といわれたな」

「お恥ずかしいことを申しました」正蔵は南北のまえに頭を下げた。「たった二十年売れなかったぐらいのことで、愚痴みてえなことをいいまして……」

「いや、わしに謝ることはない。あんたの怪談咄には、いまにきっと客が来るようになるとわしはおもう」

「本当ですか」

「そうおもうわけは、あんたがもうだいぶ幽霊になりかけているからじゃ」

「わたしが幽霊に……？」

「うむ」南北は大きく頷いて「あんたはいま、何よりも客を呼びたいとおもっているだろう」

「へえ」

「ところが、客はこちらを向いてくれない」

「その通りで……」

「そこで何とかして客をこちらに向かせたいとおもう。つまりこれが幽霊の気持なのじゃ。だからあんたは、もうだいぶ幽霊になりかけている」

「……なるほど」

「怪談をつくるときに、いちばん肝腎なのは幽霊の気持になってみることだが、幽霊の眼から見れば、自分に仇《あだ》をなした者たちが、そんなことなどけろりと忘れたような顔をしてこの世で暮している、そこで何とかしてこちらを振向かせ、招き寄せて、自分が味わった辛さ、苦しみをおもい知らせてやりたい……これが幽霊の気持だ。あんたもこの二十年、随分と辛いことや苦しい目に遭いなさったろう。わしもそうだった。見習いから五枚目作者、それから四枚目、三枚目、二枚目と上がって行って立作者となるまでに、どれほど厭な目に遭わされたことがあったか知れぬ。二十九年のあいだ、ときには人であって人でないような仕打ちを受けて、わしは作者部屋の隅で生きながら幽霊になっていたのだ」

その言葉を聞いたとき、正蔵は初めて南北の計り知れない力量を湧き出させていた暗く深い井戸の中を覗き込んだような気がした。南北の仕事ぶりが人間業ともおもえなかったのも道理で、かれは立作者になるまえ、すでにこの世のものならぬ幽霊に近づいていたのだ。初めて立作者として『天竺徳兵衛韓噺』を書いたとき、主役の尾上松助がキリシタンバテレンの妖術を使っているという噂を流したのも、『彩入御伽草』の上演のまえに、小幡小平次の亡霊が市村座の三階の壁をたたき、松助に取憑いたという話を作り上げたのも、幽霊が何とかして仇《かたき》を呼び寄せようとする手招きにも似た必死の業であったのだろう。

また五十歳で立作者になってから、二十一年目のことしこれまでの数数の当り狂言にも増してすぐれているとおもわれる『東海道四谷怪談』を書いた七十一歳の今日まで、少しの衰えも見せない南北の抜群の力の源泉は、生きながら幽霊となっていたその前の二十九年間のなかにあったのに違いない。芝居において、決して人前にはっきりした姿を現わすことのない二枚目以下の作者は、いわば幽霊に近い。とすれば、みんなから「幽霊、幽霊」と呼ばれていたという小幡小平次は、かつての南北自身であったのかも知れない。そこへいくと咄家は、たとえいくら人気がなくても、人前で咄をすることはできる。南北の苦労にくらべれば、自分が味わった辛さなど、物の数ではなかったのだ、と正蔵はおもった。

「……あんたはさっき」と南北は、じっと頭を垂れて黙りこんでいた正蔵に問いかけた。「芝居にはとても太刀打ちできないから怪談咄をやめるつもりだ、ともいわれたな」

「いえ……」正蔵は顔を挙げて答えた。「もう決して、あんなことは申しません」

「それはいいが、あんたが怪談咄をやめようとおもったときの気持を聞きたいんだ。怪談咄をやめて、どうなさるつもりだった」

「…………」正蔵には答えられなかった。

「自分じゃ気がついていないかも知れないが、あんたはいま、とてもいいところへ来ているんだ。わしにも覚えがある。あんたが怪談咄をやめようとおもったときは、世の中を半分諦めかけた……そんな気持じゃなかったのかな」

「はあ、そういえば……」確かにそうであったような気がした。

「世の中を半分諦める、その気持が肝腎なんだ。世の中を半分諦めて、いろいろな浮世の欲を半分ばかり捨てて、つまり半分だけ死んだ気持になれば、それだけ幽霊に近くなる。その幽霊の眼から見れば、これまで暗くて見えなかったところが、よく見えて来る。この世は化け物だらけ、魑魅魍魎でいっぱいだということが、だんだん判って来るんだ。しかしこっちも半分は幽霊になっているんだから、怖さもまえの半分だ。だから半分は死んだ人の気持になってこの世の中を見るってことが大事なんだよ。あんたも怪談咄をやめようとおもったときの気持を、うまく咄のなかに生かしゃあ、きっと客が寄って来るようになるとおもうがね」

「どうもいろいろと、有難うございました。わたしにできるかどうか判りませんが、もう一度できるだけやってみます」

正蔵が両手をまえに突いてそういうと、

「幽霊が相手を呼ぶのには骨《こつ》があってな。追いかければ、相手は逃げるだろう。後ずさりしながら、おいで、おいで……とそっと手招きするから、相手は次第に引寄せられて来る」

南北はふたたび眼に皮肉そうな光を浮べていった。「手元まで引寄せたら、煮て食おうと焼いて食おうと、あとはこっちの勝手だ」


——世の中を半分諦める、その気持が肝腎なんだ……。

そう南北に聞かされてから、正蔵はあまり人気のことが気にならなくなって来た。怪談咄を演ずるとき、かれはひたすら半分は死んだ人の気持になることに専念した。語り口もまえとは違って来た。それまでのかれは、最初からすこぶる重重しい口調で咄を始めていた。それがごくさりげない世間話から入ったり、ときには独り言のようにぼそぼそと話し出したりするようになった。一体なにを喋っているんだろう、と聞き手は耳を澄ませているうちに、いつの間にか咄の本題に引込まれて行く。まえの語り口のときとは違って、咄が最初から重すぎて途中からもたれた感じになるということもなくなって来た。

秋になり冬になると、もはや怪談の季節ではない。このころから正蔵は、落し咄においても頗る精彩を放つようになった。だいたい怪談咄と落し咄は、語り口が言わば正反対である。落し咄は軽妙な口調で、とんとんと話を運ばないと落ちが生きないが、そんな話し方で怪談咄を演じたのでは、ちっとも怖くならない。怪談咄の場合は、たとえば、「その角を曲りましたるときに……」と、ここでかなり長い間《ま》を置く。すると聞き手は、次に何が起こるのだろうか……と息を詰めて、そこに怖さが生じるわけだが、この怪談咄をよく演じていると、どうしても語り口が重くなって来る。とくに正蔵は、師匠の可楽が軽妙きわまりない落し咄の名人であったから、それと較べられて落し咄はあまり得意ではないという風におもわれていた。それが急に巧くなり、客の爆笑を呼ぶようになったのだ。

翌年の夏から、正蔵の怪談咄の人気が高まり始めた。年齢のせいもあったのかも知れない。怪談咄を演ずるのには、世の中の裏の裏まで見尽して来たとおもわせるような年齢が必要で、若い咄家だとたとえ巧かったとしても、その巧さだけが際立って実感がともなわない嫌いがあるのだが、四十六歳になった正蔵の怪談咄には、聞く人に有無をいわせないだけの迫力と実感が生じて来た。

人気が高くなって客が大勢つめかけて来ると、正蔵はよく楽屋で香をたくようになった。気を落着けるためか、それとも怪談咄に出て来る亡霊たちの供養のためか、と初めのうち周囲の人はおもっていたが、どうもそれだけではないらしい。香炉にくべられているのは、仏前の焼香に用いる抹香《まっこう》で、ある日、その煙を見ながら、だれかに話しかけている様子なので、正蔵の息子で咄家になっていた林屋林幸が、「お父《と》っつぁん。だれと話しているんだい」と訊ねると、「式亭三馬だよ」という答えであった。

三馬は四年まえに四十七歳で死んでいる。ははあ、これは何かの洒落だな……と林幸はおもったらしい調子で「三馬さんと何を話していたんだい」と聞いた。「こうやって香をたいてるとね」正蔵は煙のほうに眼を向けたままで答えた。「三馬が、おまえさんもずいぶん抹香臭くなったもんだな、やっぱりお説教が好きなんだろう、っていうから、いや、お説教が好きなんじゃない、怪談咄をするのには半分死んだ人の気持にならなくちゃいけねえから、こうやって仏様の心持になる修行をしているんだ、っていったんだよ」

それで香をたいているのは、自分がご焼香を受ける仏様の側になろうとしているのだということが判った。林幸がふざけて、香をくべてから手を合わせて拝む真似をすると、笑いもせずに「おめえもろくに孝行しねえうちに、親を亡くしちまったな」といい、煙の向うからじっと息子の顔を見ている。本気なのか洒落なのか、はたの者には見当がつかなかったが、正蔵としてはそれで、半分は死んだ人の気持になってこの世の中を見る修行をしているつもりのようであった。

そうまでして怪談咄の名人になろうとしていたかれが、「おれはまだ修行が足りねえな」とわが身を叱りつけるようにいったのは、鶴屋南北が七十五歳で死んだときだった。正蔵も本所押上《おしあげ》の春慶寺で行なわれた葬式に列席したのだが、そのとき会葬者に配られた刷り物を見たときには、唖然として暫《しばら》く声も出なかった。

それは南北自身が書いた『寂光門松後万歳《しでのかどまつごまんざい》』という題の狂言の本で、目の前にある春慶寺の本堂が舞台となっており、そのなかで仏になった南北は、棺《かん》のなかから口上を述べ、最後には経帷子《きようかたびら》姿で飛び出して来て、桶《おけ》の底を叩いて歌いまくることになっていた。まえからこうした狂言を書いていたというのは、まさしく南北が生きながらすでに半分は死んだ人間の気持になっていたことの何よりの証拠である。怪談狂言の元祖である南北が、自分の死をこうまで洒落のめした話に仕立て上げていたことは、咄家である正蔵の度胆を抜くのに十分であった。葬式が終って春慶寺から帰るとき、正蔵は打ちのめされたような気分だった。

その後、正蔵には親しい人間の死が相次いだ。南北の葬式があった翌年、朝寝坊夢羅久が死んだ。それから二年後に、師匠の三笑亭可楽が死んだ。「人ごみを　のがれて見れば　はなし塚」というのが、師匠の辞世の句であった。人を怖がらせ続けた南北は、大笑いの一幕で自分の生涯をしめくくり、陽気に笑わせ続けた可楽は、立ち去る人の後姿を見せるような淋しい幕切れでこの世から消えている。

——おれは一体どんな死に方をしてやろう……。

正蔵はそう考えずにはいられなかった。師匠の可楽が死んでから二年後に、かれは剃髪《ていはつ》して林屋林泉と称した。このころからかれの怪談咄には、一種の鬼気のような凄味《すごみ》が加わって来た。

四

「きょうは滅法いい天気だな」

日本橋橘町の自宅を出た正蔵は、白い雲が浮んでいる夏空を眩しそうに見上げて、息子の林幸にいった。「これじゃあ早くから客が詰めかけて来るぜ。急がなくちゃいけねえ」

朝方ではあったが、夏の盛りである。急ぎ足になると、全身から汗が噴き出して来た。正蔵は何度も宗匠頭巾《そうしょうずきん》を脱ぎ、剃り上げた頭の汗を手拭でぬぐいながら、両国橋を渡って、回向院の門前町にある泉目吉《いずみめきち》の店に行った。そこは役者の似顔人形や、芝居や茶番の小道具を商っている店だった。江戸には素人芝居が大流行していたので、本職以外の客もその店には大勢やって来る。正蔵は中へ入って行って、目吉に声をかけた。

「泉屋さん、できたかい」

正蔵の姿を見ると、目吉は、できた、とも、まだだ、ともいわず、黙って奥へ引込んで行った。正蔵は店先に腰を下ろして、また頭の汗を拭った。

もともとこの泉屋は、神社仏閣の彩色を請負っていた家で、先代は吉兵衛という名前であったのだが、目がすこぶる大きかったので、目玉の吉兵衛をつめて「目吉」と呼ばれるようになった。芝居が大好きで、また人を驚かせる細工物を考案するのが得意だったかれは、あるときから怪談芝居に使う人形や道具をつくり始め、やがてそれを副業にしはじめた。いまの目吉は、その先代の娘婿である。

先代に輪をかけて細工物が好きだった二代目の目吉は、泉屋の本業である神社仏閣の彩色をやめてしまい、専門の幽霊人形師になって、かたわら似顔人形や芝居の小道具を商う店を浅草の仲見世に出し、そこからこの回向院の門前町へ移って来た。目吉は幽霊人形のほかに、仕掛け機関《からくり》をつくる名人でもあったので、正蔵はまえから、怪談咄に使う人形と道具の製作一切を、かれに頼んでいた。そしてきょうは、小幡小平次を主人公にした怪談咄に使う小道具を受取りにやって来たのである。

奥から出て来た目吉は、やはり無言のまま、一本の張りぼての腕を、ぬっと正蔵のまえに突き出した。正蔵はそれを手に取って見た。一見しただけでは、さほど鮮やかな細工ともおもえない。けれどもこれが、蠟燭の光に照らし出されると、客の眼には、確かに死人の腕のように見えて来るのだ。

「頼んでおいた仕掛けは、してあるんだろうね」

と正蔵は聞いた。目吉は正蔵の手から張りぼての腕を取戻すと、右手に持った小刀で、いきなりその張りぼての指を切り落とそうとした。

「おいおい、いまここでやってしまったら、あとで使えなくなっちまうんじゃねえのかい」

正蔵はあわててそういったが、目吉はかまわず、指を切り落とした。切り口から赤い血が流れ出して、手の甲から手首へ伝わって行く。目吉は続いて、二本、三本……と指を切り落とし、そのたびに赤い血と見えるものが、切り口から流れ出して腕を斑《まだら》に染めた。「こりゃ見事なものだが……」と正蔵は感歎《かんたん》しながら「しかし、こんなに真赤に染まっちまったんじゃあ、もう高座で使えやしねえじゃねえか。ほかにも拵《こしら》えといたのがあるのかい」というと、目吉は膝の上に置いて血の滴りを受けていた布を取って、腕を拭き始めた。見る見るうちに、張りぼての腕についていた赤い色は、綺麗に拭い去られた。

「一体どういう仕掛けになっているんだ」

首を傾げていた正蔵に、目吉は張りぼての手の甲を、自分の指で擦《こす》ってみせ、おなじようにしてみろ、という手真似をした。正蔵は張りぼての手の甲を指で擦ってみた。さっきは気がつかなかったのだが、妙につるつるしている。「……あ、なるほど。蠟を引いてあったのか」

得心した正蔵を見て、にやり、と笑った目吉は、張りぼての腕と切り落とした指を持って、また奥へ引っ込み、暫くして膠《にかわ》かなにかでくっつけたのか元通りにした腕を持って出て来ると、もういちど最初から指の切り落とし方や、その他のことを手真似で説明した。「じゃあ、これを使ったあとで……」と正蔵は目吉の手真似を口に出して復誦《ふくしょう》した。「ここへ持って来ると、血を詰めかえて元通りにしてくれるってわけだね」

目吉は頷いた。正蔵は、張りぼての腕を懐から出した風呂敷で包み、それを林幸に持たせて目吉の店を出た。

「まえから何もいわねえ人だって話は聞いていたけど……」

と、林幸は道を歩きながら、つくづく感心したようにいった。「とうとう最後まで、一言も喋らなかったね。あれが名人気質《かたぎ》ってものなんだろうね」

「そればっかりじゃあねえ」

「じゃあ、口をきくのが億劫《おっくう》なのかな」

「違うんだよ。おめえ、鶴屋南北の芝居があれほど大当りを続けたのは、どうしてだとおもう?」

「そりゃあ南北の腕が凄かったからだろう」

「それもあるが、もうひとつ、南北の芝居にかならず出て来る吃驚《びっくり》するような大仕掛けが、見物人の度胆を抜いたからだ。その大抵の仕掛けのもとを考えたのが、先代といまの目吉なんだよ」

「へえ……。それじゃ目吉がいなかったら、南北はあそこまで偉くなっていなかったかも知れないってことになるね」

「偉えには偉えが、目吉の知恵を借りなかったら、あれだけの大当りはとれなかったろうな。いまの目吉は先代以上の腕で、菊五郎の芝居やおれの咄の人形と道具を、一手に引受けている。見物人もそれを知っているから、芝居や咄の仕掛けに吃驚仰天すると、あれは一体どうなっているんだ、と目吉のところへ聞きに行く。仕掛けを考えた当人が、いちいち機関《からくり》の種明かしをしていたんじゃあ、商売にならねえ。だから目吉は、一切だれとも口をきかねえようにしているんだ。それに幽霊人形や仕掛け機関なんてえものは、つくった当人が黙っていたほうが、よけい謎が深くなって凄く見える。目吉はそこんところも考えているのに違えねえ。おれは昔から知っているが、いまの目吉は、昔はむしろお喋りのほうだったんだよ」

「なるほどねえ。商売は道によって賢し、っていうが、みんなそれぞれにいろいろと苦労をしているんだね」

「当りめえだよ。苦労していねえのは、おめえくらいのもんだ。おめえも少しは頭を働かさなきゃあ、いつまで経っても一人前にゃあなれねえぜ」

正蔵は苦い顔になってそういった。林幸は親とおなじ噺家になったものの、まるっきり噺が下手で、しかも当人はそれを少しも苦にしている様子がなかった。

二人は両国橋を渡って、広小路にある林屋席に行った。表の看板に、『元祖大道具大仕掛　妖怪《ばけもの》ばなし　林屋正蔵』と書かれているこの寄席が、正蔵の定席であった。かれはいまや自分だけの定席（常設の寄席）を持つまでに出世していたのである。

正蔵が犬野武左衛門への改名披露をした年、噺会の禁制が緩和されて、江戸の寄席は七十五軒にふえた。それから二十年経ったいまでは、百三十軒以上にもなっていた。その殆どが夜席であったが、林屋席は朝の四つ（午前十時）から夕方まで興行する昼席であった。寄席の大半は、普通の町内の一隅にあったから、職人や商人たちの仕事が終った夜でないと、客が集まらない。ところが両国広小路は、芝居小屋、見世物小屋、土弓場《どきゅうば》、水茶屋などが密集していて、昼間から大勢の人で賑わっている江戸切っての盛り場であり、ことに大川からの風に一時の涼を求めようとして人が集まって来る夏場は、いっそうの賑わいを見せるところであったから、怪談咄を得意とする正蔵が定席を開くのには、絶好の場所だった。

かれが定席を持ったのには、もうひとつの理由があった。体ひとつを寄席へ運ぶだけで足りる落し咄や人情咄の咄家とは違って、看板にしている大道具大仕掛けの怪談咄を演ずるのには、やはり自分だけの定席であったほうがなにかと都合がよい。そしてかれは林屋席で、いろいろな仕掛けや趣向を凝らした咄をたっぷりと演じたあと、夜はさほど道具立てを要しない咄を携えて、ほかの寄席やお座敷を回るのである。

正蔵が林屋席の楽屋へ入って行くと、何人もの弟子たちが口口に挨拶した。いまの正蔵にとっては、すべてがうまい方向に動き始めていた。売れなかったころは、道具や仕掛けに金をかけることができなかった。人気が出たいまは、仕込みに十分金をかけ、名人目吉におもうぞんぶん腕を振るって貰うことができる。仕掛けが大きくなると、客は仰天して、ますます人気が高くなる。また大道具大仕掛けを動かし、おどろおどろしい鳴り物を暗い場内に響かせて、各所に幽霊を出没させ、一人何役もの早替りで客を驚かせるためには、沢山の人手を要するが、人気が高まるとともに弟子の数がふえていたので、その人手にも不自由しなかった。

きょうの正蔵は、小幡小平次の怪談を演ずるつもりだった。これはかつて勝俵蔵時代の鶴屋南北が『彩入御伽草』と題して上演し、八十余日間打続けの大当りをとったものである。正蔵は以前、――芝居にはとてもかなわない、と考えて、怪談咄を諦めかけたことさえあったのだが、いまは違っていた。百人程度の入りで一杯になる寄席には、芝居小屋よりも客を怖がらせるのに有利な点があることも判って来たのだ。

――鶴屋南北は人間離れのした化け物だ。一生かかったって追いつける筈はねえ、ともいまはおもっていない。小幡小平次を主人公にした『彩入御伽草』にしても、実はそのまえに刊行された山東京伝の『安積沼後日仇討《あさかぬまごじつのあだうち》』を種本にしていたものだった。それを南北は、いかにも実話をもとにしたもののようにおもわせるためと、芝居の広目との一石二鳥を狙って、あの小幡小平次の幽霊騒ぎを、尾上松助と組んで作り上げたのである。それに観客を驚倒させた数数の大仕掛けも、もとは先代と二代目の目吉が考え出したものだった。もちろん狂言作者としての南北の力量が抜群であったことに間違いはないが、その見上げるような大きさは、何人もの人間の知恵を寄せ集めたところからも生じていた。しかもその狂言を演じたのは名優尾上松助(のちの松緑)であり、尾上菊五郎である。それをこっちは一人でやっているんだから負けてもともとなんだ……と正蔵はおもっていた。

下座から出を告げる囃子の音が聞こえて来た。きょうはひとつ、南北と松助の『彩入御伽草』に負けねえ小幡小平次を演じてやろう。正蔵はそう心に決めて、高座に上がって行った……。

……釈台の両側に立てられていた蠟燭の火が吹き消されて、場内は真暗になった。闇のなかにどろどろと響く太鼓と、あやしい笛の音がひときわ高くなった。正蔵はいまや咄の見せ場のひとつにさしかかっており、客は息を凝らして高座を見詰めていた。

宙に青い花火の光が点《とも》った。その陰火に照らし出されて、高座の床を這い回っている青白い煙は、殺された小平次が投げ込まれた沼であろう。正蔵は小平次を殺した密夫の顔になってい た。沼の中から死人の手が現われて密夫の体を摑んだ。逃げようとしても固く摑んで離さない。青い陰火に照らされてぬめぬめと光っているその手は、まさしく水に濡れた死人のもののようであった。密夫は怖ろしさに形相を変え、自分をとらえて離さない手の指を一本一本切りにかかる。切り口から血が流れ出したとき、客のなかから若い女の悲鳴が洩れた。芝居小屋では、おそらくそんな細かいところまでは見えなかったのだろうが、青い筋が浮かんでいる手の甲から腕にかけて伝わり落ちる血は、だれの眼にも作り物ではなく、本物の人間のもののようにおもわれた。芝居でも見ることのできる大きな仕掛けよりも、その一本の腕はさらにいっそう強い恐怖を見る者に与えた。それに加えて正蔵の顔はすぐ眼前にあり、下座の太鼓と笛の音は、芝居とは比較にならないほど近い場所から体の芯にまで響いて来る。肌に粟を生じていたところへ、どどんどどん、と小屋全体を揺がすほど高く鳴り渡った太鼓の音に、雷に打たれたような気がして息がとまるおもいを味わったとき、

——はて、おそろしき、執念じゃなあ……。

と正蔵が見得を切り、それとともに蠟燭に火が点され場内が明るくなって、客は初めて悪夢

から醒め呪縛から解き放たれたように、ほっと安堵の吐息をついて激しい拍手を高座に送った。いま怪談咄では天下一、といわれている正蔵の高座に、客は完全に酔わされたようであった。

きょうの出来は悪くなかった……自分でもそうおもって、高座の上から帰って行く客に頭を下げていた正蔵の耳に、「ちぇッ、こんなものア咄じゃねえや」という男の罵声が聞こえた。

正蔵は顔を挙げて、その声のほうを見た。客が殆ど帰りかけたなかに、一人だけ残っていたのは、酒気を帯びているらしい職人風の男だった。咄でなきゃあ、何だっていうんです……と眼で訊ねた正蔵に、

「おめえのは咄じゃあねえ、一人芝居だ。芝居なら本物を見たほうが、ずっとましだよ。咄家なら咄家らしく、ちゃんと咄を聞かせてみろい。虚仮《こけ》おどかしの仕掛けで驚かそうったって、そうはいかねえや。こちとら芝居を見つけているんだ。そんなもんで吃驚するけえッ、べらぼうめ。ああ、すっかり銭を損しちまったよ」

男はそう捨台詞を残して、足音も荒く立去って行った。顔色を変えて高座を下りて来た正蔵に、「気にするこたアねえよ、お父っつぁん」と林幸はいった。

「あの男は、あんまり吃驚させられたんで、悔しまぎれにあんなことをいって帰ったんだ。だってきょうの出来は、おれがいままで聞いたなかでも一番だったもの。なあ、そうだろう、みんな」

林幸に問いかけられて「ええ、そりゃあもう、大変なもんで……」「あっしだって聞いていて怖くなったくらいですから」「あんな者のいうことなんか、気にすることはありませんよ」と弟子たちも口口にいった。そういわれても正蔵の気持は穏やかにはならなかった。いまの男の言葉は、「正蔵の怪談咄は邪道だよ。道具や仕掛けで驚かそうってのは、本当の咄家じゃあねえ」とほかの咄家や通人たちがまえからいっていたことでもあった。しかし正蔵は心のなかでこうおもっていた。

——おめえたちは咄の本当の怖さってものを知らねえからそういうことをいうんだ。死んだ可楽の落し咄、夢羅久の人情咄を聞いたら、とても真似なんかできるもんじゃねえ。それだからこそ円生は芝居咄、おれは怪談咄を選んだんだ。怪談咄にかけちゃあ、おれはだれにも引けは取らねえ。そういう意気込みで、いろいろと趣向を凝らし、工夫も重ねて一生この道ひと筋にやって来たんだ。それをいまさら変えるわけにいくけえ。おれはこのまま、いまの道を行くしかないんだ……。

正蔵はそう心に決めていたから、いくら悪口をいわれても気にならないつもりでいたのだが、きょうの高座は咄としてもとてもよく出来た、とおもっていただけに、さっきの職人風の男の言葉が、ひどくこたえた。その夜、正蔵は蒲団に入ってからも寝つかれなかった。かれは二十年まえ、酒に酔った式亭三馬に罵られた夜のことをおもい出した。

——あのときも、丁度こんな風だった。ああ、咄家ってのは厭な商売だな。あれから二十年経ち、五十五にもなって、普通の人なら楽隠居でもしようてえ年に、まだこんな悔しいおもいをしなきゃならねえ。よく咄を判りもしねえ職人風情に、三十何年もこの商売をやって来たおれが、咄家じゃねえようなことをいわれて、黙って聞いてなきゃならねえんだからな。ああ、厭だ厭だ……。

そんなことを頭の中で何度も繰返しているうちに、いつかうとうとと眠りに落ちた正蔵は、夢のなかでさっきの高座とおなじように小幡小平次の手の指を、一本ずつ切り落としていた。なのに小平次は平気な顔をしている。「おめえ、痛かねえのか」と正蔵は聞いた。「痛くねえ」「どうして」「だっておめえの切っているのは、贋物の指だもの」小平次は式亭三馬の顔になっていった。「本物と贋物の区別がつかぬ世の中なのだ。だから世の中を半分諦める、その気持が肝腎なんだ」「あんた三馬のくせに、鶴屋南北みたいなことをいうね」「いや、わしは小幡小平次だ。いや、おまえが小幡小平次だ。半分は死んだ人の気持になってこの世の中を見ることが、いちばん大事なんだ。だからこんどは、わしがおまえの指を切ってやろう」小平次はそういうと、十本の指が全部なくなっている掌だけの両手を広げて、正蔵に襲いかかって来た。「厭だ厭だ、助けてくれえ！」逃げようとしたが、全身が金縛りに遭ったようで、どうしても足が前へ進まない。小平次は正蔵を押さえつけて手の指を一本ずつ切り落とし始めた。「痛い、痛い」「痛い筈はねえだろう。見ろ、ちっとも血が出ちゃいねえじゃねえか」「まさか……」だが見ると確かに指の切り口は、木の枝を折ったあとのように白くなっているだけであった。

「これでも痛えのか」「いや……」よく考えてみたら痛くなかった。「よし、それじゃ本当の痛さってものを教えてやろう。咄家なら咄家らしく、ちゃんと本当の咄を聞かせてみろい」小平次はそういうと刀を持直して、寝ている正蔵の上から、一気に心の臓を突き刺した。「ぎゃあッ」……。

正蔵は左の胸を押さえて、蒲団の上に起き上がった。そのまま寝ていたのでは、いまにも心臓の鼓動が止まりそうな不安を覚えたからだった。

「また心の臓が痛むのかい」と横に寝ていた女房のさきがいった。

「……うむ」

「おまえさん、働きすぎなんだよ。朝の四つから林屋席を勤めて、それがはねてからこんどは夜席とお座敷回り。もう家《うち》の暮しも楽になって来たんだから、なにもそんなにまでして稼がなくても……」

「そうじゃあねえ。おれの病は、気から来ているんだ」

「気からって、どんな……」

「きょうおれは、咄家じゃねえっていわれた」

「聞いたよ、さっき幸吉から」とさきは林幸の本名を口にして「おまえさん、まだそんなことを気にしているのかい」

「気にしねえわけにはいくめえ」

いかないか」

「何をいってるんだよ。おまえさんは名人だよ。怪談咄の名人。みんなそういっているじゃないか」

「おれは名人じゃあねえ。おれの咄は、まだまだこれからだ」

「そうだとも。まだまだこれから長生きして貰わなくちゃ。せっかく長いあいだ苦労して、ようやくこうやって一息つけるようになったんだから、ここでぽっくりいかれたんじゃあ、あたしゃ諦めきれないよ。だから働きすぎるのは、もうよしにしておくれ。林屋席さえ大切に勤めていりゃあ、みんなに名人といわれて、ちゃんとおまんまもいただけるんだから、こんな有難いことはないいじゃないか」

「……それもそうだな」

正蔵はまた蒲団の上に横になった。心臓の痛みは大分おさまりかけていた。確かにおさきのいう通り、林屋席さえあれば、自分の咄を磨いていくことも、家族と一門の連中が暮していくことも出来るのだ、と正蔵はまたようやく眠気が襲って来た頭のなかで考えた。これからはいままでよりも、もっと林屋席を大切にして行こう……。

五

「……何だって！　そんな馬鹿な話があるかい」

正蔵は病床の上に起き上がって、林幸を睨みつけた。「おめえ、その話を黙って、へえ、左様ですか、と聞いて来たのか」

「そんなことをいったって仕様がねえだろう」

林幸は脹《ふく》れ面《つら》になって答えた。「御奉行所のお達しなんだから……」

「よし。じゃあ、おれがこれから奉行所へ行って、掛け合って来る」

立上がりかけた正蔵は、左の胸を手で押さえて呻《うめ》いた。「……ア痛タタ」

「およしよ、おまえさん。外を歩ける体じゃないじゃないか」

さきはあわてて、正蔵の背中をさすりながらいった。「それにおまえさんの病には、腹を立てるのが一番いけない、ってお医者もそういってたろう」

「これが腹を立てずにいられるけえッ。だいいち林屋席がなくなったら、生きていたって仕様がねえじゃねえか」

「馬鹿なことをいうんじゃないよ。まえの咄会のご禁制だって、長年のうちには解けたんだものの。こんどだって体を大事にして、長生きして待っていりゃあ、きっと解ける日が来るさ」

「だが、おれはそれまで生きていられるかどうか判らねえ。いったい江戸から寄席をなくして、どうしようというんだ。まったく水野忠邦《ただくに》というのは、訳の判らねえ野郎じゃねえか」

正蔵は心底なさけなさそうにいった。

この前年の一月、大御所と呼ばれて幕政の実権を握っていた前将軍家斉《いえなり》が死ぬと、老中水野忠邦は、家斉の寵臣《ちょうしん》をはじめ反対派を次次に罷免して、老中首座となった五月から、きびしい改革を強行していた。この改革令はまことに厳重なもので、正蔵の周囲に起こった事件でいうと——。

十月に中村座の楽屋から出火して、市村座と南座をも焼いたのをきっかけに、芝居小屋は浅草聖天町（のちの猿若町）への転地を命じられ、新吉原とおなじように板で囲われて、芝居者はこの地内のほかに住むことを許されず、役者は外出のとき編笠《あみがさ》をかぶるよう命じられ、町家の者と立ちまじわることを固く禁じられた。

十一月八日——、下谷池之端の新土手には、四季それぞれの花を咲かせる草木が植えられ、水茶屋、料理屋とともに、落し咄、軍書講釈、浄瑠璃などの寄席がたくさん立並んでおり、そのあたりに住んでいる大勢の芸人のなかには正蔵の知合いも何人かいたのだが、かれらの振舞いが政教を害するというので、すべての建物を一日のうちに取払うよう命令された。

十一月二十七日——、娘義太夫《むすめぎだゆう》三十六人が奉行所に捕えられて、牢屋に入れられた。これで江戸の寄席は、一挙に七十六軒にまで減った。続いて女髪結の禁止。相次ぐ幕府の禁圧の激しさを怖れて、江戸の町からは贅沢な衣服や品物が一切姿を消し、化粧をする女さえ殆どいなくなってしまったくらいで、人人はこんどはいつ何を咎められるかと、おそれ戦《おのの》いて暮していた。

十二月に『梅暦』の作者為永春水《ためながしゅんすい》が、淫猥《いんわい》の廉《かど》で北の町奉行所に呼び出された。春水は、自分の話芸の弟子でもあったので、その知らせを聞いたとき、正蔵は胸に鋭い痛みが走るのを覚えた。このころから正蔵は、しばしば心臓を締めつけられるような痛みの発作に襲われて、病床につくようになった。そして年が明けて間もなく、

——江戸の寄席は、三十年以前より営業していた十五軒をのぞき、他はすべて取潰し。

という幕府の触れが、正蔵が留守の林屋席へも伝えられて来たのだった。歴史の浅い林屋席は、取潰しのほうである。痛憤《つうふん》を発した正蔵は、それから日増しに病状が悪化した。一月も末に近づいたある日、かれは枕元に、さきと林幸を呼び寄せた。

「おさき、幸吉、おれはもう長かあねえ」

「おまえさん、そんな気の弱いことをいってどうするんだい」

「いや、気弱になっているんじゃねえ、体が弱っちまったんだい」

正蔵は息も絶え絶えの声でいった。「おれが死ぬのは、水野忠邦に取殺されたんだ。だが……」

十何年、幽霊の恨みを語り続けて来たおれが、ここで何もせずに消えてしまったんじゃあ、元祖大道具大仕掛け妖怪《ばけもの》ばなし林屋正蔵の名がすたる。見てろよ、おれはきっと化けて出てやるからな」

「お父っつぁん」

「幸吉、頼みがある。最後の頼みだ。よく聞いてくれ……」

正蔵はそういって何事か林幸にいい残した。初代林屋正蔵が息を引取ったのは、二月の六日であった。六十三歳だった。

かれの遺体は白木の棺桶におさめられ、林幸をはじめ林蔵、一蔵、正吉、正蝶、正山、正七、正平……など一門の弟子に守られて、小塚原《こづかつぱら》の焼き場に運ばれて行った。葬列のなかには、幽霊人形機関《からくり》師の目吉の姿もあった。

小塚原の火屋で、正蔵の遺体は金二分四百で棺のまま焼く桶焼《おけやき》に付された。そして薪の火が上に載せられた桶に燃え移ったときだった。いきなり棺桶の蓋が弾け飛んで、なかから濛濛《もうもう》たる白い煙が噴き出し、そのなかに青い鬼火が明滅して人人の眼を眩惑した。棺桶のなかに花火が仕掛けられていたのだろう。怪談咄において花火による白い煙と青い燐光《りんこう》は、幽霊出現の前兆である。さきと林幸と目吉のほかに、この仕掛けを知らなかった人人は、呆然としてその有様を見詰めていた。やがてその白い煙の向うから、たしかに見得を切っているとおもわれる林屋正蔵の声で、

――はて、おそろしき、執念じゃなあ……。

という文句が聞こえて来た。それは正蔵の子である下手な咄家の林屋林幸が、一世一代の精魂こめた芝居がかりの声色であった。

正蔵の死の翌年、老中首座水野忠邦は失脚した。その二年後、江戸の寄席は七百余軒にふえたと記録されている。

天保《てんぽう》浮かれ節

一

湯に入って汗を流し、さっぱりした気分になって、宿の晩飯の膳につき、女中の酌で酒を飲んでいるうちに、土橋亭《どきょうてい》りう馬は、すっかりいい心持になって来た。旅先で酒を飲むと、鬱勃《うつぼつ》として遊心が湧き上がって来るのは、男の常である。

「いるんだろう、ここにも」

と、りう馬は右手の小指を示して聞いた。「……れこが」

「れこって、何だァ?」

女中は尻上がりの常陸《ひたち》弁で問い返した。

「決まってるじゃねえか。れこですよ。れこ、れき、れこしき……」

そういいながら、体をくにゃくにゃとさせて掌の背を色っぽく口元に当て、りう馬が女の科《しな》をつくって見せると、

「ああ」と女中は頷いて「それがなあ、きょうは生憎《あいにく》、総社様のお祭りだもんでえ……」

「何だ、もうみんな塞がっちゃったのかい」

りう馬は、がっかりして、盃《さかずき》の酒を口に含んだ。ここは水戸の支藩である石岡二万石の城下町で、いまは丁度、常陸国総社宮の秋祭りの最中だった。町の通りへ賑やかに山車《だし》が繰出すこの祭りには、近在の各地から、大勢の参詣客と見物客が詰めかけて来る。その人出を目当てに、りう馬も地元の興行師に招かれて、江戸から咄会《はなしかい》の興行に来ていたのだが、かれが咄会を終えて宿に帰り、ゆっくり湯に入って、遅い晩飯の膳についているあいだに、宿で旅人を相手に春をひさぐ飯盛女《めしもりおんな》には、全部先客がついてしまっていたらしい。

そういわれてみれば、さっきまで宿のなかを浮き立たせていた酔払いの騒ぎが、嘘のように静まりかえっていて、秋の冷気が忍び寄っている戸外の闇の底から、虫のなく声が頻《しき》りに聞こえていた。けれども、りう馬は諦める気にはなれず、飯盛女が塞がってしまったのなら……と、改めて酌をしている女中の顔を見た。

年の頃は四十のなかばか、ひょっとすると五十に近いのではないかとおもわれる。祭りの間だけ、近くの農家からでも駆り出されて来たのかも知れない。色が真黒で、もはや女というより、りう馬の母親をおもわせる年恰好と顔つきであったが、酒で火をつけられた遊心はすでに消し難くなっており、もう女ならだれだっていい、という心境になっていたかれは、物は試しだ……と、一応その女中を口説いてみることにした。

「この石岡は、酒の味がいいので評判のところだてえ話を聞いていたが、なるほど、本当にいい酒だね」

と、りう馬は、まず地酒の味を褒め、それから「酒もいいけれども、こうやって見ていると、おまえさんもなかなか……」といいかけて、気を持たせるように、いったん間《ま》を置いた。

「なかなか、何だァ？」

女中はまた尻上がりの常陸弁で、真顔になって問い返した。母親ほどの年齢の女に、色気も何もない大真面目な顔つきと口調でそう聞かれては、さすがにりう馬も、なかなかいい女だねえ、とはいい兼ねて、こりゃあ今夜は一人で寝るしかねえな……と諦めかけたときだった。

「お客さんは、江戸から来たんだっぺ」と女中はいった。

「そうだよ」

「そうすっと名前《なめえ》は、土橋亭りう馬っていうんでねえのけ？」

「ほう、よく知ってるね」と、りう馬は興醒《きょうざ》めた気分がふたたび浮き立って来るのを感じて
「おまえさんも、きょうのおれの咄を聞いていたのかい」

「いいや、そうでねえげんとも、お客さんが土橋亭りう馬なら、是非お目にかかりてえって、さっきから下で待ってる人がいるんだげんと……」

「下に？　おれを待ってるって？　で、その人はおれにどういう用事があるんだい」

「なんだか、きょうのお前様の咄に、おおざに感心したんで、まあ、さぞお疲れのこったろうから、肩でもお揉みしてえって……」

「おれの肩を揉みたい？　判りました。みなまでいわなくても結構。そういうことは、早くい

ってくれなくちゃ困るよ。もう随分お待たせしてしまったことになるじゃねえか」

「そうけ。そんでァ、ここへ呼んでもいいのけ？」

「結構ですよ。すぐにお通しして。ああ、それからね、行くまえに蒲団を敷いておくれ。肩を揉んで貰ったら、そのままぐっすり休みたいから」

　蒲団を敷いて出て行った女中の後姿を見送って、こう来なくっちゃ嘘だ……と、りう馬はおもった。きょうの咄の出来に、りう馬は自信があった。それに瘠《や》せても枯れても江戸の芸人である。きっと客席で聞いていて、おれの芸の面白さと容子《ようす》のよさに一目惚れしてしまい、たとえ一晩でも夜伽《よとぎ》の役を勤めたいとおもい詰めた女がいたのに違いない。それを、お疲れでしょうから肩でもお揉みしたい、だなどと、田舎者にしちゃあ粋《いき》なことをいうじゃあねえか……、りう馬はそうおもったのだ。芸人に惚れて夜伽を申し出るくらいだから、多分そこいらへんの飯盛女よりは、ずっと垢抜けしたいい女だろう。りう馬は、脳裡にこれまで見たこともないほど器量のいい女をおもい浮べ胸を躍らせて待っていた。

　廊下に足音が聞こえた。りう馬は障子のほうに背を向けて蒲団のうえに横になった。「さあ、連れで来やしたよ」という女中の声とともに障子があいた。

「遠慮はいらねえ、ずっと入ってくれ」

　と、りう馬は後を向いたままでいった。「お察しの通り、肩が凝っちまって、どう仕様もねえんだよ。肩ばかりじゃねえ、どこもかしこも凝っちまって、首も回らねえ始末だ。どこからでも構わねえから、おまえさんの好きなところを、おもうぞんぶん揉んでおくれ」

ためらいがちに、恐る恐る後へ近づいて来る人の気配がして、相手の掌がりう馬の体に触れた。柔らかい掌で探るように体を撫で回されて、さっきからの期待で敏感になっていたりう馬の欲情は、いっぺんに燃え上がった。相手の掌は、脇腹から腰を経て次第に太腿のほうへ下がって行く。

「フフフ……擽《くすぐ》ってえじゃねえか」と、りう馬は含み笑いを洩らし、快感に堪《たま》りかねて身悶えしながら「本当は、ひとつのところのほかはどこも凝っちゃいねえんだよ。こっちへ来な。かわいがってやるぜ……」と体を撫で回している手を摑んで半身を起こし、相手の顔を一目見た途端に、おもわず腰を抜かしそうになるほど愕《おどろ》いた。後に坐っていたのは、見えない眼を虚空の上方に向けている坊主頭の盲人であった。

「だ、だれだい、おまえさんは……」りう馬は仰天して叫んだ。

「へえ、ご覧の通りの按摩《あんま》でやす」

盲人は、どうしてりう馬がそんなに驚愕しているのかを解しかねて、訝《いぶ》かっている表情だった。

「按摩は判ってるよ。一体だれが按摩なんか頼んだんだ」

「女中のお松っつぁんが、こちらへ呼んで来るようにいわれたと、そういいやしたんで……」

「じゃあ……」と初めて事情が判ったりう馬は「おれに会いたいって、下で待っていたというのは、おまえさんだったのかい」

「そうでやす」

「そうか」

落胆したりう馬は、肩を大きく落とし、愚痴っぽい口調になっていった。「あの女中も女中だよ。按摩なら按摩だと、はなっからそういうがいいじゃねえか。さぞお疲れでしょうから、肩でもお揉みしましょう、なんていってるというもんだから、おれはてっきり……」

「なにかお気に障ることでもごぜえやしたんで……」と盲人は心配そうに聞いた。

「いや、何でもねえ。おまえさん、名は何というんだ」

「へえ、福次郎と申しやす」

「物はついでだ。ひとつ揉んで貰うとしようか」りう馬はふて腐れた様子で蒲団のうえに横になり「福次郎さんとやら、おまえさん、きょうのおれの咄に、たいそう感心して下すったそうだねえ」

「そりゃあもう……」福次郎は肩を揉む手に力を籠《こ》めて「まったぐ、あんなに面白え咄は、これまで聞いたごだァねえ」

きょうの高座で、りう馬が演じたのは、音曲咄《おんぎよくばなし》の『紙屑屋《かみくずや》』であった。遊びがすぎて親に勘当され、出入りの頭《かしら》の家に厄介になっている若旦那が、選《よ》り分けている紙屑のなかから出て来た清元の稽古本や端唄本の紙きれを見て、得意の咽喉でうたい出すという咄である。

「咄の筋が面白いうえに、声と節回しがいいもんでえ、すっかり堪能いたしやした」福次郎は感激した口ぶりでそういってから、りう馬に訊ねた。「いま江戸ではああいう咄が流行《はや》っているんで……」

「うん。あれは音曲咄というんだよ。おれの師匠だった船遊亭扇橋というのが、音曲咄の元祖でね」

「音曲咄……」

「そう。いま江戸じゃあ大変な人気だ」

「はあ、さすがは江戸《いど》だねえ」

「おまえさん、音曲が好きなのかい」

「へえ、おらもすこしばかり、三味線を弾くもんでえ……」

「ふーん……三味線をねえ」

「いまも持って来てるんだげんとも、ひとつ聴いで貰えねべが」

そういうと福次郎は、りう馬の返事も待たずに、部屋の隅のほうへにじり寄って行き、手探りでそこに置いてあった三味線を取上げて膝のうえに構え、糸捲きの締め具合を加減して調子を合わせ始めた。かれが是非りう馬に会いたいといっていたのは、実は自分の三味線を聴いて貰いたいためであったのかも知れなかった。

音締《ねじ》めを終えた福次郎は、りう馬のほうに向かって正座し、一礼してから、見えない眼を虚空に据えた。それまでは年齢がよく判らなかったのだが、そうやって向かい合ってみると、かれはりう馬とおなじくらいの、つまり三十前後の男だった。三味線を弾き始めたとき、その冴え冴えとした音色や鮮やかな手さばきから、かれが並並ならぬ弾き手であることは、すぐに判った。福次郎は三味線を弾きながら、いま流行のヨシコノ節をうたい出した。

〽心ひとつで　どうともさんせ
　とかくおまえの立つように

福次郎の声は、りう馬が生まれて初めて耳にしたほどの美声であった。聴いているうちに、りう馬は背筋にざわざわと鳥肌が立つのを感じ、福次郎が唄の実力において、自分より数等上であることを悟った。福次郎は一節の歌詞をうたい終ると、賑やかに三味線を掻き鳴らしながら、陽気な囃《はや》し文句を唱えた。

〽コリャマタ　ヨシコノ　ナンダ
　ベコシャラベコシャラ

聴いていて心が浮かれ出して来るような、実に色っぽく明るい調子の囃しかたであった。ヨシコノ節は、元唄の潮来節《いたこぶし》に、この「コリャマタ　ヨシコノ……」という囃し文句がつけられたところから、そう呼ばれるようになった唄で、数年まえから廃《すた》れかけて来た潮来節にかわって、江戸ばかりでなく、各地で大流行していた。福次郎は続いて、また別の歌詞をうたった。

〽人がくどけば　一度で落ちろ
　小野小町の末を見ろ

コリヤマタ　ヨシコノ　ナンダ
　ベコシヤラベコシヤラ

節回しといい、声の色艶《いろつや》といい、文句のつけようがないほど見事な歌いっぷりだった。福次郎はそれから、さらに幾つかの歌詞をうたって、三味線を膝のまえに置いた。かれはやや不安気な面持《おももち》になって俯《うつむ》き、耳を幾分かこちらのほうへ向けていた。いまの唄に対する感想を求めているのに違いない。りう馬は黙っていた。福次郎はとうとう堪りかねたように口を開いた。

「どうだっぺェ、おらの唄は」

「うまいね」りう馬は、素気なく答えた。

「本当けェ？」福次郎は顔に喜色を浮べた。

「本当だよ」

「ンだら、お願《ねげ》えがごぜえやす」

福次郎はいきなり、りう馬のまえに両手を突いて、額を畳に摺《す》りつけた。「どうかおらを、弟子にして下せえ」

「おれの弟子になって、どうしようっていうんだ」

「眼の見えねえおらは、芸で身を立てるしか、ほかに生きる道はねえ。じんだから、なんとか弟子にして貰って、江戸で一人前の芸人になりてえとおもって……」

「無理だね」

「なじょうして……」

「おまえさんの、その言葉だよ」

「言葉？」

「そうだよ。おまえさんの唄は、確かにうまい。だが江戸の寄席は、それだけじゃ通らねえ。唄の合間に喋る言葉が、おまえさんのその常陸訛りじゃあ、なにもかもいっぺんに艶消しになってしまう」

「………」

「江戸の芸人になるのには、江戸っ子でなけりゃあ無理なんだ。いくら唄がうまくても、田舎者のおまえさんじゃあ、とうてい江戸で一人前の芸人になれる見込みはねえ」

「ンだげんとも、おらがこの訛りを直したら……」

「まあ、無理だろうね。訛りてえもなあ、そう簡単に直るもんじゃねえ。悪いことはいわねえ、芸人になるのは諦めたほうがいい。いまおまえさんは、芸で身を立てるしか、ほかに生きる道はねえといったが、おまえさんには按摩という手に立派な職があるじゃねえか。それで一生を通しなよ。な、唄と三味線はその合間の楽しみにすりゃあいい。そのほうが身のためなんだ。芸人なんてものは、傍《はた》で見るほどいい商売じゃねえ」

「それでもお願えでごぜえやす。どうかおらを弟子に……」

「できねえものは、できねえよ」

弟子入りの志願を、りう馬にきっぱりと撥ねつけられて、福次郎はいかにも悄然《しょうぜん》とした感じになった。かれが帰って行ったあと、りう馬は、ちょっとかわいそうなような気もしたが、あれでよかったんだ……とおもい直した。

徳川の幕府が開かれてから、およそ二百年の月日が流れて、最初のうちは上方《かみがた》から見れば土臭い関東の田舎町にしかすぎず、「だんべえ」言葉が横行していた江戸も、りう馬が生まれた寛政のころには、町の数が千六百七十八町、表通りに住んでいる人間だけでも約五十三万六千人とふえ、裏店《うらだな》住まいの人間の数は、それより多いだろうといわれていた。さらに三十年経った文政のいま、人の数はもっとふえているだろう。

町の中で威勢がいいのは、裏店住まいの棒手振りの商人や、職人たちだった。家は借家で、定まった主人もなく、浮草のような身の上だが、なにしろ町が大きいから、なんとかその日その日は凌《しの》いで行ける。貯えがないかわりに失うものもない。火事があっても、もともと自分の家ではないのだから、かえって「火事と喧嘩は江戸の華だ」と嬉しがり、どうせ貯えができるほどの実入りがないのを「宵越しの銭は持たねえよ」とその日のうちに遣い切って、諸事万端、瘠せ我慢半分の見栄を張っていられたのも、自分の体ひとつさえあれば、どうにか食って行けるという考えがあったからだった。

かれらのなかには、「てやんでえ、べらぼうめ、おいらァ江戸っ子だい！」と力みかえる者がふえていた。いきであることが、かれらの最高の美徳であった。男の気概を示す「意気」から始まったこの言葉は、いまでは遊里でいう「粋」と重なって、なにごとにつけても人人の価値を計る基準になっていた。さっぱりしていて、いやみがなくて、言動に張りと艶がある。そうした粋な男になることが、江戸っ子の理想であって、「粋じゃないねえ、あいつは」といわれることは最大の恥辱であった。当然かれらは田舎者を馬鹿にしていた。江戸も昔は田舎者の集まりであったのにもせよ、二百年以上の歳月をかけて磨き上げられた言葉の歯切れのよさを得意にしていたかれらにとって、鈍重で耳障りな田舎弁は、侮蔑の対象以外のなにものでもなかった。

そうしたいまの江戸で、幾ら声がよく唄がうまくても、福次郎のように常陸訛り丸出しの男が、並の人間よりもいっそう粋でなければならない芸人として立って行ける見込みは、まったくといっていいほどなかったのだ。

二

りう馬に、はっきりと断られたものの、福次郎は芸人になりたいという望みを諦めることができなかった。かれは按摩という職業に満足していなかった。麻疹《あかもがさ》をこじらせて眼が見えなくなり、耳に頼って暮すようになってから、何より唄と三味線が好きになり、いまではそれが唯一の生甲斐のようにまでなっていた。

実際に唄をうたい、三味線を手にしてみると、自分が天性の美声と音曲の才能に恵まれていることが判った。周囲の人人の賞賛の声からしても、一人よがりの錯覚でないことは明らかで、そのときから芸人に、それも江戸の芸人になりたいという望みは、かれの宿願になっていたのだった。

――おまえさんの唄は、確かにうまい。だがその常陸訛りじゃあ、江戸で一人前の芸人になれる見込みはねえ。

と、りう馬はいった。だったらそれは、訛りさえ直せば、江戸の芸人になれるということではないか。りう馬が断念させようとしていった言葉を、福次郎は逆にそう受取った。訛りを直すのには……まず、江戸へ出ることだ。こっちには按摩という手に職があるのだから、江戸へ行っても食うことだけはできるだろう……と、そこまで考えて、いや、そんなことでは駄目だ、とおもい直した。按摩をすれば食える、そんな気でいるうちは、訛りを直すことも、一人前の芸人になることもできないだろう。「おらはもう、按摩はやめだ」

福次郎は口に出して、自分にそういった。二度と人の体は揉まない決心をして、かれは按摩の笛を捨て、三味線だけを携えて、杖を頼りに門付《かどづ》けをしながら、江戸へ向かう旅に出た。季節は冬にさしかかっていて、木枯しが道筋の木木の枝を蕭蕭《しょうしょう》と鳴らしていた。枯れて固くなった木の葉が、しばしば刃物のようにかれの頬を打った。氷雨《ひさめ》が降って来ても、近くに人家の気配がない野間《のあい》の道では、雨宿りをすることもできず、頬被《ほおかぶ》りをした坊主頭から股間までぐっしょりと濡らして足に伝い落ちる雨水の冷たさに震えながら歩き続けた。夜は人に訊ねて探し当てた神社の床下に寝て、門付けをして貰った稗《ひえ》や粟《あわ》の握り飯を嚙みしめた。寒さで体が冷えきって、絶えず洟水《はなみず》が口のなかに流れこんでいるので、何の味もない筈のぼろぼろの握り飯にも、かすかな塩味が感じられた。

江戸についてからも暫《しばら》くの間は、橋の下に寝起きする毎日だった。冬のあいだは、門付けをして歩いても大した実入りは得られなかった。雪が降って来て、寒気が体にかけた筵《むしろ》を通して骨にまで食いこんでくる夜は、按摩をすれば屋根のあるところに住むぐらいの銭は取れるのだろうが……という気になるときもあったけれど、福次郎は旅に出たときの決心を変えなかった。——春になれば、人の心が浮き立って来る春になれば、この橋の下からも抜け出せるだろう……、かれはそうおもって、ひたすら春の到来を待っていた。

〽きのう北風　きょう南風
　あすは浮気の辰巳《たつみ》風
　コリャマタ　ヨシコノ　ナンダ
　ベコシャラベコシャラ

下谷《したや》池之端の新土手に植えられた桜並木の下で花見をしている酔客のあいだに入って、福次郎は三味線を弾きながら陽気にヨシコノ節をうたっていた。方角の辰巳に、江戸深川の辰巳芸者を引っかけたこの文句は、江戸へ来てから覚えたものだった。人人は花に浮かれているうえに、酒を呑んで気が大きくなっている。乞食同然のなりをしていても、ほかの流しの芸人にくらべて声と節回しが格段にすぐれている福次郎の懐は、客から貰った纏頭《はな》の銭で、すでにかなり膨んでおり、まえから考えていた通り、この分ならじきに屋根のあるところへ住めそうなあんばいで、かれはすっかりいい心持になっていた。

そこへ別の新しい客から声がかかった。ほい来た、と福次郎はまたひとくさりヨシコノを熱演したが、

「おれの聞きてえのは、そんな古い唄じゃねえ」

と、相手の男は酔った声で絡むようにいった。ヨシコノは、いま流行の唄である。それを古いというのは……と福次郎は見えない眼のあいだに皺を寄せて首を傾げた。

「何を考えてやがる。もっといま流行りの唄をやれっていってるんだよ。ドドイツをやれ、ドドイツを」

「ドドイツ……?」そんな唄は聞いたことがない。

「この野郎、てめえ、ドドイツを知らねえのか」

「へえ……」

「ドドイツも知らずに、よく江戸の花見で唄をうたっていられるな。てめえ、どっから来たんだ」

「……江戸でやす」

福次郎は江戸へ来てから、努めて人人の話に耳を澄ませ、自分ではだいぶ江戸の言葉に慣れたつもりでいたのだが、相手が口にしたドイツという唄を知らなかったことに狼狽していたので、つい常陸訛りが出てしまったらしい。

「イドでやす？　イドってのは、どこのことだ……。はは あ、てめえ、田舎者だな。田舎者のくせに、江戸の花見で唄なんぞうたいやがって、酒がまずくならあ。とっとと失《う》せろいッ」

酔払いの罵声とともに、固いものが飛んで来て額にあたり、それは相手が手にしていた茶碗であったらしく、なかに入っていた酒の雫《しずく》が福次郎の頬を濡らした。

「何をする！」

横から一人の男が、酔払いに挑みかかる気配がした。声と言葉の調子からして侍のようである。「酔って弱い者を苛めるとは、江戸っ子のすることではあるまい！」

気合いの入ったその一喝で、相手は竦《すく》んでしまった様子だった。

「怪我はなかったか」

と侍らしい男は、福次郎の手を取って導き、しばらく歩いたところにあった（たぶん水茶屋のものとおもわれる）縁台に腰を下ろさせて、

「ひょっとするとおまえさん、石岡で按摩をしていたお人じゃないのかね」

と意外なことをいった。ついさっきまでの侍口調が、一転して歯切れのいい町人言葉になっ

ている。

「へえ」と福次郎は頷いて「でも、どうしてそんなことをご存じなんで……」

「おまえさん、石岡で土橋亭りう馬という咄家に会ったことがあるだろう」

「へえ……」

「おれはそのりう馬から、石岡で芸人が顔負けするほど唄と三味線のうまい按摩に会ったという話を聞いていたんだ。それできょう、たまたま花見に来たら、おまえさんに出くわしたというわけだ。唄も三味線も、ただ者じゃない。おれはおまえさんの唄に聞き惚れて、ずっとあとをついて歩いていたんだよ。そうしたら、さっきの騒ぎだ。唄がうまくて、眼が見えなくて、言葉に訛りがある。こりゃ、りう馬がいっていたのは、おまえさんのことじゃねえかとおもって訊ねてみたんだが……」

「で、あなた様は何というお方なんで……」

福次郎は、侍口調から町人言葉に転じ、りう馬の知合いだという相手の正体が摑めなかった。

「おれか。おれは船遊亭扇橋という咄家だよ」

「ああ、あなた様が……」

それは、りう馬の師匠であり音曲咄の元祖として記憶の隅に引っかかっていた名前だった。

福次郎はむろん知る由《よし》もなかったのだが、扇橋は咄家になるまえ、豊前《ぶぜん》中津十万石の奥平家の江戸屋敷に仕えていた侍で、さっきの侍口調は、かれ本来の地のものだったのである。

「それじゃあ、ちょっとお聞きしたいことがあるんですが……」

相手が憧れの音曲咄の元祖であると知った福次郎は、いっそう丁寧な口調になって訊ねた。

「さっきの人がいったドドイツというのは、一体どういう唄なんでございましょう」

「うん。ヨシコノと大して節は違わないんだがね。囃し文句が違うんだよ」

扇橋はそういって、痰を切るように軽く咳払いをすると、低い声でドドイツをうたって聞かせた。

〽　オカメ買う奴　頭で知れる
　油つけずの二つ折れ
　ドドイツ　ドドイ　浮世はサクサク

低い声であっても、さすがに洒落た節回しで、福次郎が初めて聞いた「ドドイツ　ドドイ……」というその囃し文句には、どこか投げやりで、なんとなく自棄《やけ》っぱちになっているような、ヨシコノの囃し文句よりさらに聞く者を浮き浮きさせる調子があった。

「なるほど。面白い囃し文句ですね」

「こいつが流行り出したのは、名古屋でね。名古屋では熱田の安女郎のことを、オカメというんだそうだ。それであるとき、どこかの座敷で、オカメ買う奴　頭で知れる　油つけずの二つ折れ、とうたっていたら、一人の男が、そいつはドイツじゃ、そいつはドイツじゃ、と冷やかし半分の相の手を入れた。それが面白いというんで、みんなで囃し立てているうちに、そいつはドイツじゃ、ドドイツじゃ、と変って来て、しまいには、ドドイツドイドイ　浮世はサクサク、という囃し文句になったてえわけだ。だからいま名古屋では、ヨシコノの名がドドイツと変っている。それが近ごろ江戸でも流行り始めているんだよ。江戸っ子は、なにしろ新しいもの好きだからね。じきに江戸でもドドイツがヨシコノに取って変るに違いねえ」

扇橋の話に耳を傾けているうちに、福次郎の頭のなかには一つの文句が浮かんで来て、いつしかそれを、いま扇橋から聞いたばかりの節でうたい出していた。

〽　意見されれば　ただうつむいて

　聞いていながら思い出す

　ドドイツ　ドイドイ　浮世はサクサク

福次郎がいかにもおどけて剽軽《ひょうきん》な調子で、覚えたての囃し文句を唱え終ると、

「うまいねえ、おまえさん、うまいよ」

扇橋はお世辞とはおもえない声音で褒めあげた。「それに唄の文句がいいや。どこで覚えたんだい、その文句は」

「いま、おもいついた文句なんで……」

「へえ、自分で作ったのか。声がよくって節回しがうまいうえに、唄の文句も自分で作れるんじゃあ、鬼に金棒だ。意見されれば　ただうつむいて　聞いていながら思い出す、か。おれも昔は侍だったんだが、常磐津《ときわず》に凝っちまって芸人になろうとしたときに、回りからさんざん意

見をされて、そんなおもいをしたことがある。おればかりじゃあねえ、ちょっとでも遊びがすぎた奴なら、だれでも覚えがあることだ。それでしんみりさせておいて、ドドイツ　ドイドイ、とおどけた囃しに変るところが、何ともいえないねえ。それにおまえさんは、なかなかいい男だ。石岡でも、よく女にそういわれたことがあるだろう」

「いやあ……」福次郎は坊主頭に手をやり、白い眼を剝《む》いて恐縮の表情を示した。

「こういっちゃあ失礼だが、眼が見えないのに、じめじめしたところがなくって、暗くないのもいい。おまえさん、百姓の出じゃあるまい。察するところ何の某《なにがし》という、名のある家の生まれじゃないのかね」

「別にそんな大層な者じゃございませんが……」

そういって、福次郎は自分の身の上を語り始めた。かれは常陸国久慈郡佐竹村の医師岡源作の三男で、小さいころは何不自由なく育てられたのだが、麻疹をこじらせて、父の治療の甲斐もなく失明してしまった。医師の家に、麻疹をこじらせて盲目になった子供がいたのでは、どうも具合がよくない。親がそういう態度をあらわにした訳ではなかったけれども、福次郎は自分から肩身の狭さを感じて、成人すると家を出て按摩になった。盲目であることで様様な差別と被害を受け、いろいろと苦労を舐めはしたのだが、それでも人に明るい印象を与えていたのは、子供のころの育ちのよさが、成人するまで田舎では名門に属する医師の家という防壁によって守られて、それほど損われていなかったせいかも知れない。逆にいえば、それだけ苦労が身につかない性格であったのかも知れなかった。

「……按摩になったものの、あっしは唄と三味線が三度の飯よりも好きになりましてね。それでなんとか芸人になりたいとおもって、江戸へ出て来たんです」

身の上話を語り終えた福次郎は、縁台の横に坐っていた扇橋に取縋《とりすが》るようにいった。「お願いです。どうかあっしを弟子にしちゃあ貰えませんか」

「さあ……」扇橋は当惑した気配の声になった。「さっきはおまえさんが、流しの芸人だとおもっていたから、おもいきり褒めたわけなんだが……」

「あっしの訛りのことでござんしょう?」

「そう……寄席の芸人となると、唄の合間に何か喋らねえ訳にはいかねえ。おまえさんもだいぶ江戸の言葉になってはいるが、まだ訛りが残っている。その訛りがあるうちは、高座へ上がるのは無理だ」

「だったら、きっと訛りは直します。ですから、どうか師匠の弟子に……」

「…………」

扇橋は暫く無言で考えこんでいたが、やがて意を決したようにいった。「よし、ここで会ったのも何かの縁だ。引受けよう」

「有難うございます」福次郎は頭を膝につくほど深く下げて礼をいった。

「ところで、おまえさんはどこに住んでいるんだ」

「それが……」

橋の下とはいいにくかった。扇橋は福次郎の躊躇《ためら》いから、勘よく事情を察した様子で、

「じゃあ、いいところがある。おれが連れて行ってやろう」

と、福次郎の手を引いて立上がった。扇橋が連れて行ったのは、池之端新土手のすぐ傍にあって、芸人ばかりが寄り集まっている棟割長屋だった。かれは知合いの芸人の一人に頼んで、福次郎を同居させて貰うことにした。芸人だけのなかに住んでいれば、訛りが直るのも早いだろう……というのが、扇橋の考えだった。

実際にそこへ住んでから、盲目で頗《すこぶ》る音感が発達していた福次郎の訛りは急速に消えて、知らない人なら江戸育ちと間違えるくらいにまで言葉の歯切れがよくなり、やがてかれは師匠から船遊亭扇歌という名前を貰って、寄席の高座へ上がるようになった。

「扇歌、おめえ、しばらく江戸を離れてみねえか」

あるとき師匠の扇橋は、扇歌を呼んでそういった。

「えッ⁉」

扇歌は愕いて問い返した。「それは一体どういう……」

せっかく江戸の芸人になれたのに、師匠がどうしてそんなことをいい出したのか、訳が判らなかった。

「名古屋へ行ってみたらどうだ。名古屋はドドイツの本場だ。そこで箔《はく》をつけて江戸へ帰って来たら、もうおめえを田舎者だなどと後指をさす奴もいなくなるだろう」

「……なるほど」

扇歌は師匠の真意を悟って頷いた。初めて高座へ上がったときから、扇歌は抜群の声と節回しのよさで、たちまち人気を摑みかけたのだが、それを妬《ねた》んだのと、扇橋が門付けの芸人を弟子にして高座へ上げたのを快くおもっていなかったほかの芸人が、「あの扇歌てえやつは、もとは常陸の田舎の按摩で、江戸へ来てからは乞食をしていた男なんだよ。だから、見ねえ、あいつの芸はうまいには違いねえが、なんとなく肥やしのにおいがするだろう」と、扇歌の前歴を大袈裟に吹聴して回った。

たとえ当たってはいなくても、江戸の芸人が「肥やし臭い」といわれることは致命的であった。客のほうでもそんな噂を聞かされてみると、扇歌の唄には、成程かすかに訛りと肥やしのにおいが感じられるような気がするのである。扇歌のほうは、そうした噂に反撥して懸命に熱演したのだが、熱演すればするほど、よけいに高座から肥やしのにおいが漂って来るようで、いつの間にか「ありゃあ田舎者の芸ですよ」という声が客のあいだでも定評になってしまい、かれの人気はすっかり凋《しぼ》みかけていた。

師匠の扇橋は、それを心配して、名古屋行きを勧めてくれたのだ。いったん落ち目になった芸人が、人気を回復するのは容易なことではない。一体どうしたらよかろう……と扇歌も焦っていたところであったから、喜んで師匠の勧めに従うことにした。けれども名古屋の寄席へ出ることもまた、容易ならざる覚悟を要することだった。名古屋はドドイツの本場であるばかりでなく、名うての芸どころで芸人に対しては他のどこよりも厳しい土地だといわれている。そこで客に相手にされなかったら、なによりも張りが大切な芸人の気持に、手痛い傷を負うことになるだろう。江戸の高座へ上がってからの経験で、――芸人は客に舐められたらおしまいだ、ということを肝に銘じていた扇歌は、名古屋へ向かうとき、師匠の扇橋にも相談せずに、大変な決心をした。

かれは師匠から貰った船遊亭扇歌という名前を勝手に変え、ドドイツの本場である名古屋に、自ら都々一坊扇歌《どどいつぼうせんか》と名のって乗り込んだ。

三

天保二年七月の下旬、名古屋の大須観音門前町にある寄席で、「落し咄、浮世ぶし、即席三題、よしこの」という看板を掲げた都々一坊扇歌の所演は、大入り続きの長期興行となった。名古屋では、扇歌を常陸出身の田舎者と知っている人はいない。江戸の寄席でのように訛りを気にして萎縮する必要もなかったから、かれは得意の唄だけでなく、師匠から習いたての音曲咄や客から題を貰って即席につくる三題咄や、唄による謎ときなどを、このときとばかりに全力を挙げて熱演した。

扇歌は当意即妙の頓智《とんち》の才にも恵まれていた。かれの唄による謎ときとは、たとえばこんなものだった。客から、「十艘《そう》の船に灯が一つ」という題が出ると、かれは即座に三味線を掻き鳴らして、

〽十艘の船に灯が一つとかけて
　何と解きましょか　アアー
江戸っ子の喧嘩と解くわいな
解きましたその心
九艘暗い（糞《くそ》ォ食らえ）と解くわいな

とうたった。まことに鮮やかな解きっぷりで、「都々一坊」という名にやや意地悪な好奇心を掻き立てられて集まって来た名古屋っ子も、扇歌の驚くべき美声と頓作の才に、感嘆して拍手を送った。だが実はこの即興と見える謎ときには仕掛けがあった。ドドイツの本場へ、都々一坊と名のって江戸から乗り込んで来ただけに、扇歌は用意周到な策を講じて、客席のなかにサクラを紛れこませていた。それでなければ、「十艘の船に灯が一つ」などと妙に凝っていて、しかも都合のいい題が出て来る筈がない。けれども出題を受けて三味線を鳴らしだすまでの間《ま》が頗るよかったのと、扇歌の節回しがあまりにも達者であったので、芸にうるさい名古屋っ子も、その題の不自然さに気がつかないほど圧倒されてしまっていたのだった。

むろん実際に客から出された題も解いたのだが、それは少々不出来であっても、すでに扇歌の頓才に圧倒されていたので、客の耳にはうまく聞こえた。評判が評判を呼んで、大須観音門前町の寄席には続続と客が詰めかけて来た。こうして扇歌は都々一坊という名で、ドドイツの本場を征服したようにおもわれたのだが……。あるとき扇歌は、贔屓の客に招かれた座敷で意外なことを聞かされた。

この名古屋には、尾張藩の藩士であって、画と俳諧《はいかい》、狂歌をよくし、芸能万端に通じている小寺玉晁《こでらぎょくちょう》、またの号を珍文館ともいう物知りがいて、その先生は扇歌の芸を「達者ではあるが、品がよくない。三味線もいやしい手で、声もチョンガレ声だ」と評していたというのである。これは扇歌にとって、江戸で「肥やしのにおいがする」と評されたときに等しい打撃であった。——そのつまり小寺玉晁の言葉は、扇歌の芸を「乞食芸だ」といっているようにおもわれた。小寺玉晁という先生は、おれの前身を知っていて、そんなことをいったのだろうか。それともおれの芸には、聞く人が聞いたら、どうにも臭い卑しげなところがあるのだろうか……。おもわず頭を垂れてじっと考えこんでいた扇歌のそばに、一人の芸者が寄って来て、慰めるようにいった。

「あの珍文館の先生というのはなも、人気のある人には決まってきついことをいいなさるんじゃから、気にすることはねァだよ」

「慰めてくれなくてもいい。その先生のいう通りかも知れねえ」

「それによう、ドドイツの本場へ来て、江戸から来たお前《め》ァさんが、あんまり上手にドドイツをうたったもんじゃから、それが気に障っていなさるのかも知れんし……」

「お姐《ねえ》さんも、おれの唄を聞いたのかい」

「ええ、ええ」

「で、どうだったい」

扇歌は顔を挙げてその芸者に訊ねた。「……おれの唄は」

「わたしの考《かんげ》えをいってもいいのかなも」

「いいよ。遠慮せずに何でもいってくれ」

「お前《め》ァさんのほど上手なドドイツは、この名古屋でも聞いたことがねえ」と、そこでいったん口を噤《つぐ》んで「……だけどもよう、わたしの考えではよう、お前ァさんの唄だけではねァけど、いまのドドイツは、あんまり明るすぎて、ちょこーっと、しんみりさせるところが足りねえような気がするんだわ。心に沁みこんで来ねえというのかなも……」

何気なさそうに、そういった芸者の言葉も、扇歌の胸に強く突き刺さった。初めて師匠の扇橋と出会って「眼が見えないのに、じめじめしたところがなくって、暗くないのがいい」といわれたときから、できるだけ陽気に明るくうたおうというのは、自分で努めて心がけていたことだった。しかし、そのために人の心を打つ唄の情というものが消えてしまったのでは何にもならない。扇歌の考えでも、聞く者をしんみりさせるような深い情合いと、そこからさっぱりと立直らせるような陽気な明るさとが、ほどよく混じり合っているのが、本当のドドイツなのであったが、そのほどのよさは、幾ら頭で考えても、なかなか丁度うまい具合に行くものではない。唄ってやつは、まったく、――難しいもんだなあ……、と、扇歌はしみじみ心の底で歎息《たんそく》した。

扇歌の名古屋での興行は、めったにないほどの客を集めた点では成功だったともいえるし、小寺玉晁と芸者の言葉に自信を傷つけられた点では、失敗であったともいえた。江戸へ帰って来てから、かれは本場の名古屋から仕入れて来た沢山の新しい歌詞を披露したので、かれを常陸の田舎者と蔑む声は減ったものの、人気のほうは相変らずパッとしなかった。小寺玉晁と芸者の言葉で生じた迷いが吹っきれずに内心なやんでいたせいもあったのだろう。歌詞の数は豊富になったけれども、かれの節回しは以前より精彩を欠いて来たようだった。

沈滞の日日が、何年も続いた。扇歌が勝手に都々一坊と名前を変えてしまったので、師匠の扇橋も、まえほど親身には肩入れしてくれなくなっていた。あるとき、扇歌はまた客席に謎ときのサクラを入れようとおもい立った。名古屋では回りに知っている人がいないから出来たことだが、江戸でそんなことをしたのでは、じきに楽屋の人間にバレてしまうだろうし、そんな話は忽《たちま》ち客のあいだにも広まってしまう。それでいままでは避けていたのだけれど、何年経っても人気が低迷している状態に耐えかねて、背に腹はかえられぬ、と決心した。その日の高座で、かれはまず自作のドドイツをうたった。

〽 女房もちとは　知ってのことよ
　惚れるに加減ができようか

ドドイツ、ドドイ……と陽気に囃し文句を唱えても、客席の拍手は疎《まばら》だった。それから扇歌は謎ときに移った。客のあいだから出た幾つかの題のなかで、「南部様の御紋」とサクラが出した題を選んで、かれは三味線を鳴らしながら、ドドイツの節でうたい出した。

〽 楽なようでも　南部の鶴は
　胸に九曜《くよう》（苦労）が絶えやせぬ

南部家の御紋は、円形のなかに向かい合った二羽の鶴で、胸に九つの星（九曜）がついている。その九曜を苦労にかけた文句で、自分ではよくできた謎ときのつもりだったのだが、凝っては思案に能《あた》わず、のたとえに当て嵌《はま》っていたのか、客には全然受けなかった。客のほうでは、南部家の御紋を知っていなかったのだろう。高座を終えてから、扇歌は帰りに鎌倉河岸の豊嶋《としま》屋へ寄った。

ここは江戸の居酒屋の元祖ともいうべき店で豆腐の田楽などを肴に酒を安く飲ませるので、棒手振りの商人、職人、武家に仕える小者、駕籠かき、船頭、日傭い、乞食といった客が大勢集まって来て繁昌していた。扇歌は田楽を肴に酒を飲んだ。石岡から初めて江戸へ出て来たときには、道に迷っても前途に望みがあったが、いまは入って行った道が、ことごとく袋小路になっているような、もどかしく暗澹《あんたん》とした気分だった。鬱鬱とした気持で飲んでいるうちに、かれは一人の男から話しかけられた。

「おぬし、都々一坊扇歌ではないか」

声と言葉の感じは、この店にはあまり似つかわしくない侍のようだった。

「へえ、左様で……」と扇歌が頷くと、

「きょうの出来は、あまりよくなかったな」相手は無遠慮にそういってから訊ねた。「おぬし、眼が見えなくなったのは、いつごろからだ」

「子供のときからで……」

「ならば、おぬし、実際には南部様の御紋を眼にしたことはあるまい」

「…………」図星であった。

「さっきの唄の謎ときは、大方だれかから聞いた話をもとにして、頭のなかでつくり上げたものであろう。聞くほうでも、そういう気がしたからこそ、いかに見事に解かれても、いかにも作り物めいた感じがして、感心できなかったのだ」

(なるほど……)と扇歌はおもった。そういわれてみれば確かに、さっきの謎ときは、眼が見えず、田舎者であるという自分の引け目から、おれだってこんなことぐらい知っているぞ、ということを誇示しようとして作ったものだった。そうした賢《さか》しら心から出た唄に、人が胸を打たれる筈はないのかも知れぬ。

「そのまえにおぬしがうたったドドイッにしてもそうだ。女房もちとは知ってのことよ　惚れるに加減ができようか……、よくできてはいるが、浅い、というのは、つまりおぬしの本当の心から出たものではないからであろう。なにゆえ自分が実際に見たことのないものや、心にもないことをうたうのだ」

「………」扇歌は答えることができなかった。

「なぜ自分の心の眼に映ったことを、そのままうたわんのだ。わしの考えるところでは、唄はその人その人の生きようから滲み出てくる言わばだしのようなものだ。眼の見えないおぬしは、これまで常陸の田舎から江戸に出て来て、人にはいえぬ様様な苦労を味わったに違いない。どうして、その苦労をだしにして唄をつくらぬ」

「それは……」相手のいうことを尤《もっと》もであるとはおもったが、扇歌は懸命に反論した。「あっしの苦労を、そのまま唄にしたんじゃあ、暗くなりすぎます。そんなじめじめした唄は、だれも聞いちゃあくれますまい」

「それでよいではないか。聞いてくれなかったら、諦めるまでのことだ。実はな、わしはいま江戸で剣を学んでいる。初めのうちは、田舎者と侮られまいとおもって、背伸びをした剣を使っていた。だが、そのうちに剣も結局は、おのれのそれまでの生きようから、相手と立合った一瞬に滲み出して来るだしのようなものだとおもい当った。そのときから自分の剣が、幾らか本物になったような気がしている。背伸びをした嘘の剣ではなく、本物の剣を使って敗れ去るのなら、それはそれで致し方があるまい。おぬしも、いまのような嘘の唄ではなしに、もっと本当の唄を……」

と、そこまでいいかけて、相手の男は、酒に噎《む》せでもしたように、激しく咳こんだ。男の咳は、いつまでも止《や》まなかった。労咳《ろうがい》でも患っているのではないか……とおもわれる不吉な感じの咳であった。

「お武家様、大丈夫でございますか」

扇歌は心配して立上がると、相手の背に掌を当てて撫でさすった。長く按摩をしていた扇歌の掌に、痩せた男の体は、ひどく固く凝っていた。

「大丈夫だ。心配することはない」

そういって手を払いのけた相手に、扇歌はさっきから気になっていたことを聞いた。

「ひょっとするとあなた様は、常陸のお人ではございませぬか」

男の侍言葉には、どことなく常陸の訛りがあるような気がしていたのだ。

「……うむ」男は認めた様子であった。

とすると、かれは同郷の誼《よしみ》で、まえから扇歌に関心を持っていて、きょうここで会ったのをきっかけに、唄についての忠告をしてくれたのかも知れない。

「あなた様のお名前は、何とおっしゃるんで……」と扇歌は訊ねた。

「平田幹之進という……」といいかけて、ふたたび咳こんだかれは、ようやく咳がやむと、

「折があったら、また会おう。近くを通ったときには寄ってくれ。神田お玉ヶ池の千葉道場で、平田幹之進と聞けば、すぐに判る」といって居酒屋から出て行った。

天保九年の八月に、牛込藁店《わらだな》の寄席に出た都々一坊扇歌の人気は、日を追うにつれて高くなり、間もなく小屋が割れかえるばかりの大当りになった。あまり客が詰めかけるので、席亭は江戸で最高の五十六文の木戸銭を取ったが、それがまた人気を呼んで、客足はふえる一方だった。

扇歌の芸風は、最初から声を聞かせすぎる感じだった以前とは一変していた。うたい出しは、すこし寂しすぎるくらいに渋い。しんみりとした気持にさせるところから調子を次第に高く張って行き、最後に一転して、ドドイツ　ドイドイ……と陽気な囃しに変るところが、まことに聞く人の憂さを晴らすようであったので、客は次から次へと幾らでもあとを聞きたがった。この天保になってからは、毎年、気候の不順による凶作が続いて、各地に飢饉と一揆が起こっていた。その騒ぎは江戸にも波及して、人人は文化文政の間に頂点に達した江戸の繁栄が、いまにも終りを告げそうな不安を感じており、その一方では、

——どんなことがあったって、お天道《てんと》様と米の飯はついて回るよ。あしたはあしたの風が吹かあね。

といった、かなり自棄っぱちでもある浮かれた気分が、町中に横溢《おういつ》していた。扇歌のドドイツは、そうした人人の気分と、ぴったり調子が合ったのだ。またこのころから、扇歌は本場で

仕入れて来たドドイツの型を崩して、字余りの唄を多くうたった。ひとつには平田幹之進にいわれたように、自分のこれまでの苦労をだしにして心の眼に映ったことをうたおうとすると、どうしても字余りにならざるを得ないことが多かったからでもあったが、そのことも世の中の調子変りを望んでいた人人の気分に合致したようだった。

——自分の心の眼に映ったことだけをうたおう。それで人が聞いてくれなかったら、諦めるより仕様がない。

そう考えを決めてから、扇歌の唄は、すこぶる品がよくほどのよいものになっていた。門付け芸人をしていたころから、とにかく客に受けようと車輪になっていたときの灰汁《あく》が抜けて、苦労で磨かれた生まれつきの育ちのよさが、唄のなかに生きて来たのだろう。こうして、それまでのただ陽気一方であったドドイツとは違った、粋で渋い都々一節の芸風が確立されたのである。それはすでに名古屋のドドイツではなく、何でも一番でなければ気が済まない江戸の都々一になっていた。江戸っ子は新しい都々一節に熱中し、それは町中に大流行した。

江戸で一、二を争う人気芸人になった扇歌は、いわば開眼のきっかけをつくってくれた平田幹之進に礼をいうために、神田お玉ヶ池の千葉道場を訪ねたが、——平田幹之進は、もはや当道場にはおらぬ。どこへ参ったのかも、いっさい判らぬ。……というのが、応対に出た門人の返事であった。

四

「……まったく、初めておまえさんに会ったときに、おれがいったことは、とんだ鑑識《めがね》ちがいだったな」

「とんでもねえ。あっしが江戸の芸人になれたのも、もとはといえば、師匠のおかげだとおもっていますよ」

土橋亭りう馬と都々一坊扇歌は、江戸を離れて、利根川の沿岸にある笹川へ興行に来ていた。扇歌が人気を取ってから、りう馬は顔を合わせるたびに、かつて「田舎者のおまえさんが、江戸で一人前の芸人になれる訳がねえ」といった自分の鑑識ちがいを詫びていた。けれども、そのりう馬の一言で発奮したからこそ、江戸の芸人になれたのだ、というのは扇歌の本心で、かれは芸人としての格が、りう馬よりずっと上になったいまでも、二つ年下のりう馬を「師匠、師匠」と奉っており、この笹川へも、一緒に巡業に来ていたのである。

「浮かれ節元祖」としての扇歌の地位は、揺ぎのないものになっていた。そのことには、老中水野忠邦の行なった天保の改革のせいもあったのかも知れない。忠邦は様様な厳しい改革の一端として、江戸の寄席を僅か十五軒に減らし、娘義太夫《むすめぎだゆう》を捕えて牢に入れ、さらに、――浄瑠璃、はうた、稽古いたすまじきこと、という触れを出して、庶民から音曲一切を取上げようとする圧政をしいたのだが、盲目の芸人と芸者と芝居者だけは、例外として三味線を弾くことを認められたので、扇歌は難を免れ、かれが出る寄席には、音曲を取上げられた庶民が鬱憤を晴らそうとして殺到し、都々一節は以前にも増して大流行するようになっていたのだ。

笹川は利根川舟運の河港として栄えており、諏訪明神という大きな神社があって、毎年夏の例祭には、奉納相撲が盛大に行なわれ、それを目当てに沢山の人人が、近在から集まって来る。宿へ着いた扇歌は、番頭と女中から、この土地の話を聞いた。それは唄の謎ときをするために、高座へ上がるまえ、決まって準備のためにすることなのであったが、番頭と女中たちが専《もっぱ》ら口にしたのは、二年まえにこの土地で起こった笹川の繁蔵と飯岡の助五郎の喧嘩の話題であった。

扇歌はその話のなかに出て来た「平田深喜《ひらたみき》」という浪人者の名前を、どこかで聞いたことがあるような気がした。くわしく訊ねてみると、その浪人者は、かつて神田お玉ヶ池の千葉道場に学び、抜群の剣の使い手であったのだが、労咳を患っていたために体が衰え、敢えなく飯岡方の手にかかって、ずたずたに斬り殺されてしまったという。——間違いない……、と扇歌はおもった。

その浪人者は、かれが鎌倉河岸の豊嶋屋で出会って、新しい都々一節に開眼するきっかけを与えられた平田幹之進であったのに違いない。労咳で体が弱った平田幹之進は、千葉道場を離れて、この土地へ流れつき、笹川の繁蔵のもとに身を寄せて、姓名を訊ねられたとき、「平田ミキ……」とまで答えたところで、かつて千葉道場の英才とうたわれながら、流れ者の無宿浪人となった自分を恥じ、本名を名のることを躊躇って、あとの言葉を咽喉の奥にのみこんでしまったのではないだろうか……。だとすれば、扇歌の恩人である平田幹之進は、あれから七年後に、この笹川の土地で、やくざの喧嘩に巻き込まれて惨殺されていたのだ。

——背伸びをした嘘の剣ではなく、本物の剣を使って敗れ去るのなら、それはそれで致し方あるまい。

と平田幹之進はいった。番頭と女中たちの話によると、笹川の繁蔵は病床に伏していた平田深喜には喧嘩のことを教えなかったのに、一人の子分からそのことを知らされたかれは、繁蔵に対する義理を果たすために、病み衰えた体で笹川河岸に駆けつけ、六人の飯岡方に取囲まれて、嬲《なぶ》り殺しにされてしまったのだという。飯岡方がすでに死んだとおもって引揚げたあと、かれは襤褸《ぼろ》切れのようになった体で何丁もの道を這い続け、笹川の繁蔵の家のまえに倒れていたということだった。それからかれは、その日一日中生き続け、その間には介抱にあたった人たちに礼と犒《ねぎら》いの言葉をかけることを忘れず、「繁蔵のことが心配だ」といい続けて死んで行ったのだという。人には、背伸びをしてはならぬ、といいながら、かれは死ぬまで命懸けの背伸びを続け、ついに力尽きて滅び去ったのだった。

その夜、咄会の興行が終ったあと、扇歌は弟子の雛太郎に手を取られて、平田幹之進が飯岡方のやくざと斬合ったという笹川河岸に連れて行って貰った。雛太郎は女で、すこぶる声の艶がよく、当意即妙の謎ときにもすぐれていて、扇歌が一番目をかけていた弟子だった。河岸に出ると、川面を渡って来る夏の夜の風が頬に快く、きょうの日にちとその爽やかな感じからして、眼は見えなくても、月が出ていることは明らかだった。

「雛太郎……」

扇歌は最愛の女弟子にいった。「今夜は月が出ているだろう」

「ええ、とってもいいお月様が……」

「二年まえに、おれの恩人の平田幹之進てえ方がな……」

と扇歌はかれの話をして、

「……ここで死んだのも、八月のなかば近くだったという話だ。その晩も、きっといい月が出ていたに違いねえ。雛太郎、お月様は川の水によく映っているだろう」

「ええ……」

「そうだろうよ。眼は見えなくても、おれにはちゃんと見えるんだ。……だが、おれも、もう長いことはないかも知れねえ」

「お師匠さん、そんな馬鹿なことをいわないで下さいよ」

「いいや、おれももう年だ」

扇歌は五十歳になっていた。そろそろ一生の行末を見定めなければならない年であった。かれは顔を見たこともない雛太郎に、実は心ひそかにおもいを寄せていたのだが、それは眼の見えない年老いた男の口にできることではなかった。

「……雛太郎」とかれはいった。「おれが死んだら、二代目都々一坊扇歌の名は、おめえにやるぜ」

「そんな、お師匠さん……」

「そうだ、雛太郎、ここでおれが一世一代のドドイツを、おめえにうたって聞かせてやろう。この唄をようく胸に刻んでおくんだぜ」

そういって扇歌は、自分の心のなかに映っていた景色を、精一杯背伸びする気持でうたい出した。

〽水の月　手にはとれぬと諦めながら
　濡れて見たさの恋の欲

それは、のちに嘉永三年版の『天保水滸伝《てんぽうすいこでん》』の作者によって、平手造酒《ひらてみき》と名づけられることになる恩人への手向《たむ》けの唄でもあった。歌詞をうたい終った扇歌は、賑やかに囃し文句を唱えた。雛太郎も師匠の本当の心は知らずに、手を拍《う》ちながら綺麗な声でそれに唱和した。月に照らされている黒い川面と、葦《あし》が生えている岸辺に、男女別別のおもいをのせた囃し文句が、陽気に流れて行った。

〽ドドイツ　ドイドイ　浮世はサクサク……。

円朝登場

一

音曲師橘家円太郎の背中には、奇妙な彫物があった。ありふれた水滸伝《すいこでん》などの図柄ではない。かれの背中に彫られているのは、ラクダの絵であった。

自分を強そうに見せるために始まった彫物が、俠客《きょうかく》や火消しばかりでなく、大工や左官などの職人にまで、すっかり広まった近頃では、いろいろと奇抜なものも少なくはなく、着物を脱いで褌《ふんどし》一本になると、褌に刀を差しているように見える彫物をしたり、首筋の髪の生え際から背中に長く蜘蛛の糸を垂らして、尻のところに蜘蛛を這わせていたりする者もいたが、それにしても、ラクダというのは珍しい。ラクダの見世物が江戸で大変な人気を集めたのは、二十年もまえのことであったから、若い芸人のなかには、それを知らない者もいて、夏など高座から降りて来た円太郎が、肌ぬぎになって汗を拭っていると、「なんです、これは。馬ですかい。馬にしちゃあ、どうも……」と首を捻《ひね》ったりした。

上方《かみがた》にはすでに『らくだの葬礼《そうれん》』という咄《はなし》があったが、江戸でその咄を知る者は少ない。

「馬じゃあねえ。ラクダだ」と円太郎は懶《ものう》げに答える。

「何です、その、ラクダ……って」

「ラクダだよ、ラクダ。ああ楽だ、楽だ」

手枕をする恰好をして見せて、素面《しらふ》のときは口数が少ない円太郎は、それ以上あまり自分の彫物の由来については話さないことのほうが多かった。


円太郎は初めてラクダを見た日のことを、いまでもはっきり覚えている。それはかれが十五くらいの夏の終りで、まだ長蔵という本名のころだった。

その日――、かれはいつものように、下谷《したや》池之端の加賀大聖寺《だいしょうじ》十万石前田家の上屋敷内にある家を脱け出して、盛り場を歩き回り、両国広小路の見世物小屋が立並んでいるあたりへ来たとき、向うから唐人踊りのカンカン節が聞こえて来た。

〽 カンカンノー　キューレンス　キューレンス　キューワキューレン　サンチョナラエ……

歌詞の意味は何がなにやらさっぱり判らないけれども、節回しが弾むように陽気で、三年ほどまえから江戸で流行していたこの唄が、長蔵は大好きだったから、引きつけられるように人ごみを縫って音が聞こえて来る小屋に近づいてみると、それは背中に瘤《こぶ》のある馬のような動物の絵姿を看板に掲げ、唐人姿の男が呼込みをしているラクダの見世物であった。

三十二文というかなり高い木戸銭を払って長蔵はなかへ入った。小屋の真中には、さしわたしが六間余りの丸い柵がつくられ、そこから、いま住んでいる前田家の屋敷内にある馬小屋のような尿《いばり》のにおいが漂い出している。見物席は柵のまわりに半円形になっていて、向かって右手の段上に囃子方《はやしかた》が控え、左手の垂れ幕の奥が、ラクダの小屋になっているらしい。やがて、その幕のかげから唐人姿の男が現われて、口上が始まった。

「ここもと御覧に供しまするは、三年まえオランダ国より持ち渡りましたるハルシャ国産のカメール、和名をラクダと申す霊獣。当年とりまして牡《おす》は八歳牝《めす》七歳、高さ八尺長さは二間、そのかたち馬にして馬にあらず、頭は羊に似て、首長く耳は垂れ脚には三節《さんせつ》あって三つに折れ、背には肉の峰堆《うずたか》く、一度に飽くまで食置きをなしたるのちは、四日、五日と飲食をせず日に百里を歩む。かれが小便は瘡湿《そうしつ》に大妙薬、毛は疱瘡《ほうそう》の呪《まじな》いとなり魔除けともなる。そのうえ柔和で牡牝の仲睦《むつま》じく、一度これを見るとその気を受けて、夫婦喧嘩の絶えないお方でも、たちまち仲睦じくなること請合いという、古今に稀なる霊獣にござりますれば、ゆるゆると御覧のほど、ひとえに、御願い上ァげ奉ります」

口上が終ると、銅鑼《どら》の音とともに幕が上げられて、ラクダが全貌を現わし、柵内の中央に引出された。手綱を持った男が、葉っぱのついた大根や唐芋を食べさせて見せる。売子が持って回る野菜を買った客が、恐る恐る自分の手でそれをラクダに与え、顎を大きく動かして食うさまを見て、動物がものを食うことには何の不思議もないのに感心したようにあたりを見回して頷いて見せたり、あたりの客はまたそれに調子を合わせて大袈裟に感嘆の声を挙げてどよめいたりした。

それから土間へ降りて来た三味線、鉦《かね》、太鼓、銅鑼、チャルメラなどの囃子方が、ラクダの先に立って、ふたたび、〽カンカンノー　キューレンス　キューレンス　キューワキューレンサンチョナラエ……と、にぎやかに唐人踊りのカンカン節を奏しながら場内を二周したところで打出しになった。ああ、面白かった……とおもう半面、これで三十二文とは、

——高い。

という気がしないでもない。見世物を見たあとは大抵そうなのだが、詰まらなかったときは勿論、面白かったときでも打出しの囃子の音を背にして小屋の外に出ると、急に胸の奥にぽっかりと穴があいて、季節がいつであっても体の中を秋風が吹き抜けて行くような気分になる。その穴を埋めるためには、もういい加減にしなければ……とおもいながらも、また盛り場へ足を向けずにはいられない。そういうことの繰返しで、長蔵は盛り場通いが病みつきになってしまっていたのだった。

かれは重い足どりで帰途についた。池之端に近づくにつれて、だんだん胸の穴を通り抜ける秋風が冷たくなって来た。いっそ前田家の上屋敷が火事で焼けていればいいのに、とさえおもう。養家の存在が鬱陶しくてならず、帰るのが怖い気持なのであった。霊雲寺の角を曲って見ると、寺と町家のあいだに挟まれた通りの向うには、前田家の黒い塀が見えた。その塀を見た途端、いつものことながら、どきん、と胸が大きく強い動悸を打つ。黒い塀が眼の前に近づくにつれ、動悸はますます激しくなって来て、このまま足を返して葛飾《かつしか》新宿村の実家へ戻ってし

まおうか、ともおもう。しかし、父の大五郎は決して自分を家に入れてはくれないであろう。そもそも長蔵が武士になることを望んだのは、父であった。——ええい、なるようになれ。自棄糞《やけくそ》の勇気を出して、門の潜《くぐ》り戸を抜け、屋敷内の長屋の戸を、そっと音のしないようにあけて、玄関から抜き足差し足、自室の襖《ふすま》に手をかけたところで、

「どこへ参っておったのだ！」

義父の出淵十郎右衛門《いずぶちじゅうろうえもん》の昂《たか》ぶった声が聞こえた。長蔵は観念して覚悟を決めた。これからまた、長い説教が始まるのだ……。

長蔵がこの家に来たのは、二年まえのことである。それまでは下総《しもうさ》国南葛飾郡新宿村で育った。父の大五郎は、加賀大聖寺前田家の江戸在番出淵新左衛門の子であったが、妾腹《しょうふく》であったため出淵家に入れられず、乳母とともに葛飾新宿村に送られ、そこで成人して百姓になった。そのことをかれは残念におもっていたらしい。だがやがて妻を迎えて、子の長蔵をもうけた。

一方、新左衛門の正室の子で、出淵の家を継いだ十郎右衛門には、女子しか生まれなかった。そのことを知った大五郎は、武士になりたかった宿願を、自分の子に果たさせたいとおもい、江戸の前田屋敷内に、腹違いの弟を訪ねて、——長蔵を武士に取立ててはくれまいか、と頼みこんだ。

男子のいない出淵十郎右衛門は、その申入れを承知した。出淵の家を潰さないためには、い

ずれ娘に婿をとらなければならない。当時の考えからすれば百八十石の家を継がせるのには、庶流《しょりゅう》とはいえ出淵の血につながっている者のほうが好都合である。こうして十三歳の長蔵は、やがて十郎右衛門の長女いとの婿になる約束で、出淵の家に引取られた。

当然のことながら長蔵が自ら望んだ養子縁組ではない。かれとしては、父親にいわれるままに、

――江戸で侍になるのも面白いかもしれない……。

という程度の軽い気持でやって来たのだが、出淵の家に入って間もなく自分の誤算に気がついた。ついこの間まで仲間と葛飾新宿の野や山を、おもうぞんぶん遊び回っていた者が、いきなり学問の勉強や、武芸の稽古に励まなければならなくなったのである。やってみて初めて、長蔵は自分が学問も武術も、まったく好きになれないことが判った。

それでも一年は我慢した。そのうちに、妙に複雑な気持になって来た。なんだか親の仇《かたき》の家にでもいるような気がして来たのだ。父親の大五郎が侍になれなかったのは、妾腹の子であったからだ、とすれば、出淵家の当主である養父の十郎右衛門は、親の仇ということになるではないか……。そうおもうと、長蔵は養父の顔が見るのも厭になった。養父が親の仇であるのなら、よく勉強し、武芸の稽古に精を出して、早く出淵の家を継げるようになれば、それが仇討ちになる筈であるのに、そうは考えなかった。ただただ養父の顔を見るのが厭で、勉強と武芸の稽古をするのが厭なのであった。

出淵の家へ来て一年ほど経ったある春の日、剣術の道場からの帰り、
——決して寄り道をせず、まっすぐ帰るように……。
という養父の命令に背いて、脇道にそれた。ちょうど花見の季節で、桜吹雪と人人の喧騒の声に誘われてかれが出たところは、池之端の新土手であった。

土手に植えられているまだ若木の桜の下には、徳利を抱え込んだ人たちが輪になって酒盛りをしており、道端には掛小屋の水茶屋が沢山並んでいて、赤い襷《たすき》がけの女たちが、盆を小脇に賑やかな声で客を呼んでいた。茶屋で酒を飲んでいる客のそばで、流しの芸人が三味線を弾きながら唄をうたっている。それを耳にしたとき長蔵の背筋から脳天にかけて、突き抜けるような戦慄が走った。なぜだか判らないが、

——これだ……!

とおもった。このへんを流して歩いている芸人たちが、河原乞食と呼ばれて蔑まれていることは長蔵も知っていた。けれども、火熨斗《ひのし》の当てすぎでテカテカに光っている垢じみた貧しい着物を、それでも精一杯いなせな感じに着こなそうとしているらしい中年をすぎた男の芸人や、塗りたくった白粉《おしろい》が却《かえ》って荒れた皮膚の衰えを浮き上がらせている老婆に近い女の芸人や、総じてかれらのまわりに漂っている下卑た感じや蓮《はす》っ葉《ぱ》な雰囲気に、ぞくぞくするほどの憧れに似た気持を抱いたのだ。

土手の下には、落し咄、軍書読み、講釈、浄瑠璃などの芸人が出る寄席の掛小屋もあった。

翌日から長蔵は、熱心に剣術の道場へ通うふりをして、連日のように寄席に入り浸った。耳が肥えて来ると、かれは住んでいる前田家の屋敷に近い池之端新土手の寄席だけでは飽き足らなくなり、いろいろな盛り場の寄席へも出かけるようになった。木戸銭には、剣術の道場へ持って行く筈の謝儀の金を流用した。十四歳の長蔵は、このころ四十五歳で江戸随一の人気を集めていた三笑亭可楽の咄も聞いたことがある。

——近頃はまた、随分と稽古熱心になったものじゃな。

と喜んでいた義父に、事実が露顕したのは、道場からの使いが、婉曲に謝儀を催促する書面を持って、出淵の家に現われたからであった。真面目一方の十郎右衛門は激怒し、その通報によって、葛飾新宿村から父の大五郎も飛んで来た。養父と実父の二人に、長蔵はきびしく叱責されて、固く改悟を誓わさせられた。

その後しばらくは、盛り場から遠ざかっていた。謝儀の金は義父の手から道場に渡されるようになっていたので、たとえ遊びに行こうとおもっても銭がない。ところが出淵家の縁戚《えんせき》に、播磨《はりま》姫路十五万石酒井家の江戸在番を勤めている出淵伊惣次《いそうじ》という男がいて、かれはなかなかの遊び人であった。たまたま十郎右衛門の家を訪ねて来て、主《あるじ》が留守だったとき、長蔵が寄席通いをして強い譴責《けんせき》を受けたことを知ると、

——十郎右衛門は固い一方の男だからな。

伊惣次はそういって笑い、

——ときには、わしのところへ訪ねて参るがよい。

と耳打ちして、それからときどき神田橋御門の近くにある酒井家の上屋敷へ長蔵が訪ねて行くと、小遣銭をくれるようになった。出淵一族の本家であった十郎右衛門の養子に小遣いを与えることに優越感を覚えていたのか、それとも訳知りの通人を気どってみたかったのか、単なる酔狂であったのかは判らない。

とにかく銭の余裕を得て、長蔵の盛り場通いは、またぶり返した。養父には出来るだけ判らないようにしていたのだが、十郎右衛門が出しぬけに道場へ調べに行ったことで再び露顕し、激しく面詰《めんきつ》されて弁解の言葉に窮したときから、ふて腐れたように開き直って、以後は度度の訓戒にもかかわらず盛り場通いを続け、近頃では十郎右衛門もだいぶ匙《さじ》を投げかけた感じになって来ていたのだけれども、それでもやはり義父の怒りは鬱陶しく、かつ怖ろしく感じられていたことに変りはなかった。

二

「……そのほうは、出淵百八十石の家を、一体なんと心得ておるのだ。いずれは出淵の家を継ぐべき身として、懸命に学問と武芸の道に勤《いそ》しまねばならぬときに、毎日ふらふらと野良犬のように盛り場をうろつきおって……」

十郎右衛門の声は情けなさに震えていた。

「一体どういうつもりなのじゃ。やがてそちと祝言を挙げることになるいとをふびんとはおもわぬのか」

長蔵には、そのいとがまた厭なのだ。なぜかといえば、父の十郎右衛門にそっくりの顔をしていたからである。見るのも厭な養父と瓜二つのいとを妻にして同衾《どうきん》することをおもうと、長蔵は肌に粟《あわ》を生ずるおもいだった。

「とにかく、わしが幾らいうても、そちが聞かぬのではどうしようもない。そちとの縁も最早《もはや》これまで、といってしまえば、話はそれで済むのじゃが……」十郎右衛門は歎息《たんそく》して言葉を続けた。「いとは、どうしてもそちと一緒になりたいという……」

「……」

「それでわしは、伊惣次に相談してみた。どうやらそちは……」と十郎右衛門は皮肉な口調になって「わしのいうことは聞けずとも、伊惣次のいうことはよく聞くらしいからな。すると伊惣次がいうには、そちが江戸にいるかぎり、あの盛り場をうろつく病は治らぬ。ちょうど折よく、近近、殿のお供をして姫路に帰国するゆえ、暫《しば》く長蔵を預けてみぬか。江戸を遠く離れた姫路で、長蔵を立派な武士に鍛え上げておかえし申そう……、と伊惣次はそう申すのじゃが、そちはどうおもう」

それは長蔵にとって願ってもないことだった。行先がどこであろうと、この鬱陶しい出淵の家を離れられるのなら、こんなに有難いことはない。それに長蔵は、まるで人魂《ひとだま》のように盛り場から盛り場へとふらふらさ迷い歩いている近頃の自分が、この先どうなるのか……と、幾分われながら空恐ろしいような気持にもなっていたのだった。心中で喜んでいる気配を感づかれないように、

「わたくしも、江戸を離れて、いまいちど修行をやり直してみとう存じます」

と長蔵は殊勝な顔つきで答えた。

こうしてかれは、主君の供をする伊惣次のあとを追って、姫路へ向かうことになったのだが、その出発までには、だいぶ間があった。そのあいだは長蔵がどこへ出かけても、十郎右衛門はもう何もいわなかった。また養父が何もいわないと、家にいて学問の勉強でもしてみようか……という気になる。それで十数日も部屋に籠《こ》もって書物を読み続け、久しぶりに外へ出た秋の日の夕方、足は池之端の新土手に向かった。相変らず、水茶屋が並んでいる土手の上では流しの芸人が三味線を引いて唄をうたっていた。そのなかに、長蔵が初めて耳にした唄があった。

〽　あのやハルシャ国では　一日に千里も歩いてみたがエー　江戸じゃ食っちゃ寝ちゃ　食っちゃ寝ちゃ　食っちゃまた寝　こいつァまたほんとに　らくだろう

両国広小路のラクダの見世物が、早くも流行唄《はやりうた》となってうたわれていたのである。十数日間、家のなかに閉じ籠もっていたあとだけに、変り方の早い世間の風が、よけい爽やかに肌に感じられたような気がした。長蔵は土手から下のほうへ降りて行った。

土手の下には芸人たちが沢山住んでいる粗末な長屋の一角がある。外からちょっと覗いて見ただけでも、大半はお世辞にもいい暮しとはおもえない。だが土手の上から、自棄っぱちのような陽気さで聞こえて来る、〽食っちゃ寝ちゃ　食っちゃ寝ちゃ　食っちゃまた寝……という唄声を耳にしていると、このへんの長屋の人人の暮しが、まったく唄の文句のように、こいつァまたほんとにらくだろう、とおもえてきて、長蔵はおもわず、——羨ましいなあ、と腹の底からしぼり出したような声で呟いていた……。

姫路にある出淵伊惣次の屋敷へ行った長蔵は、その家も一年ちょっといただけで飛び出してしまった。

伊惣次は、自分が小遣銭を与えて、長蔵を十郎右衛門の家にいられなくしてしまったことに、責任を感じていたのかも知れない。かれは遊び人であったが、またもともと馬術をはじめとする武芸の達人でもあった。遊び人のほうは、江戸にいるときだけの、かりの姿であったらしく、姫路に帰ってからは、まさに武芸の鬼のようになって、

——立派な武士に鍛え上げておかえし申そう。

と十郎右衛門に約束した言葉の通り、凄《すさ》まじい勢いで長蔵に、馬術、剣術、槍術《そうじゅつ》などの稽古をつけ始めた。まだ若いのに「食っちゃ寝ちゃ　食っちゃ寝ちゃ　食っちゃまた寝」というラクダ節の文句を理想の境地にしていた長蔵には、とても耐えられたものではなかった。それで

も一対一の長期にわたる稽古というのは恐ろしいもので、へたばったり、弱音を吐いたり、逃げ出しかけて摑まえられたり、寝込んだりしながらも続けているうちに、長蔵の武芸にはいちおうの恰好がついて来た。一年ほど経って、

――よし。この分で行けば、おまえも一人前の侍になれるかも知れぬぞ。

と伊惣次に褒められたとき、嬉しくないこともなかったが、それよりも強い不安が胸底に生じた。武芸が一人前になれば、江戸の出淵の家に帰されることになる。そうすると、

――いとと一緒にならなければならない……。

それは勘弁して貰いたかった。そればかりでなく、よくよく考えてみると、長蔵は侍になるのが、どうしても厭なのだった。養父といとに対する嫌悪感も、ひょっとするとそこから発していたのであったのかも知れなかった。

――とにかく江戸の出淵の家には帰りたくない。

その気持が、長蔵を伊惣次の家から飛び出させた。まえに逃げ出しかけてすぐに摑まったときとは違い、こんどは一年にわたる武術の稽古で鍛えられて体力がついていたので、夜中に家を脱け出したかれは、駆けに駆けて、明け方までには姫路を遥かに離れることができた。

やがて着いた大坂の町をあてもなく歩き回っているうちに、一軒の寄席に入ったかれは、幾つかの咄のなかでとりわけ面白い咄を聞いた。その咄は、河豚《ふぐ》に当たって死んだラクダという綽名《あだな》のならず者の死体に、カンカン踊りを踊らせるといって、兄弟分のならず者が、屑屋《くずや》を使

って長屋の大家《おおや》を嚇《おどか》させるところから始まっていた。

――さすがは上方だなあ……。

と長蔵は感嘆した。唐人踊りのカンカン節は長崎から伝わって来たと聞いている。だから、江戸で流行するまえに、すでに上方では流行っていたのだろう。それに両国広小路で見たあのラクダも、オランダ渡りといっていたから、まず長崎から、上方を経て、江戸へ運ばれて来たのだろう。つまり両方とも、江戸の人間よりも大坂の人間が早く知っていたのには違いないが、それにしてもラクダとカンカン節を組合せて、こうも面白い奇想天外な咄をつくり上げるとは……と、長蔵はつくづく感心した。

――ああ、おれも咄家になりてえ。

突如として痛切にそうおもったが、何の伝手《つて》もない大坂で、そんな望みが叶えられる訳はない。長蔵は乞食同然の旅を続けて、江戸に向かった。惨憺たる苦労を重ねて、どうやら江戸に辿り着いたものの、そうおいそれと咄家にはなれる筈がなく、かれの帰れるところは、どんなに父親から叱責されるとしても、葛飾新宿村のほかになかった。

案の定、十三歳のときに出てから四年ぶりに帰った村で、長蔵は父の大五郎にさんざん叱られ、どうにも実家に居辛く、伝手があって左官の職人になり、新宿村とは中川を隔てた向う側の葛飾青戸村に住むことになった。侍になりそこない、念願の咄家にはどうしたらなれるものやら見当がつかず、父親からは勘当同様の身の上で、片田舎の左官になった長蔵は、すっかり拗《す》ねてしまった。かれは仕事よりも、飲む打つ買う、のほうに熱心な人間になり、それでも、――おれはただの左官じゃあねえ、という気概を示したかったらしく、いちど江戸へ出て行ったとき、背中に彫物を入れて帰って来た。それがラクダの絵だったのである。

食っちゃ寝ちゃ食っちゃ寝ちゃ、のラクダ節が強く心に残っていたのか、あるいは大坂で聞いた『らくだの葬礼《そうれん》』の影響であったのか、多分その両方を含めたうえに、自分でも得体の知れない鬱屈がラクダの図柄を選ばせたのだろう。この彫物には、世の中に対して斜に構えていたかれの拗ねた気分が、はっきりと窺える。そしてかれは、ラクダの彫物を背負ったことによって、自分の生き方を、ますます妙な方向へ進めて行くことになってしまったのだった。

三

長蔵は、ラクダの長蔵という二つ名で呼ばれるようになった。といっても、葛飾青戸村の人たちは、ラクダがどんな動物であるか知っていたわけではない。

「これァ、何だァ?」背中の彫物を見て、そう訊ねる者がいると、「ラクダだよ、ラクダ」長蔵はうるさそうに、しかし幾分か得意気でもあるかのような表情でそういい、「ラクダって、何だァ?」とさらに訊ねる者がいると、渋渋という感じで、両国広小路で見たラクダや、それから江戸で流行ったラクダ節や、大坂で聞いた『らくだの葬礼』のことなどを話して聞かせた。

かれがラクダの彫物をしたのには、周囲の田舎者に対して、自分の江戸や上方における見聞を、ひそかに誇りたいという気持もあったのかも知れない。

飲む打つ買う、の三拍子揃った遊び人で、しかも飲むと酒癖のいいほうではなかったのに、長蔵が青戸村の人たちに一種の人気があったのは、素面のときは無愛想であったけれども、いったん話し始めると、飄飄《ひょうひょう》とした口調に何ともいえないおかしみがあり、またちょっと酒を飲んで上機嫌になったときなどにうたい出す唄が、惚れ惚れするようないいのどで、節回しにも素人ばなれのした巧《うま》さがあったからだった。

村の娘のなかには、長蔵に好意的な視線を送る者も少なくはなく、縁談も何度か持ち込まれたのだが、かれにはこのあたりの娘たちの土臭さが好みに合わない様子で、もっぱら商売女だけを相手にしていて、一向に首を縦に振らなかった。そのために長いこと独身を通していた長蔵のところへ、仲に立つ人があって、村の素封家である加藤文吉の妹すみとの縁談が持込まれて来たのは、すみが再婚ではあったけれども、それまで江戸で暮らしていたことが、——長蔵の好みに合うのではないか……、とおもわれたからだった。

すみは初め、下谷広徳寺前の旗本金田家に奉公したあと、深川富吉町の糸商藤屋七兵衛に嫁入りしたのだが、七兵衛が度重なる商売の失敗で次第に気を落とし、若死してしまったので、一子徳太郎を連れ藤屋を出て、谷中《やなか》に借家住まいをしていた。

谷中は寺院の密集地である。寺院の庫裡《くり》へ通って、洗濯や様様な下働きをするのが、すみの仕事だった。すみが働いているあいだ、幼い徳太郎は一人で寺の境内で遊んでいた。そのうちに徳太郎は、いつも眼にしている僧侶の勤行《ごんぎょう》や礼拝の真似ばかりして遊ぶようになった。聞いてみると、――大きくなったら、和尚様になりたい、という。それですみは、伝手があった日暮《にっぽ》里《り》の臨済宗南泉寺に、徳太郎を小僧として弟子入りさせて、自分は葛飾青戸村に帰って来たのである。

娘のころは武家に奉公して行儀作法を見習い、その後没落したとはいっても大きな商家の嫁であっただけに、すみには江戸の水で磨かれた感じのよさがあった。再婚であることも長蔵の気にはならなかった。むしろまだ若後家の印象を残しているところが、ぞくぞくするような色っぽさと魅力を感じさせた。しかし、長蔵はこのまま青戸村で朽ち果てるつもりはなかったので、

――おれはいずれ江戸に出るつもりだが、それでもいいのなら……。

と、仲人を通じて加藤の家にそう伝えた。素封家の加藤文吉にとって、遊び人の長蔵は妹の結婚相手として望ましいとはおもえなかったが、すみのほうは再婚なのだから、そうそう贅沢もいっていられない。かれは妹のために沢山の嫁入道具を用意してやり、江戸へ行くための費用も出してくれた。葛飾青戸村で祝言をあげた長蔵とすみは、江戸へ出て、湯島切通町の根生《こんしょう》院《いん》横丁に世帯を持った。そしてそれからのすみの苦労が大変だった。

なにしろ、食っちゃ寝ちゃ食っちゃ寝ちゃ、のラクダを理想とする男が、持参金つきの女房を迎えたのである。ただ食べて寝ているだけならまだいいが、この男は三拍子揃った遊び人であるうえに、盛り場へ出かけて行くと、仕事や家のことを綺麗さっぱり忘れてしまうたちの人間だった。

たまらないほどの色っぽさを感じさせた若後家も、一緒になってしまえば、ただのかみさんでしかない。長蔵は家を外にして遊びに現《うつつ》をぬかし、たちまちのうちに、すみの持参金は勿論、持って来た家財道具も全部たたき売って、丸裸になってしまった。博奕《ばくち》をしても、めったに勝つことのない男なのだ。

長蔵の顔には、自暴自棄の荒《すさ》んだ翳《かげ》が生じて来た。かれはすみに命じて、再三、葛飾青戸村の実家へ金を借りに行かせた。けれどもやはり、仏の顔も三度である。その手が尽きると、この男は酒の勢いを借りて、湯島切通町のすぐ近くにある池之端の前田屋敷内にある出淵十郎右衛門の家に行き、——金を貸してくれ、と頼んだ。

顔を出せる筈のないところへ行って、そういったのである。ところが十郎右衛門は、あまりに荒れて落魄《らくはく》した感じに変り果てた長蔵の姿に、憐憫《れんびん》の情を催したのか、僅かな金を投げ棄てるようにかれに与えた。

——こんな男と、娘が一緒にならなくてよかった……。

とおもい、難を免れた言わば神様へのお礼か、厄除けのつもりであったのかも知れない。それを長蔵は癖にして、その後も何度か出淵の家に押しかけた。むろん何度目かには、激昂した十郎右衛門に叩き出されて、厳重に義絶を申し渡されてしまった。

このころの長蔵は、まるで『らくだの葬礼』に出て来るならず者のような、いやそれとも比べものにならないほど理不尽な所業ばかり続けていた。ラクダの彫物を背負ったときから、かれは知らず知らずのうちに『らくだの葬礼』に出て来るならず者の影響を受けていたのだろうか、それとも、もともと持っていた酒乱とならず者の素質が、酒によって性格が一変する男を描いた『らくだの葬礼』に人並み以上の共感を抱かせて、かれにラクダの彫物を選ばせていたのだろうか。どちらが先かは判らないが、いずれにしてもかれは、ならず者の所業を重ねているうちに、どうしようもない登場人物でも落ちの笑いで救われる咄のなかの世界とは違って、八方塞りの窮地に陥った。

しかしそのあたりから、長蔵の顔の荒んだ翳は、少しずつ薄れて来た。最早どんなに安い酒も飲む余裕がなく、盛り場を徘徊する気力も失って、女房のすみが寺の洗濯をして得て来る小銭で細細と食いつなぎ、じっと根生院横丁の長屋に逼塞《ひっそく》して、

——ここまで落ちりゃあ、あとは死ぬしかねえや……。

とおもっているうちに、どんよりと濁っていた眼が、だんだんに澄んで来たのだ。それとともに、かれの胸底には昔からの切願が蘇って来た。

——そうだ、芸人になろう……。

死んだ気になりさえすりゃあ、何だって出来ないことはない筈だ。そう心に決めてみると、胸の底に生じた小さな井戸から、滾滾《こんこん》と湧き出して来る新鮮な水が、体の隅隅にまでしみ通って行くような気がして、かれは生き返ったような気分になった。

長蔵は、すみに小ざっぱりした着物を調えて貰って、二代目三遊亭円生のところへ弟子入りに行った。遅い芸人志願であった。かれはちょうど三十になっていた。

三遊亭円生が長蔵の弟子入り志願を受入れたのは、まずかれの美声と唄の才能を認めたからだった。それに咄の語り口も飄飄としていて、なかなか面白い。この年の夏、牛込藁店《わらだな》の寄席に出た盲目の音曲師都々一坊扇歌は、江戸で随一の人気を集めており、それを横目で見ていた円生は、自分の一門にも、音曲咄をする芸人がいても悪くない、と考えていたのかも知れない。

長蔵は音曲師橘家円太郎として、三遊亭円生の一門に加わることになった。

――ひょっとしたら、おまえさん、扇歌を抜く芸人になれるかも知れないぜ。

と円生に、おだてとも励ましともつかぬ言葉をかけられたことも、長蔵を奮い立たせた。念願の芸人になった時期、かれは以前とは人が変ったように真面目になった。収入は乏しかったけれども、すみには長蔵と一緒になってから初めて訪れた安息の日日であった。――翌天保十年四月一日、二人のあいだに初めて男の子が生まれ、次郎吉と名づけられた。のちの三遊亭円朝である。

四

「おい、おすみ、次郎吉に晴着を縫ってやってくれ」

円太郎は女房に声をかけた。「こんどの三月三日に着せるんだから……」

「何ですよう、おまえさん、三月三日といったら雛《ひな》の節句、女の子のお節句じゃありませんか」

すみは笑いながら問い返した。

「そうだよ。それがどうしたい」

「だって、次郎吉は男の子ですよ。雛の節句に晴着だなんて……」

「いや、その三月三日から、次郎吉を土手倉の高座へ上げるんだよ」

「えッ……⁉」

吃驚《びっくり》して、すみは息を呑んだ。土手倉というのは、江戸橋にある寄席の通称である。夫はその高座に、七歳になった次郎吉を上げて、咄家にしようとしているのだ。けれども、すみは次郎吉を芸人にだけはしたくなかった。夫が芸人になったために、すみはこれまで、どれだけ泣かされて来たか判らない。円太郎が真面目になったのは、芸人になりたてのほんの一時期だけだった。次郎吉が生まれるすこしまえぐらいから、かれはまた放蕩を始めた。そしてそれは、年を追うごとに激しくなっていた。

円太郎は、なかなか人気が出なかった。芸は悪くないのだが、高座に〝花〟がない、といわれていた。中年から芸人になっただけに、妙に玄人受けを狙っているようで、素人に受ける花やかさがない。それなのにどういうわけか水商売の女の客には、よくもてた。深間《ふかま》になった女ができると、かれは一向に家へ帰って来なかった。ということは、つまり、お金も入って来ないので、すみは内職に頼って辛うじて糊口《ここう》を凌《しの》いでいた。

次郎吉が生まれた二年後から、老中水野忠邦による天保の改革が始まり、百数十軒あった江戸の寄席は、たった十五軒に減らされ、音曲に対する取締まりはとくにきびしく、音曲師の円太郎には、まったく仕事がなくなってしまった。まえから円太郎は家に金を入れていなかったのだから、仕事があろうとなかろうと、家の暮しむきには関係がない筈であった。ところが円太郎は、仕事がなくなったら家に帰って来て、すみの内職の金を取上げてまた遊びに出かけて行く——。

音曲師であるのに、唄がうたえない鬱憤もあったのだろう。盲人であることで音曲取締まりの埒外《らちがい》におかれた都々一坊扇歌が、ますます人気を高めていたことへの苛立ちもあったのだろう。しかし、それだけで、あんなにひどい仕打ちを続けたのだとはおもえない。なぜなら、水野忠邦が失脚して、音曲と寄席が復活してからも、夫の放埒《ほうらつ》ぶりには、何の変りもなかった。

おとなしいすみも、堪《たま》りかねて文句をいうと、

——遊びは芸のこやしだ。芸人の嬶《かかあ》が、そんな馬鹿な悋気《りんき》を起こしていて、どうするんだ。

と逆に怒るばかりで、少しも改める様子がない。いまのすみにとって、楽しみは次郎吉の成

長だけだった。

次郎吉は物心ついたころから、頗《すこぶ》る怜悧《れいり》な子だった。種違いの兄である徳太郎も、寺院の境内で遊んでいるうちに、それこそ「門前の小僧習わぬ経を読む」のたとえの通り、勤行の真似をしてお経の文句を覚えてしまったが、次郎吉も時たま円太郎が家で弟子につけている稽古を横で聞いていて、短い咄なら、ちょっとした弟子には負けないくらい、うまく話せるようになっていた。

この弘化二年――、江戸の寄席は三年まえにいちど十五軒にまで減らされた反動で、実に七百軒にまで急増しており、それだけ芸人に対する需要もふえて、あまり芸歴の長くない円太郎でさえ、数人の弟子を持ついっぱしの師匠になっていた。そのうえこんどは、芸人が引っ張り凧《だこ》になっているいまの風潮に乗じて、七歳の次郎吉まで高座に上げて咄家にしようとしている。

――次郎吉も結局、父親のような人間になってしまうのだろうか……。

そうおもうと、すみは身震いせずにはいられなかった。なんとかして、次郎吉が芸人になることだけは食い止めたかった。すみは、おもいとどまってくれるよう夫に頼んだ。けれども、それを聞くような夫ではなかった。

――こんど玄昌が来たときに、話して貰おう。

とすみはおもった。日暮里の南泉寺で小僧をしていた徳太郎は、玄昌という名になって、いまは京都の東福寺で修行中だった。

結局、次郎吉は、橘家小円太という名前で、初高座にのぼることになった。家を出て行くとき、次郎吉はすみが縫った晴着をきて嬉しそうにしていた。帰って来てから、夫は「大層な人気だったぜ」といい、次郎吉は頬を紅潮させていた。これまでに見たことがないほど、きらきらと輝いている次郎吉の瞳が、すみには眩しく、それから少し怖いような気もした。

「……あんなまだ年端も行かない子供を高座に上げて、一体どうしようというんですか」

十七歳の玄昌は、真剣な顔つきで義理の父親に迫った。

「知れたことじゃあねえか」

円太郎は当然のことだろう……という顔をしていった。「早く腕のある一人前の芸人に仕立て上げてえとおもってるんだ」

「そんなことをいっても、まだ七つの子供じゃあ、咄家に向いているのかどうかも判らないじゃありませんか」

「次郎吉はおれの子だよ。芸人に向いてねえわけがねえ。それにおまえは、次郎吉の高座を見たことがねえから、そんなことをいうんだ。いちど寄席へ来てみねえ。愛嬌があるってんで、客は大喜びだぜ」

「子供なら、愛嬌があるのは当り前でしょう。お客は次郎吉の芸を聞きに来ているんじゃなくて、ただ小さな子供が高座で愛嬌を振撒《ふりま》いているのを見て喜んでいるんですよ。それじゃあ、見世物だ。お父さんは子供を見世物にして、それで嬉しいんですか」

「おい。いっていいことと悪いことがあるぜ」円太郎は表情を変えた。「おれがいつ、子供を見世物にしたんだ」

「いい方が悪かったら謝ります。だけど、次郎吉には芸というほどのものがありますか」

「そりゃあ、まだ、おめえ……」

「あたしはそこを心配しているんですよ。芸もないのに、子供のときからちやほやされたんじゃあ、本人の為になりません。それに、たとえ咄家になるにしても、これからの世の中は、いままでとは違います。咄家だって、学問がなきゃあ、やっていけなくなるかも知れないんですよ。だからお父さん、次郎吉をいまから寄席で働かせるのはやめにして、寺子屋へ通わせて下さい。咄家になるのは、寺子屋を出てからでも遅くはないでしょう」

玄昌の言葉は、実はすみの意を体していたものでもあった。すみはわが子に、どうしても学問を身につけさせたかった。学問をしていれば、芸人などというやくざな商売から、もっとましな仕事のほうへ眼が移って行くのではないか……とおもっていたのだ。

一方、円太郎のほうでは、なによりも苦手な学問のことを持出されると弱かった。実のところかれは、芸人には学問など要らない、とおもい、芸人は腕だ、とおもっている。けれども、まだ若いのに京都の寺でも修行を積んで来て、自分とは比較にならないほど学問のある玄昌の顔を見ていると、なんだか圧倒されるような気分になって来て、そうはいえなかった。

円太郎が小さい次郎吉を高座に出していたのは、別に見世物にするためでも、金儲けのためでもなかった。自分から口に出してはいえないことだが、中年から音曲咄の商売人になったかれは、近ごろ自分の芸の至らなさを痛感していた。悔しいことだけれども、――おれはもう一生かかっても、大した芸人にゃあなれめえ……、という見極めもついている。それをおもうと、眼に涙が滲み、鼻が詰まって来て、どうしても酒を飲まずにはいられなかった。

――次郎吉には、こういう悔しいおもいをさせたかねえ。

それには早くから高座に上がって、腕を磨くことが一番だ。そうおもって、円太郎は次郎吉を七歳のときから高座に上げることにしたのである。自分の果たせなかった夢を、次郎吉に実現して貰いたかった。――次郎吉になら、それができる。円太郎はそうおもっていた。しかし、玄昌に、これからの世の中では咄家にも学問が必要だ、といわれてみると、その通りであるような気もする。とうとうかれは玄昌に押し切られて、次郎吉を寄席に出すことはしばらく諦め、池之端茅《かや》町の「山口」という寺子屋へ通わせることを承知した。

次郎吉の寺子屋通いは、長くは続かなかった。父親の円太郎が、また家に帰らなくなり、収入の道が絶たれてしまったからである。母親の苦労を見兼ねた次郎吉は、「おっかさん、やっぱりあたいは咄家になるよ」といった。父親のいいなりに高座へ上がったこのまえとは違って、こんどは自分の本心から出た咄家志願だった。九歳の次郎吉は、心のなかで、すでに父親をなかば見限っていた。

「あたいはいまに偉い噺家になって、おっかさんに楽をさせてあげるからね」

そういってかれは、親許《おやもと》を離れ、父親の師でもある二代目円生の内弟子になり、その四谷の家から寄席へ通い始めた。

このころから、寄席は次第に景気が悪くなっていた。天保の改革の反動で、江戸の寄席はいっぺんに七百軒にまで急増したが、こんどはその揺り返しが来たのだ。寄席は次次に潰れて、噺家の暮しは、にわかに苦しくなって来た。——こりゃあ、もう江戸の寄席は駄目だ……、我慢のきかない円太郎は、江戸を捨てて、上方へ向かう旅に出たっきり、便りが跡絶えてしまった。

次郎吉がふたたび小円太となって円生の内弟子になってから二年後、かれは父親のいない根生院横丁の家に戻った。小円太は前座から二つ目に昇進していたが、その僅かばかりの給金では、母子二人が食うことも難しかった。噺家という商売の将来性を案じた母のすみと兄の玄昌は、転業を勧め、かれもそれに従って、池之端仲町の紙商兼両替店葛西屋《かさい》へ奉公に出たが、どうしても商売が気に合わず、二年後には病気になって家に帰って来た。

商売には向かないと判った母と兄は、こんどは画工にさせようとして、玄冶店《げんやだな》に住む歌川国芳のもとへ住み込ませた。次郎吉は小さいときから、絵が巧かった。これも結局、一年後には病気になって家に戻って来ることになるのだけれども、画工修業は無駄にはならなかった。そのおかげで後年、芝居咄の道具を自分でつくることができ、それが人気を摑むひとつのきっかけともなったからだ。次郎吉はまたまた小円太となって、寄席に出ることになった。十三歳のかれは、もはや自分が咄以外のなにものにも向かない人間であることを、はっきりと知っていた。

翌年、円太郎が江戸に戻って来て、寄席に出はじめたが、どこかから連れて来た女と一緒に住んで、根生院横丁の家には顔を出さなかった。そのころから、小円太には一生を通じてのもととなるような考えができた。

――お父《と》っつぁんのような芸人にはなりたくねえ。

というのがそれである。円太郎は世の中に対していつも斜に構えているばかりで、いちども真正面から取組むということをしなかった。――あれじゃ駄目だ、と小円太はおもった。そうしたかれの考え方に強い影響を与えていたのは、九歳年上の兄で、臨済宗の禅僧である玄昌の存在であったのに相違ない。

二十三歳になった玄昌は、それまで納所《なっしょ》僧を勤めていた日暮里の南泉寺を出て、住職がいなかった谷中長安寺の留守を預かる看護職になった。名前は看護職でも、ほぼ住職同様の実権がある。かれは貧乏していた母のすみと小円太に、根生院横丁の長屋を引払わせ、寺の看門寮(門番)に住み込ませた。

ここに住んでから、十四歳の小円太は、寄席へ行くまえと帰って来たあと、寺の本堂でおもうぞんぶん咄の稽古ができるようになった。それにも増して、後年のかれの力になったのは、玄昌の教えを受けて、坐禅の修行を始めたことであったのかも知れない。玄昌は小円太にこう教えた。

「おまえを芸人にはさせたくなくて、わたしはまえに、いろいろと心を砕いたが、どうやらおまえは咄家に生まれついたものか、一切ほかの仕事には向かないようだ。わたしももう咄家になることを止めはしない。ただし、なるなら人に負けない咄家になってくれ。餞《はなむけ》に大切なことを教えてあげよう。どのような仕事であれ、物事に上達する秘訣はひとつしかない。それが何か、判るか」

「…………」

小円太は無言のまま緊張して玄昌の言葉に耳を傾けていた。

「それはな、真になにかを成そうとするときは、ほかの事に心を移さないことだ。おまえがこれから進む咄の道も、おなじことだとおもう。自分が話しかける言葉のひとつひとつに、心のすべてをこめる。それが出来れば、咄が相手の心を打つことに間違いはない。まずそのことから稽古を始めてみるがよい……」

十四歳から十七歳までの三年間、小円太は谷中長安寺に住みこんだことで、いちおう生活の心配から解放されて、玄昌の教えを受けながら、咄の稽古とともに坐禅の修行を続けた。

これは若い咄家の修行としては、まことに珍しいものであったろう。ただ喋るばかりでなく、心を一点に集中して沈思黙考する時間を持ったこと——。それがのちに、二十一歳で『累ケ淵《かさねがふち》』の作後日の怪談』を創作し、二十三歳で早くも代表作『牡丹燈籠《ぼたんどうろう》』の創作にとりかかったかれの作者としての力量の源泉になっていたようにおもわれる。玄昌が、自分の心のすべてを咄のなかにこめる方法として小円太に教えたのは、蠟燭の炎と対座し、その背後の闇に向かって話しかけることだった。数えで十六歳——、三遊亭円朝となる直前のかれは、朝、起きると寄席へ出かけるまで本堂で坐禅を組み、夜は夜で蠟燭の炎と対座しながら、遅くまで咄の稽古を続けていた。

五

円朝が、品川橋向こうの字《あざ》天王前という場末の寄席ではあったが初めて真を打ったのは、二十歳の秋も終りごろであった。初の真打を成功させるために、かれはありとあらゆる工夫を凝らした。その第一は、古くはエキマン鏡と呼ばれた写し絵である。

凹凸二枚の眼鏡のついた木製の箱から、灯油の明かりを光源に、硝子《ガラス》の種板に描かれた絵を美濃紙に映写して、物語を展開する写し絵を寄席の芸にしたのは、はじめ染物の上絵師で、初代三笑亭可楽の一門に加わった富士川都楽であったが、五十何年かまえから始まっていたその写し絵を、自分の怪談咄にも利用しようと考えた円朝は、木製のフロ（幻燈器械）を手に入れ、得意の画技を生かして種板を描き、中入り（休憩）前に、みずからの台詞入りで上映した。それから中入りになるのだから、これはいわば予告篇といってもよい。中入りの間、円朝は弟子と大童《おおわらわ》で背景の飾りつけをした。書割りの絵も自分で描いたものだった。絵の前には籔畳《やぶだたみ》（枠《わく》に葉竹を数多く取りつけ笹籔に似せた大道具）を置く。咄の進行につれて、蠟燭の火が吹き消され、闇のなかに響く鳴り物の音が次第に高まって、ふたたび仄《ほの》かに明るくなると、後幕が切って落とされ、いったん高座から消えていた円朝が、白縮緬《しろちりめん》の襦袢《じゅばん》の首抜きという姿で、「ううん、恨めしい……」と無念の形相も凄まじく、籔畳を割って半身をあらわし、客を慄然とさせて翌晩への期待をつなぐ、という仕掛けであった。

これらの道具を、若い円朝と弟子たちは手分けして担ぎ、住んでいた浅草茅町の裏店から歩いて、品川橋向こう宇天王前の寄席まで運んだ。前年に前非を悔いて戻って来た父円太郎と母親を、円朝は池之端七軒町の表店に住まわせていた。二つの世帯の面倒を見るためにも、初の真打興行を是非とも成功させなければ……と懸命であったのだが、結果は不入りだった。さらに必死になった円朝は、次の目白下の初鳥亭では人気役者の声色入りで演じ、ありったけの力を総動員した大車輪の奮闘が物をいったのか、尻上がりに客足が伸びて、最後は大入りとなった。

勢いに乗じた感じで二十一歳の新春を迎え、これまでのような端席ではなく、もっと名のある席に出たい、と考えて、幾つかの席に交渉してみたが、まだ無名に近い円朝という名前では相手にされなかった。麴町の「万長」という有名な寄席には、父の円太郎が頭を下げて頼みに行ってくれたのだけれど、「まあ、そのうちに、穴でもあいたらな……」という木で鼻をくくったような挨拶だった。だが池之端の「吹ぬき」の席亭が、鳶《とび》の頭でもあって俠気《きょうき》に富んだ性格であったので、どこでも相手にしてくれない、という円朝の泣言まじりの頼みを聞いてくれた。

円朝は息を吹返したおもいで、気持も新たに準備に取りかかり、礼を尽して師匠の円生と、音曲師の三升屋《みますや》勝蔵を助演に頼んだ。ここでの真打興行に成功すれば、三遊亭円朝の看板は、いっぺんに大きくなる筈であった。


「なんだい、おめえにいわれて来たけれど、円朝ってのは、ちっとも面白くねえじゃないか」

「おれが目白下で聞いたときには、もっとうまかったんだがな。どうもおなじ咄家とはおもえねえくらいだ」

「円朝ってのは先に出たほうで、いまのはその弟子じゃねえのかい」

「いや、そうじゃあねえ。円朝はまだ若えんだ。先に出たのは、師匠の円生だよ」

座を立ちながら話している二人連れの無遠慮な高声を、幕のうしろで円朝は、唇を噛んで聞いていた。話の様子からして、それほどの通でもないのは明らかであったけれど、その悪評は、当っていたのに違いなかった。

「ひどいじゃありませんか、湯島の大師匠は……」

昼を結んで楽屋に戻って来た円朝の胸中の無念を察して、弟子の春朝はそういった。

事の次第は、こうだった。この日、楽屋入りして来た円生に、円朝は丁重な口調で今夜の自分の演目を告げた。師弟の二人には当然のことながら共通している咄が多いので、演目が重複しないための用心からであり、……ああ、判った、といった風に頷いて、円生も納得した筈であったのだが、やがて高座に出て行くと、その演目を素咄《すばなし》で先に演じてしまった。

楽屋で聞いていた円朝の顔色が変った。人当たりはやわらかいほうであったが、内実は過敏なたちであったから、心の動きはそのまま青筋となって顳顬《こめかみ》のあたりにあらわれる。それでも高座から下りて来た円生には礼を述べ、心が千千に乱れている様子で、中入りの間に自分の咄の準備に取りかかった。芝居咄なので、その夜のために用意した道具でまったく別の咄を演ずる訳にはいかず、といって円生がいま口演したばかりの咄を、もういちど繰返す訳にもいかない。結局、この夜の道具になんとか似合う別の咄を演じたのだが、やはり心の乱れと、道具に合わせて咄の細部を変えようとした無理が目立って、不出来であった。春朝はその原因が、円生の意地の悪い仕打ちにあったとみて、ひどいじゃありませんか、と口を尖らせたのだけれども、

「いや、師匠はなにか勘違いなすったんだろう」

と円朝はいって、弟子の憤慨に同調しなかった。

翌晩、円朝はかなり大きな声を出し、いくらか切口上になって自分の演目を、円生に伝えた。なんとなく不得要領に頷いて、高座に上がった円生は、またもやその咄を先に演じてしまった。もはや勘違いということはあり得ない。楽屋でいきり立った弟子の春朝と亀朝を、円朝は懸命に低声《こごえ》で制した。

「師匠は年のせいで耳が遠くなっているんだ。きっとおれのいったことが、聞こえなかったのに違いねえ」

用心深い性格のかれは、こうしたこともあるのではないかと予想していたらしく、この日は二通りの道具立てを用意していたので、すぐに演目を変え、前夜の不出来を挽回しようと熱演したが、どことなくちぐはぐで、喝采《かっさい》を博するまでにはいかなかった。

三日目の夜、円朝は形式的に演目を円生に告げた。円生はなぜか意地になっている様子で、やはりその咄を先に演じた。円朝は別の咄を演じたが、度重なる師匠の執拗な先回りに参って気落ちしたのか、冴えない出来であった。道具を載せた大八車を引く弟子と一緒に、浅草茅町の裏店へ帰る途中、ずっと黙りこんで歩いていた円朝は、それまで考え続けていたことの答えを見出した調子で、こういった。

「……考えてみりゃあ、おれが知っている咄は、あらかた師匠から習ったものばかりだ。教えた人が先にやるのには、何の不思議もないのかもしれねえ。それを恨むのは筋違いってもんだ。

よし、おれはこれから、師匠の知らねえ咄をやるぜ」

「大師匠の知らねえ咄、っていいますと……」一体どんな咄をやるんだろう、と春朝はおもった。

「そうよ。これからおれは、自分でこしらえた咄をやるんだ。これなら師匠が知っている筈はねえし、先にやれる筈もあるめえ……」

その夜、浅草茅町の裏店に帰ってから、円朝が夜を徹して工夫したのは、のちに『真景累ヶ淵』となって結実することになる『累ヶ淵後日の怪談』であった。

師の円生は、芝居咄の元祖であり三遊派の開祖である初代に認められ、のちに初代古今亭志ん生（「八丁荒しの志ん生」とも呼ばれた名人）となった競争相手の円太をしりぞけて、二代目に選ばれたくらいだから、玄人好みの並並ならぬ技倆《ぎりょう》の持主であったが、地味な芸風で、人気には恵まれなかった。それにひきかえ円朝は、絵も描けば人気役者の声色も巧みに仕分けるという口八丁手八丁の才人であり、師匠とは対照的にまことに派手で花やかな芸風だった。

助演は引受けたものの、目白下初鳥亭での大入りから、性急に看板を大きくしようとしている弟子に反感を覚えていたのかも知れず、あるいはまた若い弟子の将来をおもって、真打というのはそんなに俗受けを狙ったケレンだけで通るほど甘いもんじゃないぜ、ということを教えようとしていたのであったのかも知れない。いずれにしても、師匠円生の狷介《けんかい》さが、円朝を新作への道に歩ませ、怪談咄や人情咄、落語の創作家として不世出の才能を引出すきっかけをつくったことになる。

しかしこのとき初めて工夫した『累ヶ淵後日の怪談』は、まだ練り上げが足りず口にも馴染んでいなかったためか、客には受けなかった。かれの新作が好評を得たのは、この年の五月、父円太郎を助演に、深川門前仲町の寄席で『おみよ新助』を口演したときからである。

昼間は芝居咄の道具をつくり書割りを描き、夜は大入り続きの寄席から帰ると、蚊帳のなかの机に向かって創作に打込み、あまり体が丈夫でなかったのにもかかわらず、そのまま朝を迎えることも、しばしばだった。うっかり転寝《うたたね》をして、明け方の冷気に夏風邪をひいて寝こんでしまったときは、伸びた月代《さかやき》のまま弟子の肩につかまり、息も絶え絶えの様子で楽屋入りした。身綺麗にしていなければならない芸人でありながら、月代を剃らなかったのは、「円朝は病気でも寄席を休まねえ。偉えもんだ。どんな様子か、ちょっと行ってみてやろうじゃねえか」という評判を立てさせるためだった。弟子の肩にかけた手の袖口からは、緋縮緬《ひぢりめん》の襦袢の色がこぼれて、風邪ひき男のなんとなく艶《なま》めいた感じを、いっそう強めていた。以後も度度あったこのような自分の売出し方には、悪評も少なくなかったが、「これも渡世のうちだ」と弟子たちには教えていた。

あの手この手で急速に高まって行く円朝の人気を快くおもっていなかったらしい円生は、まだ二つ目だった頃の円朝の弟子で、いまは自分の弟子になっていた小勇に、三遊派の出世名である円太を名乗らせ、自分が助《すけ》に出て、下谷広小路の三橋亭で真を打たせた。円朝の競争相手に仕立て上げ、かつ追抜かせようとしたのかも知れない。円朝のほうでは、円太が真を打てるほどの腕だとはおもっていなかったが、やはり気になって、弟子の春朝と亀朝とともに、ひそかに客を装って三橋亭に行った。

客席から同業者の芸をのぞくのは、仲間うちの常法にはないこととされていたから、三人は顔を隠して入り、一般の客のなかに自分を紛れこませたつもりでいたのだが、咄の途中で顔色を変えた円太は、客の不審と驚きにもかまわず口演をやめて高座を下り、楽屋へ行って円朝たちが来ていることを円生に告げた。激怒した円生は、客席にいる円朝を探させて、楽屋に呼びつけた。円太がどのような伝え方をしたのか円朝に向かって、おまえたちはどういうつもりで円太の咄を邪魔しに来たんだ、と円生は詰問した。師匠の言葉によれば、円朝たちの行為は、めでたい初の真打興行の席を荒らしに来たことになるのであった。

——めっそうもない。小勇が円太となり真打となったことは、わたしにとりましてもめでたいことで、どうしても晴れの席での咄を聞きたく、さりとて表立って参ったのでは、当人も気になって咄が十分にできぬかもしれず、そのへんを慮《おもんぱか》りまして、客のなかにまじっておりましたようなわけで……。

と、円朝は懸命に弁解したが、師匠の怒りはとけず、とうとう円朝は楽屋の板敷きのところに頭を摺《す》りつけて、円生をはじめ三遊派の先輩たちから、かつての弟子である円太、前座、さらには下足番にいたるまで謝罪させられたあげく、詫証文《わびじょうもん》を書かされることになった。

楽屋の板敷きに師匠の円朝と並んで坐り両手をついていた春朝は、三遊派では円朝の先輩にあたる人人が、才能と人気を妬《ねた》んでいろいろと陰口をきき、これまであることないこと大師匠の円生に告げ口していたのに違いない……ということに、初めておもい当たった。かれは、そっと視線をあげて、詫証文を書いている円朝の横顔を窺った。顳顬のあたりにあらわれた青筋が、胸中の屈辱と無念のおもいを、ありありと物語っていた。

六

「……さて申し上げます。お聞きに入れますお話は、外題《げだい》を鏡ヶ池操《みさお》の松影《まつかげ》と申しまして、天保五年の冬、江戸吉原の松葉屋の抱え、小松と申します娼妓が、武州石浜なる鏡ヶ池にて、二親《ふたおや》の敵を討ち、父の家名、夫の家を再興いたしました、末おめでたいお話でござりますが……」

円朝は、のちに『江島屋騒動』という別名でも知られることになる自作の怪談を話し始めた。

「……深川清住町の河岸で夜の五つごろに、二人の小僧が喧嘩をしております。一人は商人《あきんど》の小僧とみえまして、十五、六にて色白く、竹のふしの若衆髪、風呂敷包みをしょいまして、下《くだ》り雪駄をはいておりましたが……」

相手の小僧は職人体《てい》、見るからに憎憎しい面構えで、二人が喧嘩をしているところへ、黒の羽織に小脇差、山岡頭巾の男が止めに入る。弱い者いじめと見てか、商人の小僧のほうを助けてやり、そのへんまで送って行く途中、小僧の背負っている風呂敷包みのなかみが、集金して来た六十両の金と知ったこの男、下総国香取郡大貫村の医師倉岡元庵《げんあん》のせがれ元仲《げんちゅう》という放蕩者で、たちまち生来の悪心を起こし、六十両の風呂敷包みを奪って、小僧を橋の上から大川へ投げ込んでしまう……。

まことに心憎いような発端である。喧嘩している二人の小僧のあいだに割って入ったのが咄の主人公で、それが親切なお人とおもいきや、実はとんでもない悪党で、すぐに正体を現わし、六十両という大金を強奪する……。話し出すと間もなく始まった事件のなかに、聴衆はすっかり引込まれて聞入っていた。

しかし聴衆は知らなかったことだが――、この怪談咄の主人公である大悪党元仲の父、倉岡元庵というのは、円朝が深い仲になっていたお里の父親の名前であった。円朝とお里のあいだには、生まれて間もない朝太郎がいる。つまり円朝は、わが子の祖父の名を、作中の極悪人の父の名に使っていたのである。

聴衆を十分に引込んで、続きものの咄の第一夜を首尾よく終えた円朝は、両国の寄席を出て、浅草の裏門代地にある家に帰った。この家は、まえは札差《ふださし》の隠居所だった広い庭を持つ二階家で、前年に金を工面して買ったばかりのものだった。三十歳の円朝は、工面をすればそれくらいの家を買える人気芸人になっていた。その人気が、どの程度のものかといえば、この慶応四年の正月に売出された『日千両大江戸賑』という豊原国芳作の錦絵に、円朝は吉原の稲本楼小稲、歌舞伎役者の中村芝翫《しかん》の二人とともに描かれていて、つまり江戸でも三本の指に入るほどの人気者になっていたのだ。またかれの銀杏《いちょう》の刷毛先《はけさき》のはね方に特徴のある髷《まげ》のかたちも「円朝髷」と呼ばれて、咄好きの男のあいだに流行していたほどだった。

それだけの人気芸人でありながら、円朝の家の内証《ないしょう》が楽ではなかったのは、扶養家族が多すぎたからで、両親のほかに弟子が七人、親類の娘が一人、女中が二人、お針が一人、それに六年前に亡くなった師匠円生の子が三人いた。(円朝は円生に詫証文を書かされたとき、落語家をやめて講釈師になろう、とまでおもいつめたのだが、その後、病に倒れた円生を見舞って和解し、師匠の死後は三人の遺児を引取って養育していたのだった)

家に帰った円朝は、父の円太郎に呼ばれた。放蕩のかぎりを尽して妻子を泣かせ続けた円太郎も、円朝が一人前になってからは、年のせいもあったのだろう、すっかりおとなしくなって、いまでは俳句をつくることを一番の楽しみにするようになっていた。

「まえから、おかしい、おかしいとおもっていたんだが……」

円太郎はいかにも心外そうな表情でいった。「お前、よそに子供が出来たっていうじゃねえか」

「へえ……」

髷の根元に手をやって、だれか口の軽い弟子が喋ったんだな、と円朝はおもった。バレたのなら仕様がない。どうせいつかは話さなければならなかったことであった。

「一体どうするつもりなんだ、島金のほうの話は」

円太郎は心配そうに訊ねた。それがあるので、円朝はお里のことも、朝太郎が生まれたことも、親にいいかねていたのだ。円朝には、まえから魚河岸の島金という茶屋の娘ひでとの縁談があり、両親のほうが乗気で、親孝行な円朝もなかば承知したかたちになっていたのだが、その間に誘われた贔屓の女客のお里に、ずるずると引っ張られて、とうとう子供まで生ませる仕儀になってしまったのである。

「申訳もありませんが、あの話は、なかったことにして下さい」

円朝は肌に冷汗が生ずるのを感じながらいった。「子供が出来てしまったんじゃあ、どうにも仕様がねえ」

「それじゃ、その、お里とかいう女と一緒になるのか」

「…………」

「その女、随分と酒の上がよくないというじゃないか」

円太郎のいう通り、お里は大酒飲みの酒乱だった。円朝は父の酒と女に、さんざん苦労させられたせいか、芸人には珍しく堅いほうで、酒を飲んで乱れる人間も、贔屓の女客と簡単に体のつきあいをすることも嫌いであったのに、たまたま強引に誘われて深間に嵌《はま》ってしまったのが、選《よ》りに選ってそんな女であったのだ。

「しかし、あの女も、こんどはきっと心を入替えるでしょう。なにしろ、子供が出来たんですから……」

円朝は、父親よりも、むしろ自分にいい聞かせるような口調でそういった。けれども、お里が本当に心を入替えるだろうか、とおもうと、暗澹《あんたん》とした気持にならざるを得ない。お里とはそのことで、このところ顔を合わせるたびに激しい喧嘩続きであった。

「お前は……おれがこんなにいっても、まだ判らないのか！」

円朝は、かっとなって拳《こぶし》を振上げた。きょうこそ心を入替えさせようとおもってやって来た下谷の家には、ひとり寝かせられていた赤ん坊の朝太郎が、火がついたように泣き叫んでいて、母親の姿はなく、やがて外から戻って来たお里は、この昼日中にどこで飲んでいたのか、足元も覚束《おぼつか》ないくらいに酔っていたのだ。袖の袂《たもと》で一升徳利を抱えているところからすると、これまで家で飲んでいて、切れた酒を買いに行っていたところであったらしい。

「ほう、ぶつのかい」

徳利を横に置いたお里は、少しも怯《ひる》む気配を見せずに逆襲した。「ぶつならぶってごらんよ」

「お前……」円朝は、お里のふて腐れた態度に、怒るよりも情けなくなって拳を下ろし、愚痴をこぼすようにいった。「赤ん坊をほっぽらかしにしといて酒を飲んでるなんてそんな母親が一体どこにいるんだ。それじゃあ畜生以下じゃねえか。犬だって猫だって、もう少し子供を大事にするぜ」

「ふん。それなら伺いますけどさ、赤ん坊と母親のあたしをほっぽらかしにしているお前さんは、いったい何なんだい、それでも父親かい！」

「だから、まずお前が心を入替えてくれなきゃあ、親に引合わせることも、家に入れることも出来ねえ、といつもそういってるだろう」

「嘘だ。お前さんはね、あたしと朝太郎を捨てて、島金の娘と一緒になろうと考えているんだよ」

「嘘じゃあねえ。島金との話は、はっきり断った。だから、お前さえ心を入替えて酒をやめてくれさえすりゃあ……」

「お前さんのいうことは、いつも口先だけだからね。酒でも飲まなきゃ、聞いちゃいられないよ。いっとくけどね、あんたは芯から薄情な人なんだよ。そりゃあ死んだ師匠の子を三人も引取って育てているあんたを、世間の人は情が厚いとおもって感心するだろうけどさ。あたしには、ちゃんと判ってるんだ。あんたは世間にそう見せかけているだけ。本当は自分のことしか考えていないんだよ」

「おれのことをどうおもおうと、それはお前の勝手だ。だがな、朝太郎のことをおもって……」

 やや涙声になった円朝の口調は、ますます愚痴っぽくなって来た。「……どうか朝太郎のことをおもって、心を入替えてくれ。いまのお前が母親じゃ、朝太郎があんまりかわいそうだ」

「ああ、いやだ、いやだ。あんたのその辛気《しんき》臭い喋り方を聞いていると、あたしはぞっとするよ。いつも煮えきらなくて……さっきだってそうだよ。男がいっぺん拳固を振上げたら、ぶつなり蹴るなりしてみるがいいじゃないか。あんたにそれが出来ないのは、本当はぶつほどの気持もないからなんだ。それを何とか理屈をつけて、くどくどくどくど……あたしはそういうあんたの女の腐ったみたいなところが大嫌いなんだよ」

お里は吐き棄てるようにいったが、知合った最初のころは、そうではなかった。男まさりの激しい気性のお里は、二十代の円朝のどことなく女っぽい風情に心を惹かれた。円朝には女の贔屓が多かった。むろん男にも髷のかたちまで真似るほどの贔屓が沢山いたのだが、なかには芸の巧《うま》さは認めながらも、ときに幅の広い女物の献上の帯を締めたり、袖口から赤い襦袢をちらつかせたりして、なよなよしている円朝を、気障《きざ》だ、とけなす者も少なくなかった。そういう円朝を、なぜかお里は、

——おもいっきり、いじめてみたい……。

ふと強くそうおもった。群がる女の贔屓を押しのけて深い仲になり子供が出来てからも、しばしば大酒を飲んで暴れ、さんざん円朝を手こずらせていたのは、正式に女房として家に入れて貰えない鬱憤からばかりでなく、初めに、おもいっきり、いじめてみたい……とおもった気持が、まだあとを引いていたからなのかも知れない。

円朝にしてみれば、初めからお里が、こんな大酒飲みで、あばずれた口をきく女だとおもっていたわけではない。単なる贔屓の女客の一人としか見ていなかったし、また女に対して臆病

に近いほど慎重な性格だったのだが、たまに誘われて一緒に茶屋などへ行くと、一中節、清元から三味線、踊りにいたるまで、芸事が何でも素人離れして巧く、酔うとほんの少し男っぽく乱暴な言葉遣いになって、我儘《わがまま》をいったり、拗ねてみせたりするお里を、あるときふと、

——かわいい女だな……。

とおもったことがあり、暫くして気がついてみたら、お里はすでに身籠《みご》っていて、島金の娘ひでとの縁談が進んでいた円朝が女房として迎えることを躊躇《ためら》っているうちに、かわいい女どころか、虎か蟒蛇《うわばみ》のような大酒飲みの正体を現わし、いさかいが度重なって、いまでは、お里に殆んど憎しみの念しか感じなくなっていたのだった。

それでも心を入替えて酒をやめてくれさえすれば、なんといっても初めてのわが子の母親なのだから、正式に女房として家に入れてやろう……そうおもって来たのに、いまもこのざまである。

円朝は、お里の荒れ方が、自分のせいだとはおもっていない。お里は、江戸城で同朋《どうぼう》をしていた倉岡元庵の娘で、父が死んでからは、母の女手ひとつで育てられた。同朋は坊主の監督で、幕閣《ばっかく》から諸大名へ伝達する公文書と、諸大名から幕閣へ上申する公文書は、すべて同朋の手を経由する定めになっていたから、軽輩であっても〝御同朋〟と呼ばれて、かなりの権勢を誇っていた。その死んだ父について語るとき、お里の声は、いつも急に甘ったるくなり、舌足らずの口調になって、あれほど立派で男らしい人はいなかった、というのである。それで円朝は、

小さいときから父親に溺愛され、何でもしたい放題に甘やかされて育ったことが、

——お里をこんなに我儘な女にしてしまったのに違いない。

と考えていた。お里が憎らしくなると、見たことのない父親にまで、むらむらと反感が込み上げて来る。そのことが、暫くまえから腹案を練っていた怪談咄『鏡ヶ池操の松影』の主人公である悪党の父親の名前をつけるにあたって、お里の父である倉岡元庵の名を選ばせたのであったのかも知れなかった……。

七

「……お話二つに分かれまして、倉岡元仲の継母《ままはは》と妹のことに移ります。元仲は二十二歳のおり勘当になり、引き続きおやじ元庵も亡くなりました。あとは母娘《おやこ》二人の田舎暮しで、どうやら細き煙を立てておりましたが……」

円朝の『鏡ヶ池操の松影』は、第五夜を迎えていた。この間に主人公の倉岡元仲は、すでに二人の人間を殺害している。

「……娘お里は当年十七歳になり、器量人並みに優れ、そのうえ、江戸育ちというので、どこまでもおとなしやかな生い立ちで、ことに親孝行でございますから、大貫村の評判もたいそうよろしく、若い者のうちには心を動かし、胸を焦がす者もござりました。ちょうど八月の末つ

方、同じ村の名主から六番目に座る家柄の権右衛門と申す者が門口から入って参りまして……」

この男が持って来たのは、お里と名主の息子との縁談であった。大喜びで承知した母親は、権右衛門を通じて名主の源右衛門から五十両の支度金を受取り、娘のお里ともども江戸へ、婚礼の晴着を買いに出かける。

芝日蔭《ひかげ》町の江島屋という古着屋で、四十二両の晴着を買ったのだが、これが実は偽物《いかもの》だった。

婚礼の当日、晴着をきて馬に乗った花嫁姿のお里は、途中ときならぬ雨に遭って、ずぶ濡れになる。それでも、まずは名主の家に着き、三々九度のお盃《さかずき》も済んで、集まった大勢の客にお膳が出て、嫁のお里が給仕に回っているうち、濡れた晴着の裾を一人の客が踏んでいるのに気づかず、次の客に呼ばれて立上がったとき、びりっと着物の裾が切れ落ちた。下から現われたのは湯文字、それも下着の新調にまでは手が回らなかったとみえ、古くなった土器《かわらけ》色の湯文字である。心ない者はどっと笑い、心ある者は気の毒さにうつむき、当のお里は、あまりの情けなさに、その場へ泣き伏してしまった。

怒ったのは名主の源右衛門で、五十両もの大金を渡したのに、こんな糊づけのような着物をきて来たのはどういうわけだ、おれに恥をかかせるためか、と仲に立った権右衛門を面罵《めんば》して、この祝言はご破算になった。満座のなかで恥をかき、面目ない、というので、ひとり名主の家を脱け出したお里は、豪雨のなかを利根川の岸に急ぐ。もちろん死のうという決心で、岸に着くと、着物の袖を引き千切って、そばにある柳の枝にかけ、「ああ、おもいがけないきょうの災難……」と、ここから恨みの口説になるのだが、実在のお里は、女が腐ったみたいなあんたのくどくどくどくどという辛気臭い喋り方を聞いているとぞっとする、と悪口をいったけれども、円朝にとってはこの綿綿たる口説が、得意の聞かせどころのひとつなのであった。

「……わたしが不調法から仲人さんにも恥をかかせ、名主様にも申しわけがない。お母様《かかさま》にはなおさら難儀になるようなことをいたしましたのも、みんなわたしが粗相から出たこと、ほかにしようもないこと、あしたになれば名主様から金子《きんす》を返せといって来ても、お母様には才覚ができないから、お母様に対し、村の衆に対し、なに面目あってわたしが生きながらえておられよう。わたしが亡い後にはほかに子はなし、お母様はさぞさぞお嘆きあそばしましょうが、死なねばならぬきょうの災難（と、両手を合わせて……）先立つ不孝はお許しあそばして下さいまし。死ぬる命は惜しまねど、ただ恨めしいのはあの江島屋という古着屋、偽物《いかもの》さえ売ってくれなければ、こんなことにもなるまいものを、おのれ江島屋、たたりをなさいでおくべきか、と、鬢《びん》のほつれ毛を嚙みしめて……」

恨めしそうな気配を全身から発散させている円朝は、まさに作中のお里そのひとに化したようで、満員の聴衆は、まるで呪縛にでもかかったように身じろぎもできず、高座の円朝に眼と耳を吸い寄せられていた。……そのなかに一人、周囲の客とは、まるっきり違って不服そうな顔をしている年寄りの女がいた。お里の母親のつねである。

つねは最初の晩から、この咄を聞いていたのだが、まず「下総国香取郡大貫村の倉岡元庵と申す医者」と、死んだ自分の夫の名前が出て来たので吃驚した。しかもそれが、主人公の悪人の父親になっている。つねは胸のなかに、どす黒い水でも注ぎ込まれたような不快な気分になり、その晩は腹が立って眠れなかった。それでも気になるので、翌晩も寄席へ出かけて行き、それからずっと聞いていると、倉岡元庵の子元仲は、次次に人を殺して行く。ますます面白くない気持になっていたところへ、今夜は自分とお里をおもわせる母娘が出て来て、その母娘は満座のなかで恥をかかされたあげく、娘のほうは川に身を投げて死んでしまう。つねは高座の円朝を見て、

——なんてひどい男なんだろう……。

とおもった。円朝とお里のあいだが、うまくいっていないのは知っている。それにしても、極悪人の父親の名を倉岡元庵とつけたばかりか、その娘をお里と名づけ、川に身投げさせて言わば殺してしまうとは……と、つねは腹に据えかねるおもいがしたのだ。

「あんたって人は、本当に女の腐ったみたいな人ね」

お里は珍しく素面で、円朝に詰め寄った。「おっかさんに聞いたんだけど、あんたが今やっている噺に出て来る悪党の父親は、倉岡元庵という名前だっていうじゃないの」

「ああ……」と円朝は、すこし周章《あわ》てたが「それがどうしたい」

「倉岡元庵って、だれの名前だか知ってるの」

「おめえの……父親じゃねえか」

「あんまりひどいじゃないの」お里は涙声になった。「あたしのお父さんの名前を、そんな悪党の父親の名にするなんて……」

「おいおい、何をいってるんだ。咄に出て来る悪党に勝手な名前をつけて、もし客の中に同じ名の人がいたら差障りがある。だから差障りのねえように、悪党に身内の名前をつけるのは、当り前のことなんだぜ」

「嘘！　あんたは悪党の父親に、あたしのお父さんの名前をつけて、鬱憤を晴らしているのよ。ちゃんと判っているんだから……。あんたって、そういう人なのよ。そういう女の腐ったみたいな人なのよ。その証拠に、きのうの晩はお里という女を出して、殺してしまったっていうじゃないの」

「馬鹿なことをいうなよ。これは作り話じゃねえか。別におれが殺したわけじゃねえ。そのお里って女は、川に身投げして死ぬんだ」

「あんたが作った咄のなかで身投げして死んだのなら、あんたが殺したのもおなじことじゃないの。あんたは、あたしが死ねばいいとおもってるんでしょ」

「そんなこと、おもってやしねえよ。おめえは実際に咄を聞いちゃいねえから知るまいがな。この咄に出て来るお里っていうのは、いい女なんだぜ。器量人並みに優れ、そのうえ、江戸育ちというので、どこまでもおとなしやかな生い立ちで、ことに親孝行でございますから、大貫村の評判もたいそうよろしく、若い者のうちには心を動かし、胸を焦がす者もございました……という、そんな女なんだよ。どうだい」

「なに、それ。あたしに当てこすってるの」

「当てこすっている訳じゃねえ。おれは、おめえのことを頭に浮べて……だから、そっくりだろう、この女、おめえに」

「似ちゃいないわよ。だって、さっきあんたは、これは作り話だっていったじゃないの。本当は倉岡元庵のもう一人の子の、元仲とかいう悪党が、あたしのことなんでしょ」

「そんな、まさか、おめえ……」

「そうよ。そうに決まっている。作り話っていうけど、あんたはそのなかで、子供を生ませた相手や、その身内を悪党に仕立て上げたり、あたしとおなじ名前の女を、さっさと死なせてしまったり、そんなことをして、恨みを晴らしたり、仇《かたき》を取ったつもりになったりしているのよ。卑怯よ、そんなの」

「冗談じゃねえぜ、まったく。作り話と実際の話と、ごっちゃにする奴がどこにいるんだ」

「ごっちゃにしているのは、あんたのほうよ。だって、作り話なら、名前も作ってつけたらいいじゃないの。何もあたしや、お父さんの名前を使うことはないでしょ。それを、あたしたちの名前を使ったってことは、つまり咄のなかであたしたちを悪者にして、仇を取って、恨みを晴らそうって魂胆なのよ。ああ、いやだ、いやだ。あんたなんか、もうつくづく顔を見るのも厭になったわ。薄情で、陰険で、煮えきらなくて、はっきりしなくて、その癖しつこくて、いじいじいじいじしていて……」

そんな訳の判らない問答を何度か繰返しているうち、また大酒を飲んだお里は、女だてらに大の字になり、さあ殺せ、さあ殺せ、と喚き散らして暴れ、さすがに辛抱強い円朝も、とうとう匙を投げて、――おめえみたいな女に朝太郎を預けとく訳にはいかねえ、とわが子だけを引き取り、お里とは別れることにした。これまで何度も自分のほうから、あんたなんかつくづく厭になった……といっていたのだから当然のこととはいえ、円朝が持出した別れ話に、お里は意外に素直だった。

朝太郎を引取った円朝は、大家族とともに、大代地の新しい家に引越し、翌明治二年、柳橋で芸者をしていたお幸を妻に迎えた。それから六、七年経ったときのことである。

ある日、父円朝の弟子の円蔵に連れられて、浅草茅町の寄席へ遊びに行った朝太郎は、遅くなったので、そのまま楽屋に泊ってしまった。そのころ円朝の家は、浜町に移っていた。ところが翌朝、浜町の家に帰る途中、朝太郎の手を引いた円蔵が、ずっと遠回りして、吉原の廓《くるわ》のなかへ入って行ったのは、一体どういう訳であったのだろう。もちろん七つか八つの朝太郎に、そこが廓であるということは判らない。ある一軒の店先に立っていた一人の女が、円蔵に声をかけた。

「どこへ行って来たんだい」

「いえね、昨夜《ゆうべ》この子と寄席で遊んでいたら、すっかり遅くなっちまったもんでね」と、円蔵は朝太郎の頭を撫でて答えた。「楽屋に泊ってしまって、いま帰るところなんですよ」

「そう」

女は朝太郎のほうに眼をむけて、やさしい声を出した。「おとなしくするんだよ。あんまり人様に世話をやかせるんじゃないよ」

見ず知らずの女の人に、そんなことをいわれても、どう答えていいものやら見当がつかず、朝太郎が挨拶に窮していると、横から円蔵が、切羽詰まったような声でいった。

「朝ちゃん、お母さんだ、朝ちゃんのお母さんだよ」

「…………」

朝太郎は身を固くし、顔を斜めにした上目遣いで、眩しいものでも見るように、ちらと女を見上げ、すぐに視線をそらした。

「ほら、これを上げるよ」

女は懐から二分金が二つ三つ入った紙包みを出して、朝太郎にくれた。

あとで判ったことだが……、女はお里であった。お里は円朝と別れてから芸者になり、それからさらに運命の転変があって、いまはこの吉原の梶田楼《かじたろう》の女郎になっていた。円蔵が朝太郎を連れて廓のなかへ入って行ったのは、おそらくまえからお里が梶田楼にいることを知っており、「いちど連れて来て会わせておくれ」と頼まれていたからであったのだろう。まえの晩に遊んでいて遅くなり寄席の楽屋に泊ることになったのも、そのための計画的な行動であったのにちがいない。

朝太郎は、物心ついてから初めて、生みの母親に会った。ちらと一瞥《いちべつ》したきりであったし、母がいまここで何をしているのか、はっきりとは判らなかったにしても、漠然たる気配で、あまり公言できないようなことであるのは、おおよそ察しがついたろうし、のちに長ずるにつれて、母が何をしていたのかは、次第にはっきり判ったろう。朝太郎の心がそれによって、傷つくことがなかったとはおもえない。お里はその後、幕臣から吉原の幇間《ほうかん》に転じた名物男松廼家《まつのや》露八《ろはち》の女房となって、女郎から足を洗いはしたのだが……。

話はすこし前へ戻る。円朝がお里と別れ、お幸と世帯を持ってからしばらくして、明治四年の頃に一時期ではあったが、芝居類似の演芸を、劇場以外のところで演じてはならぬ、という禁令が新政府から出て、芝居咄ができなくなったことがあった。

この禁令は間もなく解かれて、芝居咄も復活したのだけれど、円朝はそれをひとつのきっかけに、弟子の円楽に三代目三遊亭円生の名跡を継がせて、芝居咄の道具一切を譲り、自分は素咄一本に方向を転じた。このことが舌先三寸で聴衆の想像力をかきたてて、実直な田舎者から血も凍るほどの悪人にいたるまで、ありとあらゆる多彩な人間の群像を、まるで眼に見えるように写実的に描き出し、かつ現実にはいるかどうかも判らない幽霊の形相をも眼前に髣髴《ほうふつ》とさせる未曾有の話芸家、今日の言葉でいうならレアリスムからシュールレアリスムまでの世界を自在に往来する天才的な創作家として、円朝を大成させるひとつの原動力となった。師匠円生の不可解な仕打ちから新作への道に転じたように、円朝は自分にとってマイナスの要素を、プラスに変えて行くことが得手であった。

素咄に転向した最初の頃に口演した『真景累ヶ淵』の「真景」は、当時は新感覚の言葉であった「神経」にかけたもので、発案者は熱心な支持者でのちに漢文体の『三遊亭円朝伝』を書いた漢学者の信夫恕軒《しのぶじょけん》であった。円朝にはこのような文人の支持者が多かった。明治二十一年に刊行された速記本によると、『真景累ヶ淵』はこう語り出されている。

「今日《こんにち》より怪談のお話を申し上げまするが、怪談ばなしと申すは近来大きに廃《すた》りまして、あまり寄席《せき》でいたす者もございません、と申すものは、幽霊というものはない、まったく神経病だということになりましたから、怪談は開化先生がたはおきらいなさることでございます。それゆえに久しく廃っておりましたが、今日《こんにち》になってみると、かえって古めかしいほうが、耳新しいように感じられます」

「……その昔は、幽霊というものがあるとわたくしどもも存じておりましたから、なにか不意に怪しいものを見ると、おお怖い、変なもの、ありゃあ幽霊じゃないかと驚きましたが、ただいまでは幽霊がないものとあきらめましたから、とんと怖いことはございません。狐にばかされるということはあるわけのものでないから、神経病、また天狗にさらわれるということもないからやっぱり神経病と申して、なんでも怖いものはみな神経病におっつけてしまいますが……」

などと語り始め、大昔は断見の論というのがあり、これはいまでいう哲学で、目に見えないものは、無いという理論、といった知識も披露したのちに、

「……つまり悪いことをせぬかたには幽霊というものはけっしてございませんが、人を殺して物を取るというような悪事をする者には必ず幽霊がありまする。これがすなわち神経病といって、自分の幽霊をしょっているようなことをいたします。たとえばあいつを殺したときにこういう顔つきをしてにらんだが、もしやおれを恨んでいやあしないか、ということがひとつ胸にあって胸に幽霊をこしらえたら、なにを見ても絶えず怪しい姿に見えます。またその執念の深い人は、生きていながら幽霊になることがございます。……」

と、いわばエッセイ風の前置きをして、次第に恐ろしい怪談の本題に入って行く語り口は、今日の大衆文芸としても、すこしも古さを感じさせない。

新しい咄の工夫にとりかかると、円朝は舞台となる土地を自分で歩いて十分に調査を重ね、温泉の旅館の一室や、寺院に閉じ籠って創作に専念した。かれが出る寄席は、大入客止めの盛況が続いたが、客止めとなったあとしばらくすると、客席の後のほうに二分ほどの空きができる、といわれていた。一言一句も聞き逃すまいと固唾をのんだ客が、段段に前へ乗出して行くために、満員であってもいつの間にか後に隙間ができる、というのであった。

八

暑い夏の昼下がり——、十三歳の朝太郎は、両国橋の欄干に寄りかかって、ぼんやりと放心したように、川の流れを見下ろしていた。長いあいだ水面の一点に眼を据えていると、自分が船に乗って、流れを遡り、どこまでも前へ前へと進んで行っているようである。反対側の欄干へ行ってみると、こんどは船尾に立って、去って行く流れをいつまでも見送っているようで、朝太郎にはこっちの感じのほうが、ずっと気に合った。

ふと後から肩を叩かれて、振返ると、そこに立っていたのは十七、八の、あまり眼つきのよくない男だった。

「おれを知っているか」と男は聞いた。

「…………」朝太郎が首を振ると、

「おまえがおれを知らなくても、おれのほうではおまえを知っている。おまえの名前は……」

とかれは、ちょっと気を持たせるように間《ま》を置いてからいった。「木下藤吉郎だろう」

暑さで頭がおかしくなっているのではないか、と朝太郎はおもったが、「そして、おれの名はな」相手は重大な秘密を打明けるようにいった。「蜂須賀小六《はちすかころく》だ」

やっぱり……と、そうおもった朝太郎の心を見抜いたように、「おれの頭がおかしいとおもっているのだろう」かれは一人で勝手に言葉を続けた。「おれは別に狂っているわけではない。ここは両国橋、それは判っている。けれども見方を変えて、ここを矢矧《やはぎ》橋とすれば、おまえは木下藤吉郎、おれは蜂須賀小六だ。それであしたから、天下取りが始まることになる」

よく見ると、眼つきは悪かったけれども、相手の顔には、どことなく愛嬌が漂っているようにおもわれた。「あしたは亀戸天神の祭りだ。天下を取りたくば、亀戸天神の本殿のまえへ来い」かれはそういって去って行った。

翌日、朝太郎は亀戸天神へ行き、本殿のまえの人ごみの中に、かれの姿を見出した。「来たな、藤吉郎」とかれはいった。それからかれが境内の一隅に朝太郎を連れて行き、声を潜めて語ったのは、およそ次のようなことだった。

——蜂須賀は野武士だ。天下取りは富める者の財宝を掠《かす》め取ることから始まるのだ。きょうの祭りでは、ここから竪川《たてかわ》通り北松代町の御旅所《おたびしょ》まで、御輿《みこし》と山車《だし》が往復し、沿道の人たちはみんなそっちに気をとられているから、懐の金を掠め取ることぐらい訳はない。取ったら、おれのところに持って来い。儲けは山分けだ。

そういう言い方でかれは、十三歳の朝太郎を、掏摸《すり》の手先に使おうとしていたのだ。朝太郎が最初かれを、頭がおかしいのではないか、とおもっていたように、相手のほうでは昨日、長いこと両国橋の上から、ただ呆然と川の流れを眺め続けていた朝太郎を、少し足りない子供のように考えていたのかも知れない。朝太郎は少し足りないどころか、頗る利口なほうだった。

それなのに〝蜂須賀小六〟の言葉に従って、掏摸になってもよい、とおもったのは、数日前から家を出ていて、ぐれた気分になっていたからである。

継母のお幸は、朝太郎がどこへ行ったのか、と心配していた。円朝は夏のあいだ上州の伊香保温泉へ、創作と取材の仕事を兼ねた避暑に出かけていて留守だった。そこへ、――朝太郎が掏摸を働いて捕まった、という知らせが警察から入って、愕《おどろ》いたお幸は門弟を呼び集めて一門会を開き、高弟の円馬が一門を代表して、警察へ行って朝太郎の放免を願い出ることになった。

円馬の嘆願が功を奏したのか、朝太郎は間もなく釈放されたが、その間に三遊亭円朝の一子朝太郎の逮捕は、東京曙《あけぼの》新聞に大きく書き立てられた。その新聞記事によると、朝太郎がぐれたのは、「継母が柳橋の芸者上がりの気まま者ゆえ、円朝が留守のときは、朝太郎に三度の食事もろくに与えず、長煙管《ながぎせる》を持って打据え、あるいは物を投げつけるなど、生傷の絶え間もないほど折檻《せっかん》したため」ということになっていた。けれどもこれは、警察か新聞のお定まりの解釈が誇張されたもので、かならずしも正確ではない。

お幸は上品な人柄で、継子を折檻するような性質ではなく、朝太郎の家出も、継母に対する不満からばかりではなかった。かれはただ、自分の家にいる母が継母であることを知り、生みの母が吉原で女郎をしていると判ったときから、家庭を含めて何もかもが、すべて空《むな》しく感じられてならなくなっていた。どんなことにもかれは積極的になることができなかった。そして十三歳のときに「朝太郎も此《この》調子で行けば親父の落語家の跡はつがずとも、天晴《あっぱ》れ、賊徒の親分にはなれるであろう」と新聞に書かれたことによって、円朝の不肖の子であるということは、世間にとっても、またかれ自身にとっても、ほぼ決定的なことになってしまったようであった。

円朝は伊香保から帰って来て、朝太郎の非行を知った。それからしばらくして山岡鉄舟の侍医千葉立造の新居披露の席へ現われたとき、円朝が一人息子の行末を案じて憔悴《しょうすい》しているさまは、だれの眼にもありありと読みとれた。

二階の座敷にしつらえられた酒宴の席には、山岡鉄舟、千葉立造、高橋泥舟、河井文蔵のほかに、京都嵯峨《さが》天竜寺の滴水《てきすい》和尚もいた。円朝もふくめて禅を学んでいる人たちの集まりだった。

鉄舟は二年ほどまえ、円朝に難題を出したことがある。「桃太郎の話を聞かせてくれ」と頼んだのだ。「何かほかの話では如何《いかが》でございましょう」といっても聞かないので、円朝は冷汗をかきながら、自分の話術の全力を尽して、だれでも知っている桃太郎の話を口演したのだが、聞き終った鉄舟の感想は「お前さんは舌で語っているから、肝腎の桃太郎が死んでしまっている」という甚《はなは》だ冷淡なものだった。もっとも円朝はその言葉に胸を衝かれて、以来、三歳年上の鉄舟に師事するようになったのだが……。

このときもまた、鉄舟が難題を出したのは、円朝の憔悴しているさまを見兼ねて、なんとか元気づけてやろう、と考えたからであったのかも知れない。鉄舟は円朝の名を呼んでいった。

「きみは、名人といわれるくらいだから、舌を動かさず、口を結んでも咄が出来るだろう」

「いや、それは、ちょっと……」

「できないのか」

「……はい」

「そんなことも出来ずに、名人というのは、ちとおこがましいんじゃないのかね」

「いや……」

円朝は強く反撥した。「わたしは自分を名人だなどとはおもっておりませぬ」

「当り前だよ」

鉄舟は高飛車に極《き》めつけた。「舌を動かさずに、口を結んで話す。そんな簡単なことが出来ぬのなら、名人どころか、まだ前座だ。禅の道でなら、前座以下だ。剣の道でなら、とっくに斬られている。そんなきみが、いちおう人からは、名人だなどといわれているところからすると、咄の道というのは、よっぽど楽なものとみえるな」

すこし酔ったせいか、舌鋒《ぜっぽう》が鋭くなってきた鉄舟の言葉に、顔を伏せた円朝は、さりげなく座を外して、階下に下りると、すぐ近くにあった熊の皮が敷かれている暗い部屋のなかに入り、廊下に背を向けて坐った。だれにも顔を見られたくなかった。かれは悔し涙を流していた。

円朝はことし四十二歳、これまで三十年以上も、人にはいえない労苦を重ねて、自分の咄を磨き上げて来ている。その間、壁にぶつかったことが何度あったか知れない。夜、寝床に入ってから涙を流したことも、魘《うなさ》れ通しで眠れなかったことも、たびたびある。自分では、咄の道ほどきびしく、苦しいものはめったにないだろう、とおもっていた。それを「咄の道というのは、よっぽど楽なものとみえるな」というのは、いくら剣においては千葉道場で修行を積んで講武所世話役に挙げられたのち自ら無刀流を創始し、禅においては天竜寺滴水和尚の印可を得ている山岡鉄舟であっても、口がすぎるとおもった。……背後に人の気配がした。

「どうだ、円朝、まだ判らぬのか」

鉄舟だった。

「…………」円朝は黙っていた。

「わしは禅を学んで、無刀流を創始した。子供のころから禅に親しんで来たきみにも、それが出来ぬ筈はない。わしは無刀、きみは無舌。無刀と無舌、無刀、無舌……」

「…………」

かなりの時間が流れた。円朝は心のなかで、さっき鉄舟がいった「無刀、無舌」という言葉を繰返していた。目の前の薄暗闇のなかに、突然なにか閃《ひらめ》いたような気がした。果たしてこれが正解かどうか……迷うよりも先に言葉が口をついて出た。

「山岡様」

「何だ」

「わたしはこれまで、ずいぶん作り話をし、人の何倍、何十倍、いや何百倍もの嘘をついて参りました」

「うむ」

「これで地獄へ参りましたら、当然、閻魔《えんま》様に舌を抜かれましょう」

「多分そうだろうな」

「いったん舌を抜かれてしまったら、あとは幾ら嘘をついても、もう閻魔様は舌を抜くことができませぬ」

「…………」

「わたしが地獄で閻魔様に舌を抜かれることは、すでに決まっております。そう覚悟すれば、もはや舌は抜かれてしまったのもおなじこと、あとは幾ら嘘をつこうと、または口にするのもおそろしい真実を述べようと、あるいはそれらを取りまぜて虚実皮膜の間を縫おうと、すべて心のままということになりましょう。これを、無舌の境地というのではございませぬか……」

「……うむ」

鉄舟は円朝と一緒に、二階の座敷に戻って、滴水和尚にいまの答えを伝えた。滴水和尚は微笑して頷き、円朝に「無舌」という居士号を与えた。「閻王に舌を抜かれて是《これ》からは　心のままに偽も云はるる」というのが、のちに「無舌の居士号を得て」と題して詠んだ円朝の歌である。

――自分は地獄に落ちることに決まっており、そこでは舌を抜かれるに決まっている。

そう覚悟をきめたときから、円朝の芸には、まえよりもいっそう精彩が加わった。もともとかれの咄は、沢山の登場人物が入り組んで展開する複雑きわまりない筋を、緻密な描写を積み重ね、それぞれの人物を描き分けながら、しとしとと降り続く雨のように、どこまでも執拗に語り継いでいくので、聴くほうはすっかり咄のなかに引込まれ、次次に登場して来る人物や周囲の情景が眼前に髣髴として来るような気がして、ことにそれが怪談咄の凄惨な殺し場や、幽霊が怨念を籠めて現われる場面であったりするときには、身の毛がよだつような戦慄を感じさせられるのであったが、このころから情景の濃淡が、ますます鮮やかになって、陰翳が深みを増し、咄の全体が底光りのする凄《すご》みを放つようになって来た。

一方、落し咄のほうも、すこぶる軽妙さを増した。高座の上では人を怖がらせ、あるいは笑わせながら、高座を下りた円朝の心の片隅には、いつも朝太郎のことが引っかかっていた。

朝太郎は、大酒飲みの母お里の血ばかりでなく、祖父円太郎の血も濃く引いていたようだった。何につけても正面から四つに組むということがなく、物事が長続きしない。二十一の年に結婚したが、二年後には離婚した。英語学校を卒業したかれのために、円朝は四谷の私塾を買い与えて校長にしたが、当人は深酒の果ての宿酔《ふつかよい》で授業のできない日が多く、生徒も呆れて次次に退校し、間もなく潰れてしまった。頭がよく学問があって風采も立派であったのに、かれを躓《つまず》かせるのはつねに酒であった。その後、煙草屋と貸本屋をやったが、どちらも続かず、一念発起して咄家を志願したが、これも駄目で、酒のほうは一時、小笠原島で禁酒生活を送って立直りかけたものの、じきに元へ戻ってしまい、背が高く堂堂としていた朝太郎も、酒に溺れ身を持崩して家に居辛くなり、放浪生活に入ったあたりから、だんだん落ちぶれて、円朝の門人たちのあいだを、しきりに返す当てのない借金をして回るようになった。

明治十七年から、若林玵蔵と酒井昇造による円朝の口演の速記が始められた。二人は円朝が出演している人形町の末広亭へ通い、十五日間にわたって語り継がれる物語を、楽屋で速記した。流麗な語り口で息もつかせず客を引込み酔わせて行く場面では、その速さについていきかねるときもあったが、二人であったので、なんとかまとめることができた。

最初の速記本である『怪談牡丹燈籠』は、一席を一回分として毎週土曜日に、京橋の東京稗《はい》史《し》出版社から、雑誌形式で刊行され、飛ぶような売行きを示した。わが国で初めて言文一致の新しい文体で小説を書き、日本の近代文学の先駆者となった二葉亭四迷は、円朝の死後に発表された『余が言文一致の由来』（明治三十九年）にこう書いている。

「言文一致に就いての意見、と、そんな大した研究はまだしてないから、寧《むし》ろ一つ懺悔話《ざんげばなし》をしよう。それは、自分が初めて言文一致を書いた由来――も凄まじいが、つまり、文章が書けないから始まつたといふ一伍一什《いちぶしじゆう》の顚末《てんまつ》さ。

もう何年ばかりになるか知らん、余程前のことだ。何か一つ書いて見たいとは思つたが、元来の文章下手で皆目方角が分らぬ。そこで坪内先生の許へ行つて、何《ど》うしたらよからうかと話して見ると、君は円朝の落語を知つてゐよう、あの円朝の落語通りに書いて見たら何うかといふ。

で、仰せの儘《まま》にやつて見た。所が自分は東京者であるからいふ迄もなく東京弁だ。即《すなは》ち東京弁の作物が一つ出来た訳だ。早速、先生の許へ持つて行くと、篤と目を通して居られたが、忽《たちま》ち礑《はた》と膝を打つて、これでいゝ、この儘でいゝ、生《なま》じつか直したりなんぞせぬ方がいゝ、とかう仰有《おつしや》る。

自分は少し気味が悪かつたが、いゝと云ふのを怒る訳にも行かず、と云ふものゝ、内心少しは嬉しくもあつたさ。それは兎に角、円朝ばりであるから無論言文一致体にはなつてゐるが、茲《ここ》にまだ問題がある。（中略）これが自分の言文一致を書き初めた抑《そもそ》もである。」

円朝の速記本は、日本の近代文学の成立に、重大な影響を与えた。また『塩原多助一代記』や『牡丹燈籠』は、歌舞伎として上演されて大当たりをとり、芝居の世界でも古典となった。無論だれ知らぬ者のない人気者であり、識者にも認められていたけれど、落語家に対する軽視の影に覆われて、世間はまだその全貌に気がつかず、あるいは当人も気がついてはいなかったかも知れないほどの巨大な存在に、円朝はなっていたのだった。

朝太郎がまた借金に来たとき、円遊は円朝から預かっていた百円の金を持っていた。

――こんど朝太郎が来たら、渡してやっておくれ。そのかわり、これが最後だから、なんとかこれで、身の立つような道を考えろ、といってな。

と頼まれていたのである。だが、そうはいっても、この金を渡せば、朝太郎はすぐに酒で遣い果たしてしまうだろう。六十二歳の円朝は、前年の暮から病床についており、近頃の惚《ぼ》けようからすると、もはや再起は望めないようであった。

「朝太郎さん、実はな、おまえさんに、といって師匠から百円の金を預かっている」

円遊がそういうと、

「本当かい」

朝太郎は眼を輝かせた。そうならそうと、すぐに出しとくれ……といっている顔である。

「だがな、これを渡すについちゃあ、ひとつ条件があるんだ」

「何です」

「師匠の枕元で、こんどこそ立直ります、もうだれにも迷惑はかけません、そう約束してほしいんだよ」

「…………」

「師匠は六十二だ。こんどばかりは駄目かも知れねえ。芸のことじゃあ、おもい残すことはないかも知れねえが、あんたのことだけは気がかりで仕様がねえだろう。あんた、ことしで幾つになったんだい」

「三十三です」

「それじゃあ、いい加減にしっかりしねえと罰が当たるぜ。頼むから、師匠を安心させてやってくれよ」

円遊はそういって、朝太郎を下谷万年町の家に連れて行った。病床の円朝は朝太郎を見ると、眼に涙を浮べたが、それを懸命に怒った顔に変えて、

「円生と円楽も呼んでくれ」

と、大分ろれつの怪しくなった調子でいった。円生と円楽がやって来ると、円朝は、円遊に預けてあった百円を、朝太郎に渡していった。

「いいか、これでもう、おめえとは縁切りだ。おめえは、出淵の人間じゃねえ。三遊の一門でもねえ。そう一札を入れるんだ。これっきり、出淵の家にも、三遊の一門にも、二度とご迷惑はおかけしません、とな」

円朝は、一門の幹部のまえで、たった一人の息子に義絶を申し渡した。朝太郎は、いわれるままに証文を書いて、父親にそれを示した。円朝は眼から溢れかえる涙を何度も手の甲で拭い、それから震える指先で、証文の署名の一番下のところを突っついた。判コを捺《お》せ、といっているのである。弟子たちは、その師匠の姿が哀れで、眼を逸らさずにはいられなかった。

前年の五月、円朝は雑誌「文芸倶楽部《クラブ》」に、「円朝憲法」なるものを発表していた。それは次の六箇条だった。

一、嘘はつくべし理屈はいうべからず。
一、高座の上とて高く止まるべからず。
一、笑わるるとも悪《にく》まるるは悪《わる》し。
一、その席によりて言う事に斟酌《しんしゃく》あるべし。
一、前に出る者のいいたるくすぐりをあとへ出て言うべからず。
一、顎の掛け金はずさずとも連中の取りきめにはふんどしを締めかかるべし。

いまの朝太郎に対する行為は、このなかの三項目めと六項目めにあたる円朝の最後の訓戒だったのだろう。朝太郎は、右手の親指の腹に朱肉をつけて、証文の署名の下のところに拇印《ぼいん》を捺した。こうしてこの一人息子は、死期が迫っている親に背を向けて、家から出て行った。

朝太郎が出て行ったあと――。

円朝はしょっちゅう眠ってばかりいるようになった。芸については、おもい残すことはないだろう、と円遊はいったが、眠っていても円朝の頭の中にあるのは、やはり咄のことだけのようであった。見舞いに来た弟子が、

「円喬《えんきょう》の弟子の喬太ですよ」というと、「アリャ、いけない、やめさせて、こっちへおいで……」

意味不明のことをいって呼びつけ、

「ヘイ、手前は喬太でございます」

と近づいた弟子に、

「ああ、そうかい。魚釣りは殺生だ。父子つんぼの話をしよう。今そこを通ったのは横丁の源兵衛さんじゃあないか」

そういったきり、鼻息を立てて眠り込んでしまう。

「師匠、それから……」

弟子が聞くと、ハッと眼を醒まし、

「何だっけ……ああ、そうそう、今そこを通ったのは横丁の源兵衛さんじゃないか」

やはりそこまでで、またがっくりと眠り込んでしまう。そういった具合だった。ときには、医者が診て帰ったあとで、「医者はどうしたい」と怒鳴ることがある。

「お医者、いま帰ったじゃありませんか」

「そんなことない。おまえ、医者に騙されたんだ」

そんなことをいうときもあった。病名は進行性麻痺で、これは現在の医学では脳梅毒性疾患のひとつとされているが、永井啓夫《ひろお》氏の『三遊亭円朝』によると、「和田豊治博士によれば、梅毒感染を意識しない人からも比較的発病が多いことなどから、原因については今日もなお疑義が少なくない」ともいう。外国の人でいえば、ニーチェ、モーパッサン、ボードレール、レーニンなどの死因が、この進行性麻痺である。

両国の川開きの夜、円生と円楽が「きょうは川開きですよ」と教えると、円朝は「二階へ上がって花火を見る」といった。どうやら話の具合では、三十年もまえに住んでいた両国に近い家にいるつもりになっているらしかった。円楽が円朝を背負い、円生が後から押して二階へ上がって行ったが、そこから花火は見えなかった。そのかわりに円楽が、庭で玩具《おもちゃ》の花火を揚げてみせた。

「あしたは眉間尺《みけんじゃく》を揚げます」

と円楽がいうと、円朝は喜んで、来る人ごとに、

「あしたは円楽が眉間尺を揚げるよ」

といった。眉間尺というのは、身の丈一丈五尺、顔の幅三尺、眉の間が一尺あって、首が釜で煮られても、なお剣を吹き飛ばして父の仇《かたき》を殺したという古代中国の伝説的人物だが、花火の場合は、空中で水車のように廻る仕掛けになっているものである。

実際には翌日の夜、円楽が花火を揚げても、円朝は見る気力がなく、がっくりと頭を垂れ、ただ口だけで、「おもしろいね、おもしろいね」といっていた。このころの円朝は、いつも夢を見ているようで、ときには怯えた様子を示すこともあった。

九

……トロトロと眠り込んで、ふと夜中に目が覚めると、障子の破れから真っ黒な煙が流れ込んで来ている。それにキナ臭いから、こりゃあ隣に寝ている婆さん、行火《あんか》でも引っくり返したた

のではないかと、起きて障子の穴から覗いて見て驚いた。

片膝を立てた婆が、骨と皮ばかりの手で、婚礼の晴着をべりべりっと破っては囲炉裏の火に焼《く》べ、竹の火箸で灰の中に何か文字のようなものを書いては、それを力一杯、ウン、と突き刺している。

いったい何と書いてあるのか見たい、とおもったが、体が金縛りにでも遭ったように動かない。こりゃあ、危い、あれはひととおりの婆ではないから、いまに赤ん坊でも齧《かじ》り出すかも知れないし、天井から大きな石が落ちて来て、おれも潰されて食われてしまうかも知れない。逃げよう、とおもっても体が動かず逃げることができないので、ただ南無阿弥陀仏、南無阿弥陀仏、南無阿弥陀仏……と懸命に口のなかで唱えていると、いつの間にか体が障子を通り抜けて、婆の背後に近づいていた。婆は相変らず灰の中に文字を書いては、竹の火箸で突き刺している。肩口から覗き込んで、ようやく灰に書かれた文字が読めた。

圓　朝

あ、おれのことだ、とおもった途端、竹の火箸を逆手に持った婆は、凄い形相で、こちらを振向いた。忘れたことのない顔だが、名前がおもい出せない。その顔が、ぐーっと眼前に迫って来た。

――待て、待ってくれ、……お前、いま何をしていたんだ。

――ご覧の通りさ。あんたを呪い殺そうとしていたんだよ。

――おれがどうして、お前に呪い殺されなきゃならないんだ。

――あんたがあたしを捨てたからさ。おかげであたしゃ、あれから吉原の女郎に売られたり、大変な苦労だったよ。

――それはお前の身から出た錆《さび》だろう、おれはお前が心を入替えたら、ちゃんと家に入れてやる、といったんだぜ。

――そりゃあ、あとの話だ。あたしが朝太郎を身籠ったころ、あんたはあたしから、逃げよう、逃げよう、とばかりしていた。あのときあたしには、あんたの正体が、はっきり判ったんだ。あんたには、本当に好きな人なんて、だれもいないんだよ。自分のほかにはね。人情が厚いように人には見せかけているけれど、本当は薄情なんだ。だから、あのとき一緒になっていたって、結局は捨てられてしまったに決まっている。

――そんなこと、判るもんか。もっとも、お前の性根が変らなかったとすれば、一緒にはいられなかったかも知れないがな。

――そう。あんたは、そういったわね。お前みたいな女に、朝太郎を預けとく訳にはいかねえ、って……。それであんたは、朝太郎をどういう風に育ててくれたのよ。

――………。

——子供が警察に捕まって、この先どうしていいか判らなくなっているときに、自分だけ禅だの、悟りだの、やれ無舌居士だのって、随分いい気なもんじゃないの。あんたは朝太郎のことだって、ただの一度も親身になって考えたことはない筈よ。

——何をいってやがる。なにも知らずにいた朝太郎を、廓になんぞ引っ張り出しやがって……。あれがなきゃあ、朝太郎はぐれずに済んだんだ。

——そりゃあ、あたしが悪かったかも知れないよ。でも、子供がぐれたとき、真正面から相手になってやるのが、男の勤めじゃないか。あんたはそれをしなかった。自分よりほかに、かわいいものがなかったからさ。

——違う。おれは自分なんか、ちっともかわいかねえ。おれがかわいいのは……芸だけだ。

——とうとう本音を吐いたわね。そうよ、あんたがかわいいのは、自分の芸だけなのよ。朝太郎もあたしも、そのために捨てられたのよ。

——そうか。それなら判る。それなら恨まれても、呪われても仕方がねえ。どうせこっちは地獄に落ちて、閻魔様に舌を抜かれる身だ。さ、斬るなり突くなり、どうでも勝手にしてくれ。こっちは罰があたって当然の人間なんだ。どうせ、こっちは、罰があたって当然の……。

円朝は魘されていた。弟子の円生と円楽が、天下の円朝が貧乏人の多い下谷万年町で死んだのでは世間体が悪い、というので、下谷車坂の広徳寺の近くに冠木門《かぶきもん》のある宏壮な元の武家屋敷を見つけ、「師匠、箱根へ行きましょう」と騙して連れて来て暫く経ったころから、円朝は意識がはっきりしている時間よりも昏睡して譫言《うわごと》をいっている時間のほうが、だんだん長くなって来ていた。病室にあてられた大きな座敷で、円朝の枕元へ見舞いに来ていたのは、後援者である大根河岸の青物問屋の藤浦周吉、富太郎父子、講釈の松林伯円、義太夫《ぎだゆう》の竹本播磨太夫《はりまだゆう》の四人だった。……円朝は眼を開いた。

「おい、どうしたんだ」松林伯円が聞いた。

「だれかが、おれを殺しに来るようだ」

怯えた眼の色になって、円朝はそう答えた。

「何だって……」伯円は問い返した。

「だれか、おれのところへ掛け合いに来るんだ」

円朝は完全にそう信じ込んでいる口調で繰返した。

「だれも来やァしませんよ。来たら大根河岸のほうへ来るようにいっておくれ」

藤浦周吉が大声でそう励ますと、

「そうですかねえ」

円朝は幾らか安心した表情になって、また眼を閉じた。

それから数日後の明治三十三年八月十一日、午前二時ごろ、驚くべき数の怪談咄、人情咄、三題咄、落語の名作の作者であり、稀有の話芸の名人であった三遊亭円朝は、六十二歳で静かにこの世を去って行った。

臨終には、朝太郎も呼び戻されて居合せることができた。通夜の席にも出たが、廃嫡《はいちゃく》されていたため、葬儀には正式な列席を許されなかった。かれは二千人の一般会葬者のなかにまじって、父の仏前に焼香した。

三回忌にも、正式な法要には姿を現わさなかった。だが法要が終ったころ、墓所にいつのまにか花が供えられており、小さな紙に鉛筆で「円朝伜《せがれ》」と書かれていた。

このあと、ときたま人人の眼に触れたかれの姿を簡単にスケッチすると、次のようになる。円朝の三回忌が終ったころは、印半纏《しるしばんてん》に股引《ももひき》という職人の恰好をして、立ちん坊をしていた。坂の下で待っていて、重そうな荷車が来ると、天辺《てっぺん》まで後押しをして、少しばかりの報酬を得るのである。

大正年間は、チンドン屋の旗持ち。関東大震災以後、かれの姿を見た人はいない。次第次第に影が薄くなって、ついに消えてしまったのだ。おそらく震災で死んだ多くの人たちと、運命をともにしたものと推定されている。人人の記憶に残っているかれの最後の仕事は、墓掘り人夫であったという……。

あとがき

初めに歌笑ありき――。敗戦直後、ラジオから流れてくるかれの奇妙な声と独特の節回しの語り口によって、初めて落語の面白さと腹の底から笑う快感を知った人は、ずいぶん多いのではないだろうか。なにも入っていない空腹を抱えて、実によく笑った記憶がある。あの頃の地方の子供は、たいてい野球少年であり、流行歌少年であり、ラジオ少年だった。三遊亭歌笑が奇禍に遭って急死したあとも、わたしはラジオで落語を聞き続けた。

あるとき例によってラジオの落語に耳を傾けていると、母親がそばに来て小言をいい始めた。ラジオばかり聞いていてちっとも勉強しない、というのが小言の内容であったのに、スイッチを切ろうともせず意識をスピーカーのほうに向け続けているわたしに、母親の口調はだんだん愚痴っぽくなってきた。

そのうちに小言がやんだ。見ると怒りの眼を宙に据えた母親の顔が赤みを帯び、いくぶんか膨んで、微かに痙攣していた。憤怒がその極に達して爆発する直前か、あるいはそこも突抜けて身体的不調にまで至った兆しかともおもわれた。あわてて謝ろうとしたとたんに、母親は吹出した。いったん吹出すと、もうとめようとしてもとまらない様子で、体を二つに折り、身を震わせ、涙を流して笑い続けた。

あのとき母親は初めて落語というものを知ったのであり、あとから考えてみると、おおよそ三百年前に上方と江戸で生まれ、脈脈として流れて来た落語の芸が、本州の北端に住み五人の子供を抱えた寡婦暮しで、長いあいだ笑いに乏しい生活を送ってきた母親を、根底から揺さぶっていたのだった。

この本に収めたのは、昭和五十一年の夏から翌年の秋にかけ、六回にわたって「週刊小説」に連載したものである。連載中は編集部の吉川健一さんに、出版にさいしては峯島正行さんと土山勝廣さんに、たいへんお世話になった。

執筆にあたって、本の題名はいちいち挙げないが関根黙庵、宇井無愁、暉峻康隆、興津要、林家正蔵、坊野寿山、柳亭燕路、永井哲夫、藤浦富太郎、それから三田村鳶魚、稲垣史生といった多くの先学諸氏の労作、および「三遊亭円朝全集」（角川書店刊）に多大のご教示をうけた。また「幽霊出現」を書くときは林家正蔵師、「天保浮かれ節」のときは柳家紫朝師をお訪ねし、いろいろと親切に教えていただいた。先学諸氏の著書と両師のご好意に、あらためて謝意を申し上げる。

むろん小説化による事実との相違あるいは間違いの責任は、すべて作者にあるが、以上の方方のおかげがなければ、この本は生まれなかった。本の装幀に骨を折って下さった長友啓典さん、表紙の絵を描いて下さった山藤章二さんに感謝の意を表したい。そして勿論、先駆者として荒野を行き、幾多の試練のすえに落語をつくり上げ、この本を生み出すもとになった人たちにも——。

昭和五十五年盛夏

長部日出雄

（実業之日本社版より再録）

論創社版あとがき

三十年前の旧作が、論創社の今井佑さんの肝煎りで、二度のお目見得をすることになった。全く予想もしていなかった老年の幸運に、ふと脳裡に蘇ってきたのが、大好きだった林家彦六翁（八代目林家正蔵）の懐かしい面影である。

だいぶ古い話から始めなければならない。

早稲田に入って二年目、編集助手を務めていた校友会機関誌「早稲田学報」の編集室で、一年先輩の大村彦次郎さんに、「桂文楽をできるだけたくさん聞いておいたほうがいいよ。いまが盛りだからね」といわれた。たしか「素人鰻」で芸術祭賞を受ける直前であったとおもう。大村さんは早大落語研究会の会長でもあって、間もなく大隈講堂で開かれた落研主催の会で、文楽の「富久」を聞いたのが、落語はたんに笑わせるだけでなく、ただ一人の話芸で多彩な人間像を人情味豊かに描き出し、人生の深い機微に触れる芸でもあることを、実際に知った最初であった。ぼくは笑いながら涙を流し、以来、桂文楽は一番好きな落語家になった。

そのころ林家正蔵は、それほど面白いとおもっていなかった。あまりに真面目すぎ、固すぎる気がした。しかし十八番の「首提灯」における凛然とした表情と調子は、いまも鮮明に記憶に残っている。このころの正蔵は六十前後である。

昭和四十五年の夏、当方が故郷の弘前に帰って二年あまり暮らした時期に、林家正蔵が弘前大学の落研に呼ばれて来弘した。会場となった料亭の大広間で、久しぶりに聞いた正蔵は、

——いつの間にこれほど上手くなったのだろう……。

と呆気に取られたくらい素晴らしかった。

ぼくは桂文楽、古今亭志ん生、三遊亭圓生、柳家小さん、桂三木助、三笑亭可楽の全盛期に、当時は落語ファンのメッカであったホール落語で接していたが、当夜の正蔵師は、それらのなかでも最高の出来に入る名演であった。

このときの正蔵師は、数えで七十六歳。受賞歴でいうと、六十九と七十一の年に芸術祭奨励賞を受け、七十四歳のときに芸術祭賞を受賞している。つまり六十をすぎてからも、着実に進歩を示し、七十代になって全盛時代を迎えたのである。ぼくのように進歩の遅い者は、正蔵師のことを考えると、じつに元気づけられる感じになる。

昭和五十二年の初めごろ、「週刊小説」に江戸の落語家の話を連載していたぼくは、初代林屋正蔵のことを聞きに、昔の風情そのままの佇まいで有名だった稲荷町の長屋に、正蔵師を訪ねた。七年前の弘前での口演が素晴らしかったことをいうと、「有り難う」と嬉しそうにされ、こちらの細かな質問にいちいち丁寧に教えてくれた。

三年後に、その連載が単行本になったので、一冊贈呈したら、折り返し礼状とともに、「お菓子代に」と三千円の為替が送られてきた。いろいろ教えていただいた感謝の念を籠めて謹呈したのに、逆にこちらがお金を頂戴したのでは、洒落にならない。あわててお茶を手土産に、また稲荷町の長屋を訪ねた。

「初代林屋正蔵のことを書いてもらったのが、嬉しくってねえ」と師は、あの独得の飄飄とした口調でいった。律儀が羽織を着ているようなお人柄であったから、礼状一本で済ませる気にはなれなかったらしい。

間もなく師は、正蔵の名跡を海老名家に返して、林家彦六と改名した。

林家彦六。若いころは「トンガリ」と綽名《あだな》された正義感と反骨の持主で、毅然として長く清貧に甘んじ、晩年に大きな花を咲かせた八十六年の生涯であった。

こんどこの新刊本が出たら、それを携えて彦六翁の墓前に参り、あの飄飄とした口調の声音で、胸中でこう唱えて拝むことにしよう、「あやかりたい、あやかりたい」と。

おあとがよろしいようで……。

平成二十二年三月吉日

長部日出雄

解説

矢野誠一

もうかれこれ二十年にはなる。

「キネマ旬報」あたりが、かなり意識的に使い出した「ショー・ビジネス」という目新しい言葉が、やっと定着しかかっていた。その、ショー・ビジネスの世界の一端に身を置いたひとたちがかならず顔を出している酒場が新宿に何軒かあって、そんな酒場のどこかで長部日出雄さんを知った。まだ「週刊読売」の記者だった長部さんは、たいてい同僚の大沼正氏といっしょだった。定年退職するまで読売にいた大沼氏は、その後音楽評論家として独立すると間もなく、あっ気なく逝ってしまった。どちらかというと、かまえの姿勢が目立ち、ぼそぼそと達観してるかのごときことを口にする大沼氏と、熱っぽくストレートに、見てきた舞台や映画に対する不満をぶちまけている長部さんの対話は、はたできいているだけでこちらを堪能させてくれたもので、目指す酒場に長部さんの姿が見えないと、なんとなくあてがはずれたような気分を味わうのだった。

その時分の新宿松竹の地下に、文化演芸場という小劇場があった。ストリップ劇場の幕間《まくあい》狂言で活躍していたコメディアンたちによる軽演劇が、週がわりでかかっていたが、突如として手織座が室生犀星の『あにいもうと』を大真面目に上演してみたり、いまから考えると妙な劇場であった。この劇場には、南風カオル、財津一郎、石田英二、死んだ戸塚睦夫《むつお》など、なかなか個性的な役者が出ていたのだが、満員の客を集めたことがついぞなかった。その少ない客を相手に、いつもエネルギッシュな舞台を展開してたのが石井均の一座で、この石井均のことをいちばん最初に認め活字にしたのが長部日出雄さんであった。長部さんは、活字で石井均の舞台をほめるばかりでなく、しばしば楽屋にトリスの壜を差し入れたり、芝居がはねてから一座の連中をひき連れのみ歩きながら、さかんに激励していた。つまり批評家と役者の関係を通りこし、いれあげていたのである。つい最近、清水邦夫さんが早稲田の学生時代、この石井均の芝居に通いつめていたときいて、見るべきひとはちゃんと見ていたのだなと、ある感慨を持ったばかりだ。

文化演芸場はやがてつぶれて、一座離散した石井均は単身大阪へ去った。渋谷天外と袂を分って、松竹家庭劇を復活していた曾我廼家十吾《そがのやとうご》をたよって行ったのである。どこかの仕事で、この大阪時代の石井均にインタビューしたことがある。たしか道頓堀の朝日座のなかの稽古場だったが、東京から取材にきたときくやいなや、石井均は、

「なつかしいな、長部さんどないしてます」

と、長部日出雄さんの消息をたずねるのだった。石井均が、まっ先に新宿時代世話になった

長部さんの名前を出したのは当然のことで少しもおどろかなかったが、ふだんの会話がもうすっかり大阪言葉になっていたことには少なからず複雑な思いがあった。そばに、かしこまってお茶など出してくれた眼玉の大きな実直そうな若い男がいて、これが弟子であることはすぐわかったが、いまの西川きよしなのだから、やはり古いはなしというほかにない。東京に帰って、酒場で出会った長部さんに、石井均が「くれぐれもよろしく」いっていた旨を伝えると、なつかしそうな表情をしながらも、長部さんは、

「石井均は、大阪みたいな場所で、うまくやっていけますかね」

と、いささか心配気であった。

新宿の学生や若いサラリーマンに支持された石井均の演技の魅力は、なんといってもそのスピード感にあったと長部さんはいうのである。なるほど十八番にしていたお婆さん役にしてからが、老婆とは到底信じかねる激しい動きをすることに、ナンセンスなおかしさがあったのだ。その石井均が、藤山寛美の演技に象徴される、なによりも「間」を重視した大阪喜劇に影響されることを、長部さんは危惧したのだった。自分がいれあげた役者を、遠く離れた場所からやさしく見まもりつづけながら、なおきびしくて醒めた批評精神は失うことのないその姿勢に、正直、頭のさがる思いがしたものだ。

やがて長部さんは、「週刊読売」をやめ、小説を書きだした。小説を書き出した長部さんの姿が、新宿の酒場から消えた事情は、津軽書房から出た『津軽世去れ節』の「あとがき」によ

れば、

〈……そうだ、自分はまえから小説を書いてみたいとおもっていたのだ、ということに気がついたのである。翌年の一月末に、郷里の青森県弘前市に帰り、そこで十本ほどの短篇を書いた〉からである。

その郷里で書いた、『津軽世去れ節』と『津軽じょんがら節』で、一九七三年上半期の直木賞を受賞した頃、長部さんはふたたび東京のひとになっていた。

さて、『笑いの狩人―江戸落語家伝―』なのだが、一九八〇年九月に実業之日本社から出たこの本を著者から恵贈され、一読したときのおどろきが忘れられない。「江戸落語事始」「落語復興」「幽霊出現」「天保《てんぽう》浮かれ節」「円朝登場」の五篇からなるこの小説は、一九七六年八月から翌年の十月にかけて、あいだを置いて「週刊小説」に掲載されたものなのだが、本を頂戴するまで長部さんがそんな仕事をしていたことを知らないでいた僕は、通読して、ただでさえ複雑な江戸の落語史を、このひとが見事に把握していることに、まず感嘆してしまったのである。

もちろん新宿の酒場のカウンターで肩をならべながら、何度も落語や落語家のはなしに興じたことがあって、長部さんがかなりの落語好きで、この芸に精通していることは知っていた。だが、その話題は、桂文楽の『素人鰻《しろうとうなぎ》』に出てくる神田川の金なる職人の酒乱ぶりについてであったり、古今亭志ん生の『品川心中』の貸本屋の金蔵と、川島雄三の傑作『幕末太陽伝』で小沢昭一が扮した金蔵との比較であったり、もっぱら当代の落語に限られていた。ブルドッグが風邪をひいたようなと、その風貌を形容され、渋い芸が一部から熱狂的な支持を得ていた八代目の三笑亭可楽を、学生時代に都電のなかで見かけたときのことを、

「和服の膝に、きちんと鞄を置いてすわっているのはいいんだけど、その底にマジックインキかなんかで、ケー・エー・アール・エー・ケー・ユーって書いてあるんで、思わずふき出しそうになったな」

なんてはなしてくれたことはよく覚えているが、江戸における寄席の元祖とされている京屋又三郎の初代三笑亭可楽のことなど、ついぞ話題にならなかったのである。

『笑いの狩人―江戸落語家伝―』の末尾をかざっている、「円朝登場」の三遊亭円朝の没した明治三十三年は、西洋暦の一九〇〇年にあたる。この偉大な寄席芸人のことを、近代落語の祖と、のちのひとびとがあがめるようになった理由の何割かは、新世紀の世明けに消えた、いってみれば引き際のよさが担っているかもしれない。その円朝が、近代落語の祖たる存在であることに、誰も疑いをさしはさむ者はいないのだが、同時に、近代文学の祖としての円朝の功績のほうは、意外と忘れられがちである。なにを書くかということよりも、どう書くか、つまり新しい文体を生みだすことのほうに苦渋した、明治という新時代の作家たちに、円朝の高座を速記した、いわゆる「速記本」が多大の刺激を与えて、あの言文一致体文学誕生のきっかけと

なった事実を、長部さんはちゃんと記している。そして、活字化された円朝作品の鮮度が、世紀末をむかえようとしているいまなお少しも衰えていないことにも感心してみせる。『江島屋騒動』で知られる『鏡ヶ池操の松影』の冒頭部をひいて、「まことに心憎いような発端である」としているが、心憎いのはむしろ長部日出雄流アレンジなので、このはなしに、昨今の小説が失いつつある「物語」の面白さが横溢しているあたりを、まことたくみに教えてくれるのだ。

長部さんが、『笑いの狩人―江戸落語家伝―』で描いてみせた芸人は、「江戸落語事始」が鹿《しか》野武左衛門《のぶざえもん》、「落語復興」が三笑亭可楽、「幽霊出現」が林屋正蔵、「天保浮かれ節」が都々一《どどいつ》坊扇歌《ぼうせんか》、そして「円朝登場」の三遊亭円朝となる。流罪中に得た病がもとで、鹿野武左衛門が五十一年の生涯を終えるのが一六九九年（元禄十二）で、三遊亭円朝の去ったのが前述のごとく一九〇〇年（明治三十三）だから、これはまさしく小説による「江戸落語通史」だ。ふつう「咄の会の時代」とよばれている、小咄と手をにぎった落語の揺籃期から、水野忠邦による寄席の弾圧があって、復興、そして近代落語の誕生という流れが通読することによって、容易に理解されるしくみになっている。しかも、最後に登場する三遊亭円朝を真打に見立てれば、そのまえの「ひざがわり」と称する位置に、都々一坊扇歌という落語家ではない色物芸人を置くあたり、これはそのまま寄席の番組構成で、それこそ心憎い配慮なのである。

鹿野武左衛門も、三笑亭可楽も、林屋正蔵も、都々一坊扇歌も、三遊亭円朝も、すべて自分で作品を生み出して、それを演じてきたひとたちである。つまり、芸人でありながら作家をかねてきたひとたちである。寄席や落語の歴史を概説した多くの書物も、当然のことながらこれら話芸の先人たちの手柄にふれているのだが、それらのすべてがどちらかというと芸人たちの作家としての一面に傾斜しすぎて、その作品を生み出したエネルギーが、すぐれた芸を披露したいというほとばしるような欲求から発していることを忘れている。小説という形式を採用することで、長部さんは芸人としてのあくことのない、憑かれて、疲れたエネルギーを見事に描いてくれたのだ。

かつて、新宿の石井均にいれあげた長部日出雄さんが、遠い江戸の芸人たちに真底いれあげてみせたのが、『笑いの狩人―江戸落語家伝―』なのだと、僕は勝手にそう思いこんでいる。

（昭和五十八年十一月、演芸評論家）

（新潮文庫版より再録）

この作品は一九八〇年九月に実業之日本社より、
一九八三年十二月に新潮文庫より刊行された。

長部日出雄（おさべ・ひでお）

一九三四年、青森県弘前市生まれ。早稲田大学中退。新聞社勤務を経て、TV番組の構成、ルポルタージュ、映画評論の執筆等に携わる。七三年『津軽世去れ節』『津軽じょんから節』で直木賞、八〇年『鬼が来た 棟方志功伝』で芸術選奨文部大臣賞、八七年『見知らぬ戦場』で新田次郎文学賞、二〇〇二年『桜桃とキリスト もう一つの太宰治伝』で大佛次郎賞、和辻哲郎文化賞を受賞する。ほかに『天皇はどこから来たか』、『反時代的教養主義のすすめ』などがある。

笑《わら》いの狩人《かりゅうど》　江戸《えど》落語《らくご》家伝《かでん》

二〇一〇年四月二十日　初版第一刷印刷
二〇一〇年四月三十日　初版第一刷発行

著　者　長部日出雄
発行人　森下紀夫
発行所　論　創　社
東京都千代田区神田神保町2―23　北井ビル2F
電　話　（〇三）三二六四―五二五四
振替口座　〇〇一六〇―一―一五五二六六
URL　http://www.ronso.co.jp/

印刷／製本　中央精版印刷

ISBN978-4-8460-1041-6